Martin Becker

Kleinstadtfarben

Martin Becker

Kleinstadtfarben

Roman

Luchterhand

Sollte diese Publikation Links auf Webseiten Dritter enthalten,
so übernehmen wir für deren Inhalte keine Haftung,
da wir uns diese nicht zu eigen machen, sondern lediglich auf
deren Stand zum Zeitpunkt der Erstveröffentlichung verweisen.

FSC www.fsc.org
MIX
Papier aus verantwortungsvollen Quellen
FSC® C014496

Penguin Random House Verlagsgruppe FSC® N001967

1. Auflage

Neumarkter Str. 28, 81673 München
Umschlaggestaltung: buxdesign, München
Coverillustration: Ruth Botzenhardt
Satz: Uhl + Massopust, Aalen
Druck und Einband: GGP Media GmbH, Pößneck
Printed in Germany
ISBN 978-3-630-87637-5

www.luchterhand-literaturverlag.de
www.facebook.com/luchterhandverlag

Für Kathrin und Rudi

I

LEUGNEN

1 Mündendorf

Ein Kleinstadtkrankenhaus, ein lichterfüllter Morgen, keine einzige Wolke am Himmel. Trotzdem kalt für einen Jahrhundertsommer, denkwürdig kalt. So kommt es ihm vor. Der Mann, etwa um die vierzig, sieht aus wie ein kleiner, sehr dicker Junge, wiegt hundertdreißig Kilogramm bei einer Körpergröße von eins siebzig, wobei das um fünf Zentimeter geschummelt ist. Er achtet auf sich, seine Kleidung ist ordentlich, ein wenig ungebügelt, ein wenig aus der Mode, Kleinstadtfarben, er ist nie ganz von hier weggekommen. Er hält sich in seiner zerschlissenen Lederjacke an der Brüstung fest und zieht mit zittrigen Fingern an seiner Zigarette, er ist ein massiges, gekrümmtes Häufchen Elend. Zuerst ist er hier hoch, um Zeit zu gewinnen, hat sich einen doppelten Espresso bestellt und ist raus in den Außenbereich der Cafeteria.

Von der funktionalen Dachterrasse aus schaut man in alle Richtungen auf die Mittelgebirgslandschaft. Eine historisch interessierte Gruppe von Bewohnern des angegliederten Seniorenheims hat vor Jahren mit zittriger Hand Schilder gestaltet, auf denen das Panorama erklärt wird. Da oben die Burgruine, von wo aus die Grafen einst den ganzen Landstrich beherrschten. Da unten die kurz nach dem Bauernkrieg durch einen verheerenden Brand vernichtete Stadt. In der Mitte ein verwaister und asbestverseuchter Betonblock, das ehemalige Einkaufszentrum. Dort vorn der Kindergarten, wo sie ihm alte Märchen beigebracht haben. Direkt daneben der Friedhof für die Protestanten. Und darüber, etwas kleiner, der für die Katholiken. Wer nichts ist, kommt auf die grüne Wiese, erzählte man sich früher.

Es hat verdammt noch mal alles nichts gebracht. Denkt er und verbrennt sich die Finger. Er wirft den kokelnden Filter weg und steckt sich aus Reflex den schmerzenden Zeigefinger in den Mund. Eine Brandblase, möglicherweise bleibt eine Narbe, Feuer kann er nicht mit Feuer bekämpfen, wann lernt er das endlich.

Sein Name ist Peter Pinscher, seine Mama (und nur die) darf ihn Peterle nennen, das denkt er so, weil noch kein Platz ist für Vergangenheitsformen. Eine raucht er noch. Er sollte jetzt das Treppenhaus nehmen, nach unten ins Foyer gehen und sich anmelden, er hat seinen Termin, danach ist es zu spät. Das Abschiedszimmer ist die Perle der Geriatrie, ständig überbucht, mit warmen Farben gestrichen und ausgestattet mit Extras wie dem beleuchteten Salzkristall. Nur die eine Zigarettenlänge noch, besser eine halbe, denn er hat es sich neuerdings angewöhnt, jeweils das Ende der Zigarette abzureißen, so raucht er schon mal um die Hälfte weniger, so wird er bald damit aufhören, denkt er.

Pinschers Fingernägel sind abgekaut, nein, in Wahrheit einfach nur so kurz geschnitten wie möglich. Vor dem, was sich unter längeren Nägeln ansammeln könnte, gruselt er sich. Der Arbeit wegen. Er trägt sein volles Haar nach links gescheitelt, er fährt sich den ganzen Tag mit der rechten Hand durch die Frisur, bis sie trotz Duschens schon Stunden später wieder fettig ist. Ein Tick von vielen, die er sich nie mehr abgewöhnen wird. Sein leicht nach vorn gebeugter Gang ist ein Symptom seiner ständigen Lauerstellung. Du bist immer im Krieg, aber hier ist es doch friedlich, wann lernst du das endlich. Sein Aussehen gibt nur zum Teil seine Maßlosigkeit preis. Er frisst, statt zu essen, er säuft, statt zu trinken, er quarzt, statt zu rauchen. Wenn er verliebt ist, dann im Wahn, wenn er sich was wünscht, dann unbedingt. Er arbeitet nicht, er ackert, er ist nicht traurig, er krepiert vor Kummer.

Pinscher steht auf der Dachterrasse des Kleinstadtkrankenhauses und sucht in den Bäumen: Irgendwo müssen sie sein. Als er siebzehn Jahre alt ist, da fliegt an einem Sonntagabend sein allererster Wellensittich zur Haustür hinaus, genau drei Tage vor Weihnachten. Unklar, wie er sich aus dem Käfig befreit oder ob jemand fahrlässig das Törchen offen lässt, unwahrscheinlich, dass das Tier die darauffolgende Frostnacht übersteht. Trotzdem hält Pinscher seit damals Ausschau in den Bäumen. Seit über zwei Jahrzehnten denkt er über die rein theoretische Möglichkeit nach, dass sein Wellensittich namens Bubi Pinscher überlebt haben, dem Tod ein Schnippchen geschlagen und neu angefangen haben könnte in der Wildnis der Kleinstadt. Den Schrecken abschütteln. Ein Nest bauen. Eine Familie gründen. Ganz groß werden. Bubi und seine unüberschaubare Wellensittichsippe. Mit ein paar Gramm verschwundener Federn geht damals alles los. Beginnt die Erosion. Löst sich die Familie auf, schleichend, über die Jahre. Zuerst gerät vor über zwanzig Jahren die Mama wortwörtlich ins Rutschen, plötzlich liegt sie mit Blutungen im Gehirn in der Einfamilienreihenhausküche, genau einen Tag nach dem Verschwinden des Wellensittichs. Zustand nach Aneurysmaruptur, Arteria communicans anterior, erblich und adipositasbedingt, die Operation rettet ihr das Leben und hinterlässt eine wie zu früh an Alzheimer laborierende, ratlose Mama. Danach geschieht alles, wie man es in einer Arbeiterfamilie mit der handelsüblichen Neigung zu Alkoholgenuss und Nikotinabusus erwarten darf: Eines Tages werden zum Trost zwei neue Wellensittiche und ein Terrier angeschafft, die alsbald aus unbekanntem Grund tot im Käfig liegen (die Vögel) oder wegen Unerziehbarkeit ins Tierheim zurückgebracht werden (der Hund), eines Tages hält Pinscher jemand ein Messer an die Kehle und stiehlt ihm zwanzig Euro und ein altes Handy (Beschuldigter unbekannt), eines Tages darf seine Mama sich ein Meerschweinchen aussuchen, das bei der ersten Gelegenheit an einem regnerischen Herbsttag über die Terrasse des Reihenhauses in den Garten flieht, eines Tages kriegt sein Papa beim Rasieren vor dem Badezimmerspiegel einfach keine Luft mehr, sie suchen nach Gründen, sie finden Krebs, sie behandeln, was nicht mehr zu behandeln ist, zwei Wochen später ist er nicht mehr da, was hast du erwartet, ewige Jugend, Starkraucher, Pegeltrinker, hartes Arbeitermilieu, eines Tages verkauft Pinscher das Haus seiner Kindheit samt den ganzen Möbeln und Schränken und Fotoalben und Pflegebetten, damit es endlich raus aus dem Kopf ist, er besorgt ein Zimmer im Altersheim für seine Mama, und eines Tages, das wusste er, wird er hier auf der Dachterrasse des in unheilvollem Mimosengelb gestrichenen Kleinstadtkrankenhausbaus stehen und nichts fühlen außer Hunger, schon wieder.

Du kannst nicht kraft deiner Gedanken deine gesammelte Trauer in den Eisbecher vor dir projizieren. Nein, auch nicht in den Cheeseburger, in die salzigen Pommes oder in die frittierte Ente vom Thai-Imbiss, du kannst sie nicht hinunterschlingen wie ein Sparmenü von McDonald's, das kannst du nicht lernen. Du hast gelernt, andere zum Trauern zu bringen, du hast gelernt, ihnen das abzunehmen, nur für dich selbst siehst du schwarz. Probier es ruhig mit der Allmacht des Sättigungsgefühls, verbieten können wir es dir nicht.

Pinscher atmet ein letztes Mal durch, jetzt wirft er die Kippe weg, diesmal rechtzeitig, jetzt stemmt er seinen massigen und unsportlichen Körper vom Geländer ab und gerät ins Straucheln, er schiebt sich sein Hemd in die Hose, richtet die Lederjacke, fährt sich durchs Haar, steckt sich den verbrannten Zeigefinger erneut in den Mund, als würde das Kühlung bringen.

Der Sommer wird endgültig geschluckt, als er die Treppe nimmt und das Foyer betritt. Er meldet sich an der Pforte wie vorgeschrieben an und starrt betreten auf den Boden. Die sachliche Innenbeleuchtung der Krankenhäuser. Die Einsamkeit der Stuhlreihen mit den vom Sorgenschweiß angegriffenen Kunstlederarmlehnen. Pinscher wünscht sich die passende Musik aus den Kliniklautsprechern, sagen wir, das Vorspiel zu »Tristan und Isolde«, warum nicht Wagner, warum nicht dieser vernichtende Akkord, und da ist sie auch schon im Ohr: Er schreitet jetzt förmlich mitten hinein in die Katastrophe, geht durch das Foyer des Krankenhauses, der beißende Geruch von Desinfektionsmittel rückt ihm auf die Pelle, er greift schon wieder nach einer Zigarette, zieht sie in der Jacke aus der Schachtel, aber dann zerdrückt, zerreibt er sie mit dem gewaltigen Forte der Musik in seinem Ohr in der Jackentasche. Vor den Aufzügen bleibt er abrupt stehen. Musik aus. Der neue Getränke- und Snackautomat. Sie haben ihn letzte Woche erst aufgestellt. Eine Attraktion, über die sogar die Lokalzeitung groß berichtet hat. Mit warmen und kalten Gerichten 24/7. Mit einer Produktpalette, wie sie nur an großen internationalen Bahnhöfen wie in Antwerpen zu finden ist. Ein traumhaftes Alleinstellungsmerkmal für ein Krankenhaus dieser Größe.

Pinscher fingert nach Kleingeld, das Frühstück ist noch gar nicht lange her, aber der Weg hier hoch war ermüdend und überhaupt, tröste dich, wo du nur kannst, immerhin das hast du gelernt. Er wirft ein Zwei-Euro-Stück in den Schlitz und wählt einen erwärmten Brownie mit flüssigem Schokokern aus. Nichts passiert. Pinscher drückt erneut, keine Reaktion des Geräts. Er presst den Knopf fester, der Kuchen samt flüssigem Schokokern bleibt drin, Pinscher hingegen lässt alles raus, er explodiert ohne Vorankündigung, er flucht und hämmert auf den Automaten ein, der Schweiß steht ihm auf der Stirn, die fußfaule Empfangsdame macht einen langen Hals und aus dem Wartezimmer der Notfallambulanz haben ein verstauchter Knöchel und eine vermeintliche Lungenentzündung nichts Besseres zu tun, als um die Ecke zu glotzen. Zeigt mich doch an, sagt Pinscher ganz ruhig und sieht den alarmierten Patienten ins Gesicht, zeigt mich doch ganz einfach an.

2 Leichenbuden

Einige Wochen früher sind die Mündendorfer Mütter noch weit weg. Alles hat seinen Rhythmus. Einmal im Monat besucht Pinscher seine Mama im Altersheim. Er begrüßt sie mit einem Lächeln, verfrachtet sie mit geschulten Bewegungen in den Rollstuhl und spaziert mit ihr fröhlich in die Stadt. Irgendwas finden sie immer, eine heiße Bockwurst auf dem Wochenmarkt, eine reduzierte Bluse im Modehaus, einen großen Amarenabecher in der Eisdiele. Sie rauchen und lachen zusammen. Das ist das wahre, das richtige, das schöne Leben. Und der Rest ist das Gegenteil. Der Rest davon ist, nun ja, sein Job.

Endlich wirkt die Katadolon. Das macht dich langsam kaputt, nichts bleibt ohne Konsequenzen, aber wir können nicht zu weit in die Zukunft schauen, nicht bei dieser Arbeit: Seit Monaten hat Pinscher wieder Ischias, irgendwas geht seinen Gang, er hat keine Ahnung, was es diesmal ist. Kalter Schweiß auf der Stirn bei jedem Zucken im Rücken. Wie Stromschläge. Noch mehr Katadolon, du musst Feuer mit noch mehr Feuer bekämpfen.

Ohne Schmerzmittel wäre er gerade chancenlos. Einen Körper drehen, ihn betrachten, nachschauen, ob da nichts im Rücken steckt. Pinscher steckt sich eine Zigarette an, er schert sich nicht darum, dass das auch in den Zivilfahrzeugen verboten ist. Dann zeigt mich doch an, denkt er. Er biegt in die Straße des Toten ein. Der Hauseingang ist abgesperrt. Krankenwagen, Notarztwagen, Einsatzdienst mit zwei Fahrzeugen, drumherum die übliche fiebrige Kirmesatmosphäre. Eine Traube aus Kindern, Nachbarn und alten

Leuten. Pinscher löscht seine Zigarette zwischen zwei angefeuchteten Fingerspitzen und wirft sie unauffällig aus dem Fenster. Er beißt die Zähne zusammen und schleppt sich aus dem Wagen, hundertdreißig Kilo Ischiasqual. Als er eine junge Frau unter den Schaulustigen entdeckt, öffnet er seine zerschlissene Lederjacke, damit seine Waffe gut zu sehen ist, geht gemessenen Schrittes an den Wartenden vorbei und nickt der Frau beschwichtigend zu. Sie lächelt, und für eine Sekunde ist der ganze Schmerz der Welt vergessen.

Der Notarzt steht in den Büschen vor dem Hauseingang und übergibt sich. Sehr eklig, fragt Pinscher. Geht, sagt der Notarzt. Weit oben? Vierter Stock. Aufzug? Natürlich nicht. Pinscher verdreht die Augen und quält sich die Treppe hoch. Er braucht ewig. Er ist kurzatmig. Diagnostizierte leichte Rechtsherzschwäche, schlechte Ernährung und Zigaretten. Wie gesagt, denken wir nicht darüber nach. Eine Sache hasst er an seinem Beruf von ganzem Herzen: Stufen. Atemlos kommt er oben an. Die Kollegen vom Einsatzdienst sitzen auf der Treppe vor der Wohnung. Ihr ist schlecht, sagt einer der Uniformierten. Pinscher sieht die Kollegin an, sie verträgt das alles nicht gut, fast noch ein Mädchen, gerade von der Polizeischule. Kopf hoch, sagt Pinscher, geht vorbei wie Regen. Als keine Reaktion kommt, zuckt er mit den Schultern und betrachtet das mit zittriger Hand beschriftete Klingelschild.

Todesursachenermittlung. Als Pinscher die verwahrloste Wohnung sieht, kommt es ihm vor wie eine Lebensursachenermittlung. Außerdem hat er Appetit, Ischias und Schmacht nach einer Zigarette. Die nächste Stunde wird sich in die Länge ziehen. Bei den Nachbarn klingeln, wann wurde der Herr zuletzt lebend gesehen, gab es ungewöhnliche Besuche, Fotos machen, Hinweise auf Angehörige finden, die Identität des Leichnams ermitteln. Nach der ganzen Zeit kann niemand mehr wissen, ob der mumifizierte Körper wirklich mal den Namen Hunger getragen hat. Viel kommt nie dabei heraus, keine Einbruchsspuren, Wohnungstür von innen abgeschlossen, kein Fremdverschulden.

Keine Panik, sagt er sich, zieht seine blauen Einweghandschuhe an, von denen er immer ein Paar bei sich trägt, nur keine Panik. Pinscher betritt den Wohnungsflur, kurz kommt ihm alles hoch, er schluckt, dann hat er sich an das Raumklima gewöhnt. Es riecht immer schlimmer als erwartet, aber vermutlich war das zu Lebzeiten des Bewohners kaum besser.

Zuerst wundert sich Pinscher noch über das ungewohnt filigrane Muster auf dem Boden, ein aufwendig gewebter Teppich jenseits billiger Auslegware, doch auf den zweiten Blick erkennt er, auf was er da läuft: Fliegen. Abermillionen tote Schmeißfliegen. Eine ganze verästelte Familie. Er ist schon durch viele leblose Insekten gewatet, aber das hier ist der Höhepunkt. Generation um Generation, von den Urgroßeltern bis zu den Enkeln, ein ganzes Schmeißfliegenkönigreich ist hier erblüht und untergegangen, als es keine Nahrung mehr gab. Ein einziges Exemplar wird den Weg durch eine Fensterdichtung gefunden, seine Eier abgelegt und fürstlich am Leichnam geschmaust haben. Auch den Kindern und Kindeskindern ging es noch gut, aber irgendwann warf der Tote nichts mehr ab. Kurz wird Pinscher traurig über das allgegenwärtige Elend in dieser Wohnung, das bis zu den Insekten auf dem Boden reicht, aber dann reißt er sich zusammen, das hier ist ein Profigeschäft, und er hat zu tun.

Der Verstorbene, längst mumifiziert, liegt auf dem Rücken quer übers Bett, die Hände seitlich am Körper, was heißt Hände, die Reste davon, Fleisch ist kaum noch vorhanden. Pinscher sieht sich den Leichnam an, der Körper ist in den vergangenen Monaten eins geworden mit dem Bettzeug. Das Kissen mit Blüten bedruckt, stilisierte Schmetterlinge auf dem Bettbezug. Seine Eltern hatten genau diese Garnitur besessen. Späte Achtziger, Versandhauskatalogware. Keine Panik, sagt sich Pinscher wieder, keine Panik.

Die Hausverwaltung hatte lange nicht reagiert, obwohl das Wohnzimmer Tag und Nacht beleuchtet war wie ein Ballsaal, obwohl man schon früher auf die Idee hätte kommen können, die Wohnung aufzumachen, beispielsweise vor Pinschers akutem Ischias.

Seinen Kollegen hat er mit voller Absicht auf dem Revier gelassen, obwohl das Alleinfahren genauso verboten ist wie das Rauchen, er darf sich jetzt nicht beschweren, alles selbst erledigen zu müssen. Pinscher macht Fotos von der Wohnungstür, vom Flur, von der Küche, vom Wohnzimmer, vom Schlafzimmer. Alles Wesentliche befindet sich auf dem kleinen Tisch in der Wohnstube. Tabak samt oranger Stopfmaschine aus Plastik, wie sie auch sein Papa gehabt hatte, etliche schmutzige Kaffeetassen, eine angebrochene Packung Toastbrot, Scheibenkäse, vergammelte Dauerwurst, eine leere Colaflasche, eine Fernbedienung, ein Korkenzieher, ein Wasserkocher, ein geöffnetes Glas Instant-Kaffee nebst Kaffeeweißer, Hustenlöser in Brausetablettenform, einige

Pillen gegen Kopfweh, unter dem Wohnzimmertisch dann drei leere Schnapsflaschen. Die Decke auf dem durchgesessenen Sofa liegt so da, als wäre gerade erst jemand aufgestanden, als hätte sich kurz zuvor ein Körper aus der Umwicklung gelöst. Ein Klassiker, denkt Pinscher, dir wird schlecht, Herr Hunger, du merkst das Ziehen, und du nimmst es erst ernst, als es schon ein Reißen ist, aufs Klo oder ins Bett, du entscheidest dich fürs Schlafen, du denkst, leg dich kurz hin, dann ist alles wieder gut, du schaffst es sogar noch zum Bett, aber gut wird es nicht mehr.

Dein Fernseher steht auf einer vergilbten Geräteverpackung, die als Podest dient, davor liegt die Fernsehzeitung, aufgeschlagen ist der 18. Januar. Drei Monate her. Das passt gut zu deinem Zustand. Auf dem Boden neben dem Fernseher findet er einen Umschlag: eine Karte mit Blumenstraußrelief. Frohe Weihnachten, nahezu unleserliche Schrift, deine Elfriede. Abgestempelt Ende Dezember. Die Adresse auf der Rückseite ist ein Volltreffer, stellt sich heraus, das ist deine Schwester. Ich fahr gleich vorbei, sagt Pinscher am Telefon. Bevor Nachfragen kommen nach seinem Kollegen und warum er wieder allein unterwegs ist, legt er auf. Mittlerweile ist der Bestatter da und unterhält sich mit seinem Sargträger über das Mittagessen: Eine neu eröffnete Filiale der Asia-Pfanne ganz in der Nähe, Ente mit Mangosoße, Riesenportionen, unschlagbarer Einführungspreis. Pinscher denkt kurz über einen Abstecher nach, aber er hat jetzt zu tun.

Danke, kann weg, sagt er, immer musst du so abgeklärt tun, das hast du gut gelernt, du Profi, macht eine Kopfbewegung in Richtung des Toten und will endlich hier raus. Bis bald, haut rein. Pinscher zieht sich die Handschuhe aus und wirft sie achtlos in die Ecke. Nichts hier wird, nichts hier darf übrig bleiben.

3 Die Letzten ihrer Art

Manchmal musst du Feuer mit Feuer bekämpfen. Den Schrecken hundertfach durchspielen, bis er dich nicht mehr zu Tode erschreckt. Du musst dich dem stellen, wieder und wieder. Du brauchst dafür die Letzten ihrer Art. Die Übriggebliebenen. In all ihrer tauben Einsamkeit, in all ihrer stummen Verzweiflung. An denen musst du dich abarbeiten. Denn wenn du abends nach Hause kommst, dann fällt eine Last von dir ab, dann wird deine Schwere im Verhältnis zu dem, was du gesehen hast, so leicht wie eine Wellensittichfeder. Jetzt gerade brauchst du dafür Elfriede Hunger. Sie ist unverheiratet, achtundsiebzig Jahre alt. Wohnhaft in einem Hochhausbezirk auf der anderen Seite vom Rhein, ihr einziger Bruder mit an Sicherheit grenzender Wahrscheinlichkeit im Januar verstorben, und das wird Pinscher ihr nun sachte beibringen. Er hat eine Vorahnung, was die Etage angeht, aber daran will er jetzt noch nicht denken. Mach wieder Sport, sonst sitzt du bald nur noch zwischen den Akten. Er isst einen Schokoriegel, öffnet das Autofenster, stellt das Funkgerät leiser und das Radio lauter. Die Rückert-Lieder. *Ich bin der Welt abhanden gekommen.* Unbeholfen klopft er den Rhythmus der Musik aus dem Radio auf dem Lenkrad mit. *Mit der ich sonst viele Zeit verdorben.* Erst jetzt fällt ihm auf, dass er sich gar nicht die Hände gewaschen hat. Sein Rücken macht ihn kaputt. Diese verdammten Schmerzen hinten und anderswo. Er lenkt sich ab, trinkt einen großen Schluck aus der Colaflasche, wirft sie auf den Beifahrersitz, nimmt die Zigarette in die eine Hand und sein Handy in die andere und ruft seine Mama im Altersheim an. Das macht er immer nach einer Leiche. Er verschweigt ihr stets, dass er wieder von einem Toten kommt. Aber was gäbe es da auch zu erzählen? Die Dinge wiederholen sich. Menschen sterben, Menschen liegen wochenlang herum, Menschen werden gefunden, untersucht und weggeschafft. Kein einziges Mal hat Pinscher bei seiner Arbeit einen Mord aufgeklärt. Seine Todesursachenermittlungen sind das täglich Brot der Kripo. Bei Verbrechenstatbeständen übernimmt gleich das Fachkommissariat, Pinscher ist nur für den auf andere Weise tristen Alltag zuständig. Und jahrelang hat er bei seinen Toten nie an seine Mama denken müssen. Mittlerweile schnürt es ihm die Kehle zu, macht es ihn manchmal so nervös, dass er unter dem Vorwand der Übelkeit Leichenbuden vorzeitig verlassen hat. Jedenfalls beruhigt er sich erst, wenn er sie anruft. Hallo, Mama. Ich wollte nur mal hören. Hast du gut geschlafen? Was gab es zum Mittag? Machst du heute noch was Schönes? Habt ihr nicht die Kegelrunde im Gemeinschaftsraum? Ich rufe dich später in Ruhe an, du weißt schon, die Arbeit.

Seine Schicht hatte heute schon mit einem anderen Toten begonnen. Manchmal gibt es eine Woche lang gar keine Leiche, manchmal zwei am Tag oder sogar drei. Und die sind sein Spezialgebiet. Heute ist, je nach Perspektive, also ein guter oder ein schlechter Tag. Nach dem Aufstehen war der ältere Ehemann nicht mehr aus dem Bad zurückgekommen, nach einer halben Stunde hatte seine Frau nachgesehen und ihn gefunden. Ösophagusvarizenblutung, geplatzte Krampfadern in der Speiseröhre, das Badezimmer sah aus wie ein Schlachtraum. Eindeutige Todesursache. Das hätte der Notarzt auch allein geschafft, sicherheitshalber wurde der Kriminaldauerdienst geholt, sicherheitshalber hatte Pinscher sich länger als nötig um die Frau gekümmert, ihr ohne dienstliche Notwendigkeit Gesellschaft geleistet. Spinat und Spiegelei hatte sie gemacht, das war eigentlich zum Mittagessen vorgesehen gewesen, reine Übersprungshandlung, während sie auf den Krankenwagen wartete. Pinscher nahm das Angebot der Frau an, mit ihr zu essen. Erlaubt ist alles, was den Preis einer Tasse Kaffee nicht übersteigt. Sei nicht so streng zu ihr, sei nicht zu streng zu dir, es tut euch beiden gut.

Nun wird er traurig, als er an seine Mama denkt und wie sie im Altersheim sitzt und ebenso selig wie Pinscher und die Witwe Spinat mit Spiegelei isst. *Ich leb' allein in meinem Himmel, in meinem Lieben, in meinem Lied.*

Bevor es schlimmer wird, ist das Lied vorbei, muss er scharf bremsen: Ein Rollstuhlfahrer auf der Straße. Er macht den Hitlergruß vor Pinschers Fahrzeug. Sind Sie wahnsinnig, ruft Pinscher und steigt aus. Hast mich fast totgefahren, Dickerchen, ruft der Mann im Rollstuhl, ockerfarbener und fleckiger Anorak, alt und ungepflegt und ohne Beine. Runter von der Straße, sagt Pinscher, beim nächsten Mal passen Sie auf. Keine Reaktion. Pinscher macht einen Schritt auf den Mann zu. Geht's bei Ihnen? Geht's bei dir, Fettsack, keift der Mann zurück. Schon auf die Distanz riecht Pinscher den billigen Fusel, hört nun einen verwaschenen Exkurs zur Waffen-SS, einen Sermon über die gute alte Zeit. Pinscher tut, was er wirklich selten tut. Kriminalpolizei, Ausweis her und runter von der Straße, habe ich gesagt. Letzte Aufforderung, sonst schiebe ich Sie weg. Gar nichts zeig ich dir, ruft der Mann, du bist ja gar kein richtiger Bulle. Leck mich doch, sagt Pinscher, verfrachtet den Mann samt Rollstuhl mit einer ruppigen Bewegung auf den Bürgersteig zurück, der Kerl schlägt um sich und schreit, ein Wunder, dass er nicht aus seinem wackeligen Gefährt stürzt. Früher kannten die Deutschen noch Recht und Ordnung, lallt der Rollstuhlfahrer. Ja, sagt Pinscher, früher hatten die Deutschen auch noch Beine. Mit diesen Worten dreht er dem Rollstuhlfahrer die Ventile aus den Reifen, kümmert sich nicht mehr um sein Gezeter und setzt sich wieder in seinen Wagen.

Über dem Rhein scheint die Sonne und wärmt sein Gesicht. Er hält an, steigt aus, geht ans Ufer und raucht kurz eine Zigarette. Er entdeckt ein langsam vor sich hin schipperndes Containerschiff. Er hört das Rufen der Halsbandsittiche und entdeckt sie in den Bäumen. Die haben es doch auch geschafft. Als Paar aus der Gefangenschaft geflohen, haben sie sich das wilde Leben zu eigen gemacht und beherrschen mit ihrem Geschrei die Stadt. Pinscher liebt sie sehr, wenn sie in großen Schwärmen in den Bäumen landen. Es ist also theoretisch wirklich möglich. Ein Tankschiff fährt vorbei, die *Dies Irae,* ein Schiffsbesitzer ohne Hoffnung oder mit Humor. Manchmal kommt es ihm so vor, als sei die ganze Welt auf einem Grund aus purer Schäbigkeit errichtet worden, nur behaust von Verrückten und Verlorenen. Wie wilde Tiere in einem viel zu engen Käfig, die ständig aufeinander einhacken. Manchmal kommt es ihm so vor, als sei das früher anders gewesen. Als sei der Mensch nicht von Natur aus mies bis auf die Knochen. Manchmal kommt es ihm so vor, als müsse er kapitulieren, in ein unspektakuläres Sachgebiet wechseln, den Schichtdienst verlassen und nur noch Fahrradklau und Ladendiebstahl machen. Seine Bewerbung beim Polizeiorchester liegt in der Schublade, er müsste sie nur abschicken. Andererseits: Er mag seine Arbeit doch. Und nicht die Stadt an sich besteht aus lauter Irrsinn, das ist nur sein eigener Kosmos, den er nach Schichtende verlassen kann, zumindest für eine gewisse Zeit. Feuer gegen Feuer.

Er fährt vor dem Haus halb auf den Gehsteig und platziert die Polizeikelle sichtbar auf der Ablage. Das ist es, was er an der Arbeit liebt: überall Parkplätze. Schnell findet er den Namen auf dem Klingelbrett, es dauert. Siebter Stock, bitte, hört er die alte Dame durch die Gegensprechanlage sagen, sie fragt gar nicht nach, schon geht der Türsummer. Pinscher nimmt den Fahrstuhl, und als er in dem ruckelnden Aufzug von Etage zu Etage getragen wird, bricht ihm schon wieder der Schweiß aus. Platzangst, heftige Panik, präfrontaler Kortex und Amygdala rennen mal wieder um ihr Leben. Immerhin der Schmerz um sein Steißbein herum lenkt ihn ab, der mittlerweile in immer kürzeren Abständen stoßweise kommt. Alle paar Sekunden in die Steckdose fassen.

Guten Tag, Frau Hunger, Kriminalpolizei, darf ich reinkommen? Das würde ich lieber drinnen mit Ihnen besprechen. Ich habe da eine unerfreuliche Nachricht.

Die Wohnung ist klein und aufgeräumt, sauber und bescheiden. Es riecht nach Putzmittel vom Discounter, Meeresbrise im Frühling, an den Wänden Fotos in Plastikrahmen, alles alte Bilder, vom Karnevalsumzug, von den Eltern in Sonntagskleidung. Die Möblierung macht einen funktionalen und kargen Eindruck. So viel wie nötig, so wenig wie möglich. Auch hier wohnt die Tristesse, nur auf viel aufgeräumtere Art als im zerwühlten Nest des Bruders von Frau Hunger. Pinscher wirft einen geschulten Blick auf die näheren Lebensumstände der Frau. Auf dem Weg ins Wohnzimmer entdeckt er an der Pinnwand Medikamentenpläne vom Pflegedienst nebst Checklisten, wann wird gebadet, wann gewaschen, wann werden die Nägel geschnitten, außerdem leere Schachteln von Fertigessen. Im Gegensatz zur selbst gewählten Anarchie des Bruders gibt es hier ein streng choreografiertes Ballett aus Pflegedienstleistungen, Essen auf Rädern und Hausarztbesuchen. Wie selbstverständlich bittet die alte Dame Pinscher aufs Sofa und verschwindet gleich wieder in der Küche.

Nicht mal fünf Minuten nach Beginn seines Besuchs hat Pinscher die Todesnachricht überbracht und sitzt vor einem starken Kaffee und einem Stück Schwarzwälder Kirschtorte, halb gefroren. Er hat wieder nicht abgelehnt, nicht hier, nicht jetzt: Zu sehr erinnert ihn die Frau an seine eigene Mama. Tun das neuerdings alle alten Damen? Hättest du dich nicht einfach krank melden sollen? Klein, gebeugt, langsam, mit freundlichen großen Augen und einer resoluten Stimme. Ihre Reaktion auf die Todesnachricht fällt sachlich aus. Was ist jetzt zu tun, das kommt doch recht überraschend, eine kurze Erinnerung an die gemeinsame Kindheit und Jugend mit dem jüngeren Bruder, später Jahre der Funkstille, diese

Sauferei, ein Wort gibt das andere, irgendwann doch wieder Karten und Anrufe, nicht oft, einmal im Jahr ein Besuch, nie zu Weihnachten, da ist es zu oft eskaliert, da macht jeder lieber seins. Während sie erzählt, rollen der Frau einzelne Tränen über die Wangen, sonst sitzt sie fast ungerührt da, als würde sie das alles nichts angehen. Haben Sie Freunde, die heute zu Ihnen kommen können? Soll ich Ihnen jemanden schicken? Möchten Sie vielleicht diese Broschüre für den akuten Notfall? Frau Hunger lehnt alles ab. Pinscher kennt das ganze Spektrum an Reaktionen. Zusammenbrüche, unberechenbare Handlungen, Gleichgültigkeit, Sorge um die Bestattungskosten, Bejammern der eigenen Lage. Er weiß nicht mehr, wie häufig er diese Mitteilung schon überbracht hat, spontan kommt er auf eine Zahl im mittleren dreistelligen Bereich. Darin ist er schon Profi.

Er geht zu Fuß nach unten, steckt sich eine Zigarette an, nimmt mehrere tiefe Züge und verpestet die Luft im Treppenhaus. Manchmal geht es nicht anders. Elfriede Hunger, unverheiratet, achtundsiebzig Jahre alt, nun ohne direkte lebende Verwandtschaft, die Letzte ihrer Familie.

4 Die Vereinbarkeit von Beruf und Haustier

Pinscher sitzt in seinem Büro vor dem Computer und erledigt die Bürokratie der beiden heutigen Sachverhalte. An der Wand gegenüber seines Schreibtischs hängt eine Abbildung von Giacomettis Hund, die er mal in einer Zeitschrift entdeckt hat. Daneben an der Pinnwand Bestellkarten für

Italienisch, Indisch und Asiatisch. Ein Regal mit Aktenordnern, davor ein nie benutzter grüner Gymnastikball, aus dem die Luft mehr und mehr entweicht, sowie eine Klappmatratze, angeschafft zur physiotherapeutischen Selbstbehandlung, die vorzugsweise während der Nachtschichten dringlich wird. Er mag das Büro nicht, er kann den Stillstand dieses Ortes nicht leiden. Ein Alleinsein ohne Zigaretten. Einmal hat er für zwei Wochen auf den Graupapagei seines Nachbarn aufgepasst, den nahm er im Käfig mit zur Arbeit, aber der Vogel störte die Vernehmungen in den anderen Büros durch ständiges Geschrei, und Pinscher musste das Tier noch während der Schicht wieder nach Hause bringen.

Sein Kollege, dessen Namen er sich aus Gemeinheit nicht merkt, hat im Gemeinschaftsraum nicht gegrüßt. Die Leute gehen ihm aus dem Weg, mal wieder, dabei sollte er derjenige mit den komischen Launen sein. Seine Rückenschmerzen wären für alle anderen Kollegen ein willkommener Grund für mindestens vier Wochen Krankschreibung. Er hat dieses Jahr nicht ein einziges Mal auch nur einen Tag gefehlt, und in den Jahren davor auch nicht. In einer Stunde kann er nach Hause. Er beeilt sich, lädt die Bilder der Leichenbuden hoch und beschriftet sie, das macht er fast mechanisch. Bei manchen Fällen baut er in seine Texte kleine Scherze für die Staatsanwaltschaft ein und stellt sich die Freude vor über den außergewöhnlichen Bericht, keine Zeit dafür heute.

Gerade will er sich einen Kaffee holen für den zweiten Ereignisortbericht, als seine Chefin in der Tür steht. Das erstaunt ihn. Seine Chefin Jana, wenige Jahre vor der Rente, kommt vor allen anderen Kollegen und geht entsprechend früh. Pinscher, kommst du mal bitte? Klar, bin gleich da, ich mache die Leiche eben fertig. Nein, sofort. Volle Pulle Starkstrom in Pinschers Rücken, es reißt ihn fast vom Stuhl, er muss aufpassen, beim Aufstehen nicht vor Schmerzen aufzustöhnen. Er betritt das Zimmer seiner Chefin, das größte Chaos auf dem gesamten Revier, Akten und lose Blätter und stapelweise Sachverhalte, selbst die Weihnachtsdekoration wird aus unerfindlichem Grund einfach seit Jahren nicht mehr weggeräumt. Seine Chefin Jana mag er sehr, sie ist ruhig und respektgebietend, sie ist alleinstehend wie er. Hätten sie nicht beruflich miteinander zu tun, wären sie befreundet und würden schweigend in der Kneipe sitzen. Jana ist größer als er, legt ihm mütterlich die Hand auf die Schulter, atmet schwer ein, atmet schwer aus und schaut aus dem Fenster. Komm, sagt Jana, wir müssen eine rauchen.

Das ist das Alarmsignal, Pinscher kennt das Schema, beim Graupapagei hatte er zur Notfallzigarette ebenso antreten müssen wie damals, als ihm gegenüber einem Beschuldigten die Hand ausgerutscht war. Er nimmt sich eine der dünnen Zigaretten, die seine Chefin ihm anbietet, immer schon raucht sie die blauen *Vogue.* Jana öffnet das Fenster, stumm nehmen sie die ersten Züge. Geht es besser mit dem Autofahren und deiner Angst, fragt Jana. Schon, sagt Pinscher, mal so, mal so. Du hast dich aus allen Nachtschichten rausgeplant, sagt Jana. Na und, sagt Pinscher. Ich mag dich wirklich gern, sagt Jana, du weißt ganz genau, dass ich dich verdammt gern mag. Ich weiß, sagt Pinscher. Das geht trotzdem alles nicht, sagt seine Chefin. Sie raucht fahrig und schnell, jetzt kommt der unangenehme Teil, denkt Pinscher, und steht noch gebeugter da als ohnehin schon, ein Schuljunge, der vor versammelter Klasse zusammengepfiffen wird. Was macht deine Mama, fragt Jana. Alles gut, sagt Pinscher, alles gut, können wir das jetzt vielleicht abkürzen?

Das hätte er nicht sagen sollen. Jana nimmt Pinscher seine Zigarette aus der Hand, wirft sie raus und ihre hinterher, knallt das Fenster zu, na gut, setz dich jetzt hin.

Was hast du mit Achenbach gemacht, fragt seine Chefin, steht direkt vor ihm und sieht ihn durch ihre zusammengekniffenen Augen hindurch an. So hat Pinscher sie noch nie erlebt. Wer ist das überhaupt? Jetzt wird sie laut: Hör auf mit dem Theater, Pinscher. Du sperrst deinen eigenen Kollegen auf dem Klo ein und fährst zu einem potenziellen Tatort. Du überbringst Todesnachrichten allein. Was ist bei dir und Achenbach los? Was stimmt nicht mehr mit dir? Ich kann den nicht haben, sagt Pinscher. Und was noch? Ich kann den ums Verrecken nicht haben. Seine Chefin setzt sich, trommelt mit den Fingern auf die Tischplatte ein. Du hast gestern auf offener Straße einen Bürger Sarggeburt genannt, nachdem du ihm vorher den Weg abgeschnitten hast. Als Sarggeburt! Leute haben angerufen und sich beschwert. Du hast einem Behinderten die Luft aus dem Rollstuhl gelassen, nachdem du ihn vorher fast überfahren hast. Auch das haben Leute gemeldet. Der war ein Nazi, der ist einfach auf die Straße gerollt. Der Nazi hat dich angezeigt, sagt seine Chefin, ihre Lippen zittern. Pinscher schluckt, zieht seine Zigarettenschachtel aus der Hosentasche, bietet ihr eine an, die letzte Beschwichtigungsgeste, dafür ist es zu spät: Lass das sein, wir sind ein Nichtraucherrevier. Schweigen. Sekundenlang. Jana spricht jetzt ganz ruhig weiter. Ich mag dich gern, Pinscher, wirklich gern. Zu gern. Zu gern für was, fragt Pinscher. Stille. Ich finde, du solltest dich um deine Mutter kümmern, sagt Jana seelenruhig, fast verständnisvoll. Ich kümmere mich um sie, protestiert Pinscher, ich rufe sie jeden Tag an, ich bin einmal im Monat da. Das meine ich nicht, sagt Jana, du solltest dich richtig um sie kümmern. Jeden Tag. Jetzt fällt der Groschen. Pinscher sackt in sich zusammen.

In Mündendorf, sagt Jana, brauchen sie einen Bezirksdienstbeamten. Das ist keine Kurzschlussentscheidung, ich habe mir das schon länger so überlegt. Es ist alles besprochen mit dem Kollegen, er hat sogar explizit nach dir gefragt, nimm es mir bitte nicht übel, aber das ist besser so. Du kennst die Gegend, du kennst die Leute. Du bist aus der Schusslinie. Fürs Erste. Erfahrungen auf dem Land sollten wir sowieso alle mal sammeln. Ab wann, sagt Pinscher. Ab morgen, sagt seine Chefin. Wie lange, sagt Pinscher. Mal sehen, sagt seine Chefin. Und Pinscher sagt nichts mehr. Außerdem kannst du da einen Hund haben, das wolltest du doch immer, da ist die Vereinbarkeit von Beruf und Haustier doch viel eher gegeben als hier. Wer weiß, vielleicht gefällt es dir zu Hause. Pinscher hat die Arme vor der Brust verschränkt. Hier ist zu Hause, sagt er, und seine Stimme bricht. Ich hab dich wirklich gern, sagt Jana. Ich lass mich gern krankschreiben, sagt Pinscher und steht auf. Komm, wir rauchen noch eine, sagt Jana. Ich lass mich krankschreiben, sagt Pinscher, beißt die Zähne zusammen, stemmt sich hoch und geht zur Tür, Maria, Josef, das Jesuskind und sogar die Tiere aus der verstaubten Heiligabend-Krippe lachen ihn aus. Pinscher hinkt auf den Flur und knallt die Tür hinter sich zu, ich lass mich einfach krankschreiben, ruft er über den Gang, aber keiner interessiert sich mehr für ihn. Was soll er zu Hause? Andererseits: Was hat er hier noch verloren?

5 Das Wohnzimmer

Und plötzlich hast du diese Kälte im Nacken. Wie sonst nur, wenn du einen Luftzug aus dem Mittelgebirge abbekommst. Du stehst im Haus. Es ist stockdunkel. Wie bist du hierhergekommen? Bist du wirklich wach? Mach das Licht an, sonst siehst du ja gar nichts! Da ist sie. Groß und klobig und schwer. So massiv. Als hätte man das Haus um sie herum gebaut und nicht andersherum. Die Schrankwand. Relikt deiner erloschenen Familie. Geh hin, trau dich. Was soll schon passieren? Zieh alle Schubladen gleichzeitig auf, guck rein. Sie kommt aus dem Versandhauskatalog der Achtziger, bezahlt in sechsunddreißig Raten, dunkle Eiche furniert, der Beweis für den Wohlstand der kleinen Leute, die holzgelackte Bestätigung des eigenen Angekommenseins, das handfeste Lebensarchiv der proletarischen Kleinstadtfamilie. Ganz rechts hinter den Türen, mittlerweile hier und da unvollständig, aber immer noch beeindruckend: diese schiere Menge an Geschirr. Bestimmt vier Sets, angeschafft oder geschenkt zu verschiedenen Anlässen: die Teller und Unterteller mit den folkloristischen britischen Armeeszenen zur silbernen Hochzeit in den Neunzigern. Das schneeweiße Geschirr fürs Weihnachtsessen. Nur ein einziges Mal im Jahr aus dem Schrank genommen und danach von Hand gespült. Links daneben: das nahezu komplett erhaltene Kaffeeservice mit den kleinen Röschen darauf. Du hast dein Erspartes zusammengekratzt, bist mit dem Bus in die Stadt und hast es ihnen gekauft, einfach so. Jetzt reiß dich mal zusammen, ja, hinter dir wird jetzt gehustet und geraucht, der Fünfzigste deines Vaters. Dreh dich um, da sitzen sie alle. Onkel Hermann, längst beerdigt, hebt seinen beunruhigend grauen Hut, dieser jähzornige Drecksack. Tante Gerda spricht wieder so leise, was ist ihr passiert, du hast es zu ihren Lebzeiten nicht rausgefunden und wirst es auch nicht mehr tun. Ach, die jovialen Schneiders, die ältesten Freunde deiner Eltern mit den lustigen, runden Gesichtern, sie sehen dich und wollen dir gleich wieder zehn Mark zustecken, ein Geldstück für jede Hosentasche. Alle rauchen. Willst du dich dazusetzen? Jetzt nicht, du musst weitermachen. An den Ecken der Schrankwand, an den Türen, an einer Leiste, die dunkler ist als der Rest: Beschädigungen aus einer Zeit, als du ganz klein warst. Du hast mal den Rand angeflämmt mit dem Feuerzeug, als die Eltern nicht im Haus waren. Du hast deine ständige Wut an der rechten Tür ausgelassen. Die beschädigte Schrankwand: vitaler als das beschädigte Leben danach. Guck besser nicht weiter nach links, dann tut es richtig weh. Die Abteilung mit den Fotoalben. Schlägst du sie auf, dann bist du auf der Autobahn in Richtung Nordsee. Dann steigst du aus dem verqualmten Ford Escort aus und riechst das Meer. Siehst die spartanisch und billig eingerichtete Ferienwohnung, drei Wochen lang das Paradies. Schau weiter. Kleinstadtfamilie in zu bunten und zu großen Regenjacken, hart arbeitende Eltern, der verzogene Junge, ein Spaßvogel. Du weißt es genau, irgendwann werden die Seiten leerer, noch eine Konfirmation, noch ein runder Geburtstag, noch ein letztes und ein allerletztes Grillen, mein Gott, das ist wirklich gruselig, du drehst dich zurecht um und bist erschrocken, der krebskranke Vater auf dem Sofa, der nicht mal mehr seinen Brei löffeln kann, du knallst das Fotoalbum zu, reißt die Klappe auf, hinter der sich der Starkalkohol verbirgt. Schnaps in vielen Varianten, halb ausgetrunkene Flaschen, die nur auf dich gewartet haben, du trinkst dir die Gespenster hinter dir weg, bis das Wohnzimmer wieder still und leer, bis die Schrankwand wieder ganz unberührt ist, nein, niemand hat was verändert, dunkle Eiche furniert: unverdächtig.

6 Im Schuhkarton

Der Vorteil seiner Wohnung liegt auf der Hand: Er hat es nicht weit zum Revier und er wohnt direkt am Rhein. Vor ihm hatte hier ein Hirnforscher aus dem Senegal gelebt, der auf Träume spezialisiert war. Das färbt ab, davon ist er überzeugt. Als Pinscher eingezogen war, hatte es gleich angefangen mit den abstrusen und lebhaften und zermürbenden Träumen. Nacht für Nacht der größte Unsinn, der sich auch mit Schnaps kaum eindämmen ließ. Er hatte die Wohnung unbedingt gewollt. Die erste Wohnung, die er sich damals angesehen hatte. Eine winzige Behausung, alles in allem gut dreißig Quadratmeter, ein kleiner Schuhkarton unter dem Dach, im Winter zugig und im Sommer unerträglich heiß. Nicht mal für ein richtiges Bett war Platz, er hatte sich ein Schlafsofa gekauft, das er tagsüber einklappen konnte. Obwohl er längst genug Geld verdient für eine größere Wohnung, obwohl seine Kollegen ihn auslachen für das Jugendzimmer, in dem er seit Jahren haust, kann er sich nicht davon trennen: Hier hörst du den Rhein, hier siehst du die Sittiche, hier ist gerade so viel Platz, dass du dich vor der Welt verstecken kannst. Sein Refugium, quasi schuhkartongroß. Von hier aus kann er leben. Er stellt sich manchmal vor, dass die Halsbandsittiche, die sich mittlerweile über die ganze große Stadt verteilen, es ähnlich gemacht haben: Zuerst ist in den Sechzigern ein einzelnes Paar vermutlich aus einer privaten Voliere ausgebrochen und hat sich im Stadtwald versteckt. Fast so, als hätten sie in aussichtsloser Lage ein Reihenhaus in der Kleinstadt bezogen, haben die Halsbandsittiche von dort aus ihre Familie gegründet. Den Platz von Generation zu Generation vergrößert. Heute gehört ihnen alles hier, sämtliche Versuche, sie zu vertreiben, scheitern immer wieder.

Pinscher hat mal angefangen zu studieren, Medizin, aber nach einem Jahr ist sein Papa an seinem ersten offiziellen Tag als Rentner umgefallen. Pinscher hat getan, was er ausgesprochen gut kann: weglaufen. Aus der Kleinstadt, wo er aufgewachsen ist. Etwas hat ihn zur Polizei gezogen. Die ewige Wiederholung des Schreckens, bis er kleiner und kleiner wird.

Die Sache mit der Sportprüfung hat mit viel Nachsehen, einer gefälschten Bescheinigung und gutem Willen geklappt, man hatte beide Augen zudrücken müssen. Ebenso wie bei der Körpergröße, da wollen wir mal nicht so streng sein. Pinscher war nicht blöd, das spielte ihm in die Karten. Er hat viel und hart gearbeitet, so ist er rasch beim Kriminaldauerdienst gelandet, eine Durchgangsstation zu einem anderen Posten, für ihn genau das, was er will. Schnell hatte er den Ruf weg, gut mit Leichen zu können. Irgendwann ist er Oberkommissar geworden, irgendwann ist er aus disziplinarischen Gründen vom Oberkommissar degradiert worden zurück zum Kommissar, irgendwann hat er sich gesagt, dass er diese Arbeit jetzt so lange machen wird, wie es geht. Irgendwann hat sich herauskristallisiert, dass er sich um das harte Zeug kümmert. Viel lieber als um alles andere, viel lieber als seine Kollegen. Pinscher hat dreimal einem Sterbenden die Hand gehalten. Bei den Hochhausspringern hat er bei fünfzehn aufgehört zu zählen, die Hänger gehen ihm auf die Nerven, überhaupt hat er kein Mitleid mehr mit Suizidierten. Nur Kinder hängen ihm nach. Den Schrecken endlos wiederholen, und er bleibt schrecklich. Ein einziges Mal sind ihm die Tränen gekommen, als er einer Mutter hatte sagen müssen, dass ihr Sohn bei einem Verkehrsunfall ums Leben gekommen war. Seine Schulter war am Ende nass gewesen, im Nachhinein hat ihn ihre trotzige Hilflosigkeit fast geärgert. Ob sein Papa in solchen Momenten stolz auf ihn ist? Er ist sich nicht sicher. Schließlich ist er in dem Glauben gestorben, dass sein Sohn am viel zu schweren Medizinstudium scheitern wird, das war was für die reichen Leute, das konnte überhaupt gar nicht zu schaffen sein für einen Pinscher. Als Pinscher seinen Papa beerdigen musste, blieb seine Mutter im Haus. Wenigstens das war ihr geblieben. Als die Mama dann nicht mehr allein bleiben konnte, verkaufte Pinscher schweren Herzens die Immobilie. Er hat sie in dem Glauben gelassen, dass das Haus noch ihnen gehört. Und immer fragt sie nach, wann es denn zurück nach Hause geht. Er besucht sie jeden Monat, obwohl ihm konstant übel wird, wenn er in die Kleinstadt seiner Kindheit zurückkehrt. Wie vor einer wichtigen Prüfung, für die man nicht gelernt hat. Wie oft hat er sich damit beschäftigt und gefragt, warum das so ist. Er geht sich selbst damit auf die Nerven. Er will davon nichts mehr wissen. Er ist durch mit dem Thema. Er stellt sich manchmal vor, wie es wäre, eine eigene Familie zu haben: Ob sich dann alles klärt, dieses groteske Verhältnis zur eigenen Herkunft, diese panische Angst vor der Nacht, besonders in kleinen Städten. Mit der Familie ist es nie was geworden, eigentlich nicht mal annähernd: Pinscher hat in seinem Leben keine halbwegs ernsthafte Beziehung mit einer Frau gehabt.

Er wacht auf und ist noch müder als zuvor. Er hat sich nach der Schicht kurz hinlegen wollen, aber jetzt schwindet schon das Licht draußen vor dem Fenster. Er spürt seinen Rücken, er quält ihn schlimmer denn je, er hat Hunger und Durst, großen Durst, was soll er sich jetzt noch zusammenreißen. Erst jetzt tauchen die beiden Wörter wieder in seinem Kopf auf, die ihm mehr Qual bereiten als jeder Ischiasnerv: Mündendorf. Bezirksdienstbeamter.

Ächzend schiebt er sich aus dem Bett, zieht seine Jacke an und geht zum Kiosk um die Ecke. Er kauft eine Tiefkühlpizza, eine Flasche Wodka, eine Packung Orangensaft und eine Tafel Schokolade. Vor dem Essen nimmt er zwei Katadolon gleichzeitig und spült sie mit Wodka und Orangensaft runter. Das ist nicht gut für die Organe, wir wissen es, aber was sollen wir machen, von Ibuprofen bekommt er schweren Ausschlag. Schmerz kannst du nicht mit Schmerz bekämpfen, nur mit Pillen. Außerdem, die Sache mit dem Sterben auf diesem oder jenem Wege ist dir wirklich mittlerweile recht geläufig. Er setzt sich mit seinem Laptop vor den Fernseher, es laufen Arztserien und Krimis, deren Handlung er nur beiläufig verfolgt. Zuerst klickt er sich lustlos durch neue Nachrichten auf diversen Singleportalen, bei denen er angemeldet ist. Spannender hingegen findet er die neuen Tiere, die er auf seinen Favoritenseiten findet: Windhunde in Not, Dackel in Not, Mischlinge in Not. Seine Chefin weiß das natürlich, lange schon denkt er darüber nach, sich endlich einen Hund anzuschaffen, schon lange weiß er, wie sehr ihn so ein Tier beruhigen würde. Lass dich nicht von den Hunden nach Mündendorf locken, denkt er noch, das ist ein billiger Trick von Jana, nicht mehr und nicht weniger. Irgendwann rutscht Pinscher der Laptop vom Schoß, irgendwann ist der Orangensaft leer und auch die ganze Flasche Wodka, irgendwann torkelt Pinscher ins Bett, nachdem er mit besoffenem Kopf noch eine wirre und hilflose und schwermütige Mail angefangen hat, die er zum Glück nicht verschickt und bei der er am nächsten Tag nicht mehr weiß, ob sie an einen Tierschutzverein, an seine Chefin oder an eine potenzielle Partnerin gerichtet war.

7 Leichen im Keller

Das Handy weckt ihn am nächsten Morgen. Pinscher schnappt nach Luft. Hat er verschlafen? Hat er wirklich so viel getrunken? Schafft er es überhaupt aus dem Bett? Würde man seine Fahne riechen? Kaugummi, er braucht Kaugummi. Ihm ist kotzübel, und sein Telefon klingelt vehement.

Was gibt's, sagt Pinscher, obwohl er die Nummer auf dem Display nicht kennt. Goranek hier, schönen guten Morgen. Können Sie bitte einen Augenblick warten, sagt Pinscher, es ist jemand an der Tür. Er legt das Handy zur Seite, rollt aus dem Bett, strauchelt, schlägt der Länge nach hin und verrenkt sich dabei seinen Rücken. Er rafft sich fluchend auf, schleppt sich mit Schmerzen ins Bad und schafft es im letzten Moment vor die Kloschlüssel, wo er sich heftig übergibt. Er wischt sich den Mund sauber, geht zurück ins Schlafzimmer und nimmt sein Telefon wieder in die Hand: Warum hat er nicht einfach aufgelegt?

Hören Sie? Entschuldigung, da war ein großes Paket für mich. Kein Ding, Goranek hier. Kennst du mich noch? Tut mir leid, keine Ahnung. Du Posaune, ich Trompete, sagt Goranek, und da fällt es Pinscher wieder ein. Mit dem windigen Goranek hat er in der Big Band der Schule gespielt und Abitur gemacht, der ist damals direkt zur Polizei und so schnell wie möglich zurück in die Kleinstadt, dann hat er ihn aus den Augen verloren. Mündendorf hat Krallen, sagt Goranek, und dann lacht er, Pinscher lacht nicht zurück und zerkaut eine Katadolon, deren bitterer Geschmack ihn sich beinahe wieder übergeben lässt. Ich bin jetzt dein Chef, Peterle. Nenn mich nicht so, sagt Pinscher. Wenn du es einrichten kannst, sagt Goranek, dann würden wir uns sehr freuen, den Herrn Bezirksdienstbeamten noch heute in der Provinz begrüßen zu dürfen. Ich bin erkältet, sagt Pinscher, mein Rücken bringt mich um. Das ist alles ein großes Missverständnis. Du hasst uns, sagt Goranek, weil wir mit dem Arsch in Mündendorf geblieben sind, stimmt's? Langes Schweigen. Ich weiß nicht, was du von mir willst, sagt Pinscher, ich hab Ischias, ich lasse mich krankschreiben, wir können ja mal einen Kaffee trinken, wenn ich meine Mutter besuche, ich lege jetzt auf, mach's gut.

Kaum ist er eingedöst, da klingelt sein Telefon erneut.

Scheißdreck, denkt Pinscher, und verflucht Mündendorf und sein Pflichtbewusstsein gleichermaßen. Leg nicht wieder auf, ich warne dich. Pinscher schweigt. Ich bin wirklich krank, ich kann wirklich nicht kommen. Du nimmst den nächsten Zug hierher. Du bist jetzt Bezirksdienstbeamter, und das ist eine Dienstanweisung. Außerdem hast du noch eine Leiche im Keller. Was soll das heißen, sagt Pinscher, Leiche im Keller, in welchem Keller? Nicht direkt im Keller, aber auf dem Sofa, sagt Goranek. Willst du mich verarschen, sagt Pinscher. Ich hab kein Sofa in Mündendorf. Aber deine Eltern hatten eins, du Blödmann. Das Haus gehört mir nicht mehr, sagt Pinscher. Wenn das mal so einfach wäre, sagt Goranek. Schweigen. Heute Nachmittag gibt es bei der Feuerwache einen Empfang. Da kommst du hin. Siebzehn Uhr. Hast du das verstanden? Ich bin krankgeschrieben, sagt Pinscher und legt auf. Ein verdammt übler Traum, der keiner ist. Schlimmer als alle Sachverhalte, in die er in den letzten Jahren involviert gewesen ist. Eine Leiche auf dem Sofa. Und dann noch in Mündendorf. Es gibt kein Zurück mehr, da kann er zornig werden, wie er will, Dienst ist Dienst, es geht ihn jetzt was an, es hat mit ihm zu tun. Wäre es nur nicht Mündendorf.

II

ZÜRNEN

1 Pinscher

Es beginnt mit einem heftigen Schaudern, da bist du noch ganz klein. Sagen wir, drei oder vier Jahre alt. Du sitzt mit deiner Mama vor dem Fernseher, dein Papa ist auf Nachtschicht, ihr seid allein. Ihr seht »Aktenzeichen XY« und du fürchtest dich vor dem Mann mit der großen Brille, du hast Angst vor den Einbrechern mit ihren Stemmeisen, du zitterst vor den Hilferufen der Schauspieler, die für dich keine Schauspieler sind. Und deine Mama zittert auch, sie bindet sich im Bett einen Faden an den großen Zeh und verknotet ihn mit der Schlafzimmertür, damit ihr merkt, wenn jemand kommt. Von da an fütterst du deine Angst jeden Tag. Deine Welt besteht nur noch aus Verdächtigungen. Du versteckst das Bonbon in der Backentasche, das dir eine alte Dame doch nur schenkt, weil sie dich so niedlich findet, du spuckst es gleich wieder aus. Du willst nicht den Käse essen, den die Frau im Kaufhaus dir auf einer Gabel zum Probieren gibt, du kotzt vor die Theke. Du willst nicht allein sein mit den anderen Kindern, du willst nicht, dass deine Mama weggeht, du wirfst dich auf den Boden und weinst. Mit niemandem redest du darüber. Alles frisst du in dich hinein. Du gehst in den Kindergarten und wirst ein Clown, du gehst zur Schule und wirst dick, du gehst zur Polizei und trinkst. Du redest den ganzen Tag über Leichen, aber stumm bleibst du gegenüber deinen eigenen Toten, das weißt du doch selbst. Du ahnst alles voraus, immer das Schlimmste, und wenn das schon nicht kommt, dann wenigstens das Zweitschlimmste. Du bist jeden Tag aufs Neue entsetzt von der Nacht, als sei sie ein aus der Unterwelt geschickter Dämon. Du kannst kaum einen Meter laufen, ohne dich vor der Dunkelheit zu fürchten. Aus dem großen Stein am Wegesrand wird ein zusammengekrümmter Körper. Aus dem Schatten, den die Büsche unter der Straßenlaterne werfen, wird eine lauernde Nachtgestalt. Aus dem Geschrei einer rolligen Katze wird ein Todeskampf. Du lässt dir selbst einfach keine Ruhe, hast bis heute Angst vor dieser Fernsehsendung, obwohl du doch derjenige bist, der die Schauspieler jagt, die keine sind. Du bist nicht Kommissar geworden, du warst es von Anfang an, als dich das erste Mal das heftige Schaudern überkam, über das du schweigst wie ein Grab, weil du meinst, nur so überhaupt am Leben zu bleiben.

2 Marschmusik

Das Blasorchester setzt ein, als er das mit Girlanden geschmückte Gerätehaus der Feuerwehr betritt. Ein hinter seinem Rücken organisierter kleiner Empfang für die Rückkehr nach Mündendorf, zu der sogar der Feuerwehrmusikzug aufspielt. Der »Radetzkymarsch«, Pinscher hat ihn sogar selbst mit der Kapelle gespielt, in der er jetzt kein Gesicht mehr kennt. Gerührt schüttelt Pinscher den Kopf. Vielleicht doch Mündendorf, vielleicht doch ein Hund. Der

Marsch ist vorbei, Applaus setzt ein und Pinscher winkt, lässt sich beklatschen und hat Tränen in den Augen. Ja, hier bin ich, schaut mich an.

Pinscher kommt am Kleinstadtbahnhof an und denkt, dass er nicht zur Schule will. Genau das denkt er. Sich auf den Boden werfen und vor Wut mit den Fäusten auf die Erde eintrommeln, den nächsten Zug weg von hier nehmen, weg von sich, weg von Mündendorf. Er will es nicht wahrhaben. Das hier ist rein professionell, das wird deine Lektion, er steckt sich eine Zigarette an, obwohl das mittlerweile sogar auf den Bahnsteigen hier verboten ist. Auf das Nikotin ist Verlass, dann eben Mündendorf, du bist gar nicht klein, du bist doch wer. Er hat seinen großen Trekkingrucksack dabei, den er sich vor Jahren in einem Anflug von Euphorie für Wanderungen an der belgischen Nordsee gekauft und seither nie benutzt hat. Fürs Wandern hat es nie gereicht, nicht mal in Belgien ist er gewesen. Eingepackt hat er für sieben Tage. Unterhosen, T-Shirts, Pullover, zwei Hosen, eine Reisezahnbürste, eine längst zu klein gewordene Uniformjacke, ein paar Bücher. Er weiß, dass sieben Tage nicht reichen, dass er nach einer Woche wird waschen müssen, aber das Gefühl ist entscheidend, nimm es wie ungeplante Ferien, wie einen ungewollten Urlaub mit Talsperre statt Nordsee, den jemand bezahlt und dann nicht angetreten hat, spring du doch ein, lieber Pinscher, du machst doch nie frei und siehst müde aus, die Landluft tut dir gut.

Der Bahnhofsvorplatz hat sich nicht verändert. Ein Dönerimbiss, eine Spielhalle, eine Sparkasse, daneben die Bäckerei, der Metzger, ein Stück weiter die üblichen Ramschläden. Auch bei Pinscher hat sich nichts verändert. Er betritt den

Boden seiner Heimatstadt, und ihm bleibt die Luft weg. Seine Lungen kollabieren, so fühlt es sich an, und das kommt nicht von der Zigarette. Gleich liegst du da, und man muss sich um dich kümmern. Atme ein, atme aus, nichts kollabiert, niemand gerät hier ins Rutschen. Die rein körperliche Reaktion auf das Zusammentreffen von Kleinstadt und Seele. Du wirst nicht straucheln, du wirst nicht fallen, du wirst nicht liegen bleiben. Nicht mal die Bäume bieten angemessenen Trost, am Rhein gibt es die auf Unsterblichkeit konzipierten Halsbandsittiche. Hier gibt es nicht mal einen bunten Vogel, den er sich jetzt wünscht.

Man sieht es dir nicht an. Der Sturm tobt allein in dir. Halt dich fest an dem, was da ist, sonst weht es dich weg. Schau sie dir an. Sie bringen ihre Kinder zum Geigenunterricht, sie kaufen ein Kilo Schweineschnitzel, sie tauschen Euro gegen Dollar auf der Bank und sind mit dem Kopf schon über dem Atlantik, in Amerika, auf dem Broadway. Niemandem sonst stockt der Atem.

Kurz hält Pinscher Ausschau nach Paul Goranek. Er hat ihn mal in der Fußgängerzone gesehen, vor Jahren, als er vor der Eisdiele saß, er würde ihn gleich erkennen. Die bunten Hemden. Die geschmacklosen Jacketts. Aber keiner kommt, um Pinscher zu holen. Er bleibt allein. Zur Feuerwache, sagt Pinscher, als er ins Taxi steigt und seinen Rucksack auf die Rückbank neben sich wuchtet. Wird gemacht, sagt der Taxifahrer, fährt los, schaut in den Rückspiegel und beobachtet ihn eine Sekunde zu lang. Peter, ruft er und schlägt aufs Lenkrad, du bist der Peter! Und Pinscher, fast geschmeichelt, erkennt den Fahrer auf den zweiten Blick: Emrah, sein ehemaliger Fußballtrainer. Der wahrscheinlich erste

Mensch, den er seit über dreißig Jahren nicht mehr gesehen hat. Was machst du hier, sagt Emrah, die Mama besuchen? Auch, sagt Pinscher. Du kennst sie? Manchmal fahre ich sie zum Arzt, starke Frau, sagt Emrah, und wieder schmeichelt er Pinscher. Bist auch stark, sagt der Fahrer, bist wohl kein Fußballer geworden. Pinscher denkt an die Zeit, als er sich in den Kopf gesetzt hatte, Torwart zu werden. Erst hier, dann Bezirksliga, später Landesebene, dann folgerichtig Profifußballer. Nach einem Jahr und unzählbar vielen Gegentoren hatte er aufgegeben. Fast, sagt Pinscher, ich bin bei der Polizei gelandet. Polizei, sagt Emrah und zieht die Augenbrauen hoch, muss man aufpassen, wie schnell man fährt. Pinscher lächelt und winkt ab. Wo hast du die Uniform? Und dann erzählt Pinscher, was er gern erzählt, wenn jemand fragt. Vom gestrigen Tag, von Herrn Hunger, von den Nachrichten und wie er sie überbringt. Draußen zieht die Kleinstadt vorbei. Das große Kreuz auf dem hohen Hügel, das über den Ort wachen soll. Das kleine Industriegebiet mit dem Baumarkt unter der Hochbrücke, in dem er mit seinem Papa Regalbretter, Tapeten und Farbeimer für das niemals fertig werdende Reihenhaus kaufte. Im Radio läuft leise Schuberts »Winterreise«, vielleicht liegt es daran, dass Pinscher meint, er sei in Trauer. Ein Witwer, der ein letztes Mal durch die Landschaft seiner Geliebten fährt. Am Straßenrand die von der Sonne verdorrten Erinnerungen an die lebendigen Jahre. Dort vorn lebte mal der und der, auch schon weg, souffliert Emrah, und hier, das Haus, da hat sich die und die aufgehängt, wusstest du das? Pinscher wusste es nicht, Pinscher wundert es nicht.

Als er wegging, wollte er die kleine Stadt nie wieder betreten. Er wusste natürlich, dass das nicht ging. Denn die Mündendorfer Enge war nicht nur sein schlimmster Alptraum geworden. Mündendorf war eben auch seine Mama. So hatte sich Pinscher im Laufe der Jahre auf einen Kompromiss geeinigt: Mündendorf ist ein Land, für das du kein Visum mehr hast und auch gar nicht mehr willst. Wenn du am Bahnhof ankommst, dann betrittst du einen Transitraum, feindliches Gebiet, dessen Durchquerung allein die Besuche bei deiner Mama rechtfertigen. Eure Wege zur Eisdiele und zum Chinarestaurant sind Teil dieser Ausnahmen. Ansonsten gelten von Pinscher aufgestellte strenge Regeln, nämlich: Du wirst hier nie wieder übernachten, egal wo, um keinen Preis der Welt. Du wirst hier nie wieder durch die Dunkelheit laufen. Du wirst nicht allein an lauen Sommertagen über den Alten Markt schlendern, du wirst keine Spaziergänge machen durch die Wälder, du wirst dich nicht einlullen lassen vom touristischen Reiz der Mittelgebirge, das hier ist Feindesland. So war Pinscher hundert-, zweihundertmal nach seinem endgültigen Weggang wieder in Mündendorf gewesen und zugleich kein einziges Mal. Bis jetzt.

Träumst du, ruft Emrah, wir sind da. So schnell, sagt Pinscher, hab ganz vergessen, wie nah hier alles ist. Sie stehen vor der Feuerwache. Schwer beeindruckend, sagt Emrah, Polizist bist du. Ruf mich an, wenn du ein Taxi brauchst, wir machen einen Sonderpreis. Vielen Dank, sagt Pinscher. Übrigens, sagt Emrah, ich trainiere immer noch, Alte Herren, komm doch mal vorbei. Vielen Dank, sagt Pinscher, ich überlege es mir. Viel Glück, Torwart, sagt Emrah, grüß die Mama von mir, und dann steigt Pinscher aus, Witwer der traurigen Gestalt mit Wanderrucksack, *fremd bin ich eingezogen, fremd zieh ich wieder aus.*

Er hat Tränen in den Augen bei den letzten Takten vom »Radetzkymarsch«, die Feuerwehrkapelle spielt ein wenig schleppend und verstimmt, trotzdem, so und nicht anders begrüßt man einen Zurückgekommenen, ein bisschen, denkt Pinscher, habe ich das ja auch verdient. Nach dem letzten Takt bleibt der Nachhall der Blechblasinstrumente hängen in der hoch gebauten Feuerwehrgerätehalle, dann setzt der Applaus ein. Pinscher reißt die Arme hoch zum Sieg, doch er kann seinen Triumph kaum auskosten: Spaßvogel, flüstert es hinter ihm, er bekommt einen Stoß und wird grob zur Seite gezogen, willst du dich lächerlich machen? Es ist Goranek, so hager wie damals, so bauernschlau wie früher, nur in Paradeuniform. Bis zum Polizeirat hat er es geschafft. Pinscher starrt neidisch auf die Schulterklappen. Tolle Begrüßung, flüstert Pinscher zurück, während der Bürgermeister mit seiner Rede beginnt. Der Oberbrandinspektor wird in den Ruhestand verabschiedet, und die Honoratioren haben sich herausgeputzt. Tut mir leid, sagt Goranek, sah aus, als ob du uns verarschen willst. Dachte kurz, das ist alles für mich, denkt Pinscher, sagt dann: Vielleicht wollte ich das ja auch. Humor aus der Großstadt, sagt Goranek und schüttelt den Kopf. Komm, das dauert mir zu lange.

Schweigend stehen sie vor der Feuerwache, Pinscher steckt sich eine Zigarette an, aus Höflichkeit hält er Goranek die Packung hin, er wird bestimmt ablehnen, er hat bestimmt mittlerweile eine Eigenheimzweikindergeschieden-Biografie, er raucht bestimmt seit Jahren nicht mehr. Ich rauche seit Jahren nicht mehr, sagt Goranek, nimmt dann aber doch die Zigarette und steckt sie sich an. Ausnahme zur Feier des Tages.

Warum bin ich hier, sagt Pinscher. Damit du bei deiner Mutter sein kannst, sagt Goranek. Was habt ihr alle mit meiner Mutter, sagt Pinscher, ihr habt sie doch nicht mehr alle. Goranek lacht. Kleinstadthumor, sagt er, kennst du wohl nicht mehr. Warum muss ich hier sein, fragt Pinscher. Weil du jetzt Bezirksdienstbeamter bist, mein Lieber, sagt Goranek. Du wirst mit Kindergartenkindern über den Zebrastreifen gehen, den Jungs und Mädchen vom Gymnasium mit Mord und Totschlag ein bisschen Gänsehaut machen, und du kriegst sogar den Schlüssel für den Schrank mit den Handpuppen, den hat sonst keiner. Und als Sahnehäubchen: die Bürgersprechstunde. Wenn du das alles lustig findest, sagt Pinscher. Du bist ganz schön auseinandergegangen, sagt Goranek, tut mir leid. Und du bist ein ganz schönes Arschloch geworden, sagt Pinscher, tut mir leid. Aus einem Reflex heraus fangen beide an zu lachen, einer lauter als der andere, Goranek haut Pinscher auf die Schulter wie einem alten Kumpel, dann stehen sie nebeneinander und schauen stumm auf den Feierabendverkehr.

Also, sagt Pinscher, als sie ihre Zigaretten weggeworfen haben, wo kann ich wohnen und was ist mit diesem verdammten Haus? Wir haben dir, sagt Goranek, die Gästewohnung der Stadtbücherei gemietet. Musst du selbst zahlen, ist aber spottbillig. Und dein verdammtes Haus hat Frau Seifert gekauft. Weißt schon, die Mutter vom Doktor Seltsam, Glotzen-Elsbeth. Wusste ich nicht, sagt Pinscher. Jedenfalls, sagt Goranek, die Glotzen-Elsbeth ist jetzt tot. Tabletten. Auf dem Sofa. Bald kommt sie unter die Erde.

Und sie hat die selbst genommen, fragt Pinscher. Sieht so aus, sagt Goranek. Und was hat das mit mir zu tun, fragt Pinscher. Goranek lacht. Er lacht und lacht. Was soll das, sagt Pinscher, sag schon. Das kann man keinem erzählen, das muss man sehen. Komm, wir müssen wieder rein.

Sich einfach auf den Boden zu werfen, um Luft zu bekommen: Tu, was man dir sagt, heb dir deine Wut für später auf. Immer noch spricht der Bürgermeister, er ist bei den herzlichen Wünschen angelangt: Lasst uns diesen Abschied ordentlich feiern. Großer Applaus im Feuerwehrgerätehaus, Pinscher steht mit verschränkten Armen da, der Musikzug spielt den »Geschwindmarsch«, während er plötzlich unglaublich hungrig ist. Und sich aus Trotz vorstellt, dass die Marschmusik allein ihm gilt, nur ihm und sonst niemandem.

3 Die Könige der Stadt

Pinscher hat seiner alten Königin Blumen mitgebracht. Ein Strauß, so groß und bunt, dass er so gerade in die dafür vorgesehene Vase passt. Das sind aber schöne Blümchen, wo hast du die denn her, fragt seine Mama, du bist doch verrückt, Junge. Hab ich dir gepflückt, sagt Pinscher. Das glaub ich dir nicht, sagt seine Mama, die hast du gekauft! Fast gepflückt, sagt Pinscher, und seine Mama lacht und steckt sich eine Zigarette an, obwohl das sogar hier schon lange verboten ist. Sie raucht, sitzt in ihrem beigen Kunstledersessel, den Pinscher ihr aus dem Möbeldiscounter im Industriegebiet besorgt hat, und schnippt die Asche in ihr Wasserglas, weil die Pflegerinnen ihr die Aschenbecher schon vor Monaten weggenommen haben, ohne Erfolg.

Und du kommst jetzt jeden Tag, mein Junge, fragt Pinschers Mama. Wenn du willst, sagt Pinscher. Aber sicher will ich das, sagt seine Mama, das ist ja ein Ding, dass du jetzt wieder hier bist. Wann kann ich eigentlich wieder nach Hause? Das dauert noch ein bisschen, sagt Pinscher, muss ja erst fertig renoviert sein. Ach ja, sagt seine Mama und protestiert diesmal nicht weiter, zu glücklich über die Blümchen und über die Ankündigung seines täglichen Besuchs. Pinscher schaut sich um. Ein Kinderschuhkarton, noch kleiner als seine eigene Wohnung am Rhein. Das ist das Reich der Königin. Ein ganzes langes Leben, zusammengeschrumpft auf zehn Quadratmeter. Ein Pflegebett, ebenso vom Seniorenheim gestellt wie ein Kleiderschrank in Buchenholzoptik, vollgestopft und unaufgeräumt wie in einem Kinderzimmer. Ein Tisch, den Pinscher ihr aus dem Haus mitgebracht hat, übersät mit Tabakkrümeln, Asche, Gummitieren, halben Schoko-Überraschungseiern, Malbüchern, den erstaunlich akkurat gesammelten Seiten mit den Todesanzeigen aus der Lokalzeitung sowie stapelweise aus Fotoalben herausgelösten Bildern aus allen Phasen des Aufstiegs, der Blüte und des Untergangs der Pinscher-Dynastie. Die Schrankwand links daneben enthält alle Schätze der Mama: Die Bücher von Konsalik und Pilcher, vier Porzellanpuppen aus ihrer einst großen Sammlung, Fotos von ihrem Vater und ihrer Mutter, ihr eigenes Hochzeitsbild. Unbeholfen versteckt hinter einem Plüschbären mit Polizeimütze, den Pinscher ihr mal geschenkt hat: die kleine Kiste mit Schmuck. Der Ehering, einige Silberstücke, das massive Armband mit einer vergoldeten Münze, das die Mama noch heute für unbezahlbar hält.

Wenn sie gefragt wird, dann behauptet Pinschers Mama, sie sei seit zwei Wochen in der Einrichtung, vorübergehend, bis sie wieder in ihr schönes Häuschen könne. Dabei ist sie jetzt seit fast drei Jahren hier. Das Altersheim mit dem besten Ruf, direkt angebaut an das Krankenhaus, von ihrem kleinen Zimmer aus schaut sie auf den Tannenwald. Da oben haben wir auch mal gewohnt, erzählt sie ihm jedes Mal, mitten zwischen den Bäumen, da wart ihr noch ganz klein, und der Papa hat dem Vermieter den Garten gemacht. Pinscher nickt und hört ihr zu, und dann hält sie ihm ihre Schachtel mit den Zigaretten hin, aber nur eine, und das sagen wir keinem, das ist nämlich verboten. Das sagen wir keinem, sagt Pinscher und steckt sich eine an. Seine Mama lehnt ihren Kopf an seine Schulter und ist glücklich. Pinscher spürt die Zufriedenheit seiner Mama und ist glücklich. Es geht ihm nicht gut hier, aber immerhin, sein Ischias lässt ihn in Frieden, der Schmerz hat sich mit der Ankunft hier schlagartig gelegt, das ist doch immerhin etwas.

Träumst du, fragt seine Mama und steckt sich eine neue Zigarette an. Nein, ich bin hier, sagt Pinscher. Gehst du denn bald schon wieder? Ja. Morgen fängt doch die neue Arbeit an. Und wann kommst du dann wieder, dauert das lange? Morgen nach der Arbeit, ich bin doch jetzt wieder hier. Ach ja, sagt seine Mama, mein Junge ist ja jetzt wieder hier.

Seit drei Jahren besucht er seine Mama hier oben im Altersheim, seit drei Jahren geht er mit ihr in die Cafeteria des Krankenhauses oder nimmt sie mit in die Stadt, seit drei Jahren ist er immer wieder aufs Neue erstaunt darüber, dass dieser von ihm als Elend empfundene Zustand dieses kleinen Zimmers und dieses heruntergerechneten Lebens seiner Mama nicht zuzusetzen scheint, seit drei Jahren wundert er sich über ihr Erblühen, seit drei Jahren ist trotzdem in ihm etwas unrettbar zu Bruch gegangen, das Haus seiner Kindheit verkauft man nicht, das Haus seiner Kindheit verliert man, das denkt er seit drei Jahren, und zugleich lässt er nicht davon ab, die Feste einigermaßen so zu feiern, wie sie fallen, wie sie früher waren, sich einen Tag für die Mama an Ostern zu nehmen, am Geburtstag und an Weihnachten sowieso, sie mit Geschenken zu überhäufen, jedes Mal mit einem traurigeren Gefühl, als sei es diesmal ganz sicher das letzte Mal, er hat so viel Verfall erlebt, wäre es morgen vorbei, da wäre das nur folgerichtig und seine Mama mittendrin im statistischen Mittel, manchmal haut er sich mehrere Katadolon rein und dazu eine Flasche Schnaps, um sich zu kurieren, um das aus den Knochen zu bekommen, jetzt langt es, jetzt fährst du einfach nicht mehr nach Mündendorf, jetzt bleibst du einfach am Rhein und belässt es bei Telefonaten, nur ist das eben auch leichter gedacht als getan, erst recht mit zu viel Schnaps im Kopf, eine Mama vergisst man nicht, eine Mama verliert man.

Vor drei Jahren hatte er keine Wahl mehr gehabt: Bis dahin hatte sie im Haus gelebt. Der Pflegedienst kam morgens, mittags und abends, dazwischen Essen auf Rädern, ein auf Sand gebautes Konstrukt. Als sie dann zu oft fast die Bude abgefackelt hatte, vergessene Pommes im Ofen, eine brennende Zigarette, auf den Teppich gerollt und dort liegen gelassen, da hatte ihm der Pflegedienst die Pistole auf die Brust gesetzt: Das ist nicht mehr zu verantworten, Herr Pinscher, das weiß niemand besser als Sie, wenn was passiert, dann sind wir verantwortlich und Sie fein raus, Sie sind ja weit weg.

Also gut, hatte sich Pinscher gedacht, dann eben das, was niemals jemand wollte: das Altersheim neben dem Krankenhaus. Seine Mama hatte die Angelegenheit sofort als Provisorium einsortiert, als vorübergehenden Krisenzustand, und wenn Pinscher in den ersten Tagen im Heim ganz vorsichtig die Möglichkeit erwähnte, das Haus zu verkaufen, dann hatte seine Mama an ihren Hörgeräten herumgefummelt und einfach so getan, als hätte sie ihn nicht verstanden. Bald war Pinscher dazu übergegangen, von Renovierungsarbeiten zu sprechen: Du weißt doch, das Geländer an der Treppe, das muss neu gemacht werden, und das Dach, da tropft es rein, und der Balkon, du willst doch nicht, dass der irgendwann abbricht. Immer neue Details dachte er sich aus, um seine Mama zufriedenzustellen, immer andere Komplikationen machten die Rückkehr in das offenkundig von unfähigen Handwerkern dauerbelagerte Gebäude unmöglich, dabei war das Haus schon längst verkauft. Pinscher hatte einen Immobilienmakler damit beauftragt, um Geld zu haben für das Altersheim, er hatte nicht wissen wollen, was mit der Immobilie geschieht oder wer sie haben will. Verkaufen Sie es, wie es ist, schreiben Sie in den Vertrag, dass der neue Besitzer für die Entrümpelung zuständig ist, ich will damit nichts mehr zu tun haben. Was wichtig ist, habe ich rausgetragen, der Rest soll weg. Der Makler hatte sanft genickt, schien solche Wünsche gut zu kennen, einige Unterschriften und Gebührenzahlungen später war Pinscher das Haus zu einem Spottpreis los, er hatte nichts rausgeschlagen, er hatte nicht verhandelt, er hatte die Dokumente alle unterschrieben und die Durchschläge ungesehen weggeheftet, er hatte einfach nicht wissen wollen, was mit dem Haus passiert. Schließlich hatte er keine Immobilie verkauft, sondern ein Reich verraten. Ein ganzes Königreich.

Die Pflegerin kommt ins Zimmer und bringt auf einem Tablett das Abendessen, guck mal, ruft Pinschers Mama, mein Junge ist da. Wie schön, sagt die Pflegerin, und Pinscher steht auf, lächelt und gibt ihr die Hand. Der kommt jetzt jeden Tag, sagt Pinschers Mama stolz, stell dir das mal vor. Und Blumen hat er mir mitgebracht. So ein schöner Strauß. Jeden Tag, sagt die Pflegerin, ist das nicht sehr weit? Ich arbeite jetzt hier, sagt Pinscher. In Mündendorf, sagt die Pflegerin, die Pinscher schon eine Weile kennt, weil die Mama natürlich mit ihm und seiner Arbeit angegeben hat, sind wir denn hier so kriminell? Kleine Sonderermittlung, sagt Pinscher und winkt ab, machen Sie sich keine Sorgen, alles nur vorübergehend. Dann ist ja gut, sagt die Pflegerin, Ihr Sohn passt jetzt noch besser auf Sie auf, Frau Pinscher. Danke, mein Mäuschen, ruft Pinschers Mama und hört schon längst nicht mehr zu, weil sie sich aufs Abendessen konzentriert. Ihre Zigarette liegt schräg im Wasserglas, während sie aufmerksam die beiden Scheiben Graubrot mit Butter bestreicht und mit Käse und Dauerwurst belegt. Pinscher betrachtet sie: diese schier unzerstörbare Frau von gut siebzig Jahren, die alles und alle zu überleben scheint. Erst die bitterarmen Nachkriegsjahre, dann die harten Jahrzehnte der Arbeit in der Schraubenfabrik, die vielen Tausend Zigaretten, letztlich den Ehemann, möglicherweise sogar ihren Sohn. Ganz dünn ist sie mittlerweile, anstelle ihrer Locken trägt sie seit Jahren eine praktische Kurzhaarfrisur, die lange Narbe an der Schläfe ist geblieben von der Operation vor über zwanzig Jahren, als alle Statistiken gegen sie und ihre massive und mit dem Leben eigentlich nicht vereinbare Hirnblutung sprachen. Obwohl sie sich ihre Augen hat lasern lassen, trägt sie immer noch ihre große Brille, die ihr ständig den Ausdruck eines erstaunten Kindes verleiht. Pinscher sieht ihr beim Essen zu, das könnte er stundenlang machen, sie scheint sogar ihn jetzt vergessen zu haben, murmelt vor sich hin, während sie sich die belegten Brote einverleibt und auf den Fernseher schaut, wo mittlerweile eine der zahlreichen Soaps gezeigt wird, deren Handlungsbögen sie zwar längst nicht mehr nachvollziehen kann, sich aber dennoch ständig über die Dummheit der unsympathischen Protagonisten aufregt.

Das ist also geblieben an Spielraum. Das Königreich wurde damals beurkundet und ausgerufen von Herrn Weber von der Sparkasse, der ihnen den Darlehensvertrag für das Reihenhaus gewährte. Trotz der miserablen und für eine dreiköpfige Familie so gerade reichenden Einkünfte einer Schraubensortiererin und eines Stahlarbeiters. Der Preis dafür waren viel zu hohe Zinsen gewesen und der Verzicht auf jegliche Exklusivität, das Reihenhaus eingeklammert zwischen zwei größeren Eckgebäuden, aus Perspektive der Pinschers dennoch ein Palast. Für das Kind ein Zimmer. Für die Mama eine Nische vor dem Keller, wo ihre Nähmaschinen standen. Für den Papa eine Werkbank, eine Terrasse und ein Schuppen. Das Königreich war nicht auf Expansion ausgelegt gewesen, auf den Ausbau des Dachs wurde aus

Kostengründen verzichtet. Tatsächlich dachte Pinscher das als Kind, und manchmal erwischt er sich noch heute dabei, wenn er in den freistehend errichteten Einfamilienhausträumen seiner Kollegen steht: Man muss ein König sein, um so zu leben. Der Zerfall setzte nach und nach ein, der Hirnschlag der Mama, der Tod des Papas, irgendwann standen nur noch die Grundmauern dieser proletarischen Monarchie.

Die Abdankung erfolgte durch die Hand eines Kommissars aus der Großstadt. Wie ein Gnadenschuss. Der König ist schon lange tot, die Königin lebt in ihrem Exil, immer seit genau zwei Wochen, immer nur vorübergehend, bis der Palast wieder in altem Glanz erstrahlt.

Seine Mama knufft Pinscher gegen die Schulter. Jetzt hörst du mir ja gar nicht mehr zu, du blöder Kerl. Entschuldige, sagt Pinscher, ich bin so müde. Dann brauchst du auch gar nicht mehr kommen, wenn du mir nicht zuhörst. Pinscher steht auf, schwer und schwermütig wie immer, wenn er bei seiner Mama war, er atmet tief durch. Muss dann auch mal los, sagt er. Kommst du denn morgen wieder, mein Junge? Nach der Arbeit, sagt Pinscher. Und wo schläfst du, bei uns im Haus? Da wird doch renoviert. Ach ja, hab ich schon wieder vergessen mit meinem blöden Kopf, sagt seine Mama und tippt sich an die Stirn. Wo schläfst du denn dann, hier ist ja so wenig Platz, sonst könntest du dich auf den Boden legen, sagt seine Mama. Die haben mir was besorgt, sagt Pinscher. Machst du dir das auch schön, fragt sie, isst du auch genug, trinkst du auch genug? Versprochen, sagt Pinscher, bis morgen. Bis morgen, mein Junge. Pinscher küsst seine Königin auf die eingefallene Wange und schaut ihr noch kurz beim Fernsehen zu. Er muss sich losreißen, selbst die Gewissheit, sie doch am nächsten Tag wiederzusehen, macht ihm das Herz gerade nicht leichter.

4 Von einem, der auszog, um immer wieder einzuziehen

Der Hausmeister zeigt ihm die Wohnung, erklärt ihm das Schließsystem der Eingangstür und was er dabei beachten muss, um nicht jedes Mal die Alarmanlage auszulösen. Sie können übrigens so lang bleiben, wie Sie wollen, sagt der Hausmeister, die Gäste der Stadt wohnen mittlerweile im Hotel, es ist ihnen zu einsam hier oben. Schöne Aussichten, denkt Pinscher und hat die Schlüssel in der Hand, der Hausmeister geht und wünscht einen schönen Abend, als sei das die selbstverständlichste Sache der Welt. Und die Küche, fragt Pinscher. Was meinen Sie, sagt der Hausmeister. Um was zu kochen, sagt Pinscher. Die haben wir hier nicht, sagt der Hausmeister. Normalerweise bleibt man ja nur für eine Nacht. Es ist noch nie jemand länger hier gewesen, fragt Pinscher. Ich kann Ihnen ein paar Teller und Gläser bringen, und wir haben noch eine Mikrowelle von der Schwiegermutter, die konnte nichts mitnehmen, das kann ja keiner, zum Glück, sagt der Hausmeister. Wo ist eigentlich das nächste Casino, fragt Pinscher. Bitte? Ich frage wegen der Arbeit. Hohensyburg, meine ich, aber von da kommt man nur arm zurück. Lassen Sie mal. Das mit dem Geschirr und der Mikrowelle. Ich bin eh bald wieder weg, sagt Pinscher. Dann viel Glück, sagt der Hausmeister und sieht Pinscher an, als käme er aus einer anderen Zeit, von einem anderen Ort. Pinscher traut sich nicht, Pinscher stellt ihm nicht die Frage der Fragen: Bin ich hier wirklich allein? Manchmal, wenn er ans Meer gefahren war für ein Wochenende oder eine Städtereise unternahm, dann hatte er seinen Mut zusammengenommen und in der Pension gefragt, ob er auf einer Etage untergebracht werden kann, wo noch andere Gäste schlafen. Immer hatte er Glück gehabt, immer hatte er in den Nächten etwas gehört, was ihn beruhigt hatte, ein Räuspern, ein Husten, ein Schnarchen, den Fernseher, die Badezimmertür, die Toilettenspülung.

Die Wohnung über der Stadtbücherei ist funktional eingerichtet, die Möbelstücke kaum benutzt, ein großes Bett mit dünner Matratze und hellblauer Bettwäsche, ein schmaler Kleiderschrank, zwei Bücherregale. Ein vor nicht allzu langer Zeit verlegter und versiegelter Parkettboden. Pinscher mag diesen Duft nach Holz und den Geruch von Lösungsmitteln schwedischer Einrichtungshäuser. Er mag es auch, dass er den Rauchmelder auf den ersten Blick entdeckt. Nur die Stille mag er nicht. Du wohnst am alten Marktplatz einer alten Kleinstadt, die du gut kennst, hier ist noch niemand nachts in seiner Wohnung überfallen und ausgeraubt und liegen gelassen worden, deine Gedanken galoppieren nur, das hat nichts zu sagen.

Bis vor einiger Zeit schliefen hier die Gäste der Stadtbücherei, wenn sie auf Lesereise waren, ihre Bücher stehen gesammelt und signiert in einem Regal vor Pinschers Bett, er zieht den Roman einer Autorin in seinem Alter heraus, irgendeine Paargeschichte aus der Großstadt, »New York« auf dem Cover, er betrachtet ihr Foto, findet sie nett, lächelt, blättert ein wenig, fährt mit dem Finger über ihre Unterschrift, riecht am Buch, als könne er ihr so nachspüren und Gesellschaft finden, ihr folgen bis nach New York, aber es bleibt in der Gästewohnung über der Stadtbücherei von Mündendorf beim Geruch von Papier.

Ich muss fort von dort, wo mich alles ängstigt, ich muss losgehen, um irgendwo anzukommen. Die Menschen, denen er begegnete, schüttelten den Kopf. Das ist doch recht töricht. Man muss doch nicht losgehen, um ein Zuhaus zu finden. Jeder hat doch so ein Zuhaus. Kehr lieber um, sonst wirst du nie irgendwo ankommen.

Über dem Lederwarengeschäft hat jemand das Fenster geöffnet, vielleicht der alte Herr Krahl, der den Laden seit fünfzig Jahren betreibt, er hört »Didos Lamento« von Henry Purcell, die Musik schallt über den leeren Marktplatz in der Abendsonne. *Denk an mich, aber vergiss mein Schicksal.* Eigentlich ist doch alles gut. Eigentlich hat er gar nichts zu befürchten.

Pinscher sitzt auf der Bettkante wie gerade im Internat angekommen, so, als hätte er morgen seinen ersten Schultag, als müsste er nochmals ganz neu anfangen, nur ohne den Elan, den man als Kind noch hatte. Er schaut auf den menschenleeren Platz, da ist der Lederladen, da ist die Zoohandlung, da ist die Bäckerei – und da ist immer noch die Pizzeria *Cefalù*. Die Betreiber haben in den letzten Jahrzehnten regelmäßig gewechselt, einer nach dem anderen ist im Laufe der Zeit am Herzinfarkt gestorben, aber der jeweilige Nachfolger hat sich davon nie abschrecken lassen und Name, Logo und Angebot des Lokals immer nur unwesentlich verändert. Der Anblick macht Pinscher fröhlich, er zieht sich seine Lederjacke an, verlässt die Wohnung und schaut sich im Flur um: einige Büros, ein Lagerraum und ein Besprechungszimmer der Stadtbücherei, sonst nichts, sonst niemand. Selbst in den Häusern nebenan brennt kein Licht. Er wird wirklich allein sein.

Seine Füße taten ihm weh und er spürte, wie sich seine Augen mit Tränen füllten. Was hatte er zurückgelassen? War er vielleicht wirklich einfach ein törichter Kerl?

Nach einer Flasche viel zu süßem Lambrusco und einer großen Pizza Hawaii löst sich die Anspannung in Pinschers Körper. Es wird gut so sein, wie es ist. Er liegt auf dem Bett, sucht auf seinem Smartphone nach Tieren. Ein Verein in der Nähe vermittelt rumänische Hunde, die von der Tötungsstation gerettet wurden. Pinscher wird dem Verein schreiben oder dort anrufen. Er würde sie gleich alle nehmen. Was er an Straßenhunden immer gemocht hat: ihren Gleichmut. Ihre Anpassungsfähigkeit. Ihre Kunst, die eigene Angst nicht zu vergessen, aber sie einfach links liegen zu lassen für die Freiheit da draußen. Zu zittern wie Espenlaub und trotzdem vor Freude loszurennen. Das Wesentliche. Dinge, die in Zukunft möglich wären: einen Hund haben. Dinge, die du in Zukunft nicht mehr machen kannst: an den Rhein gehen und den Schiffen nachschauen, die App öffnen und sehen, von wo nach wo sie unterwegs sind, hier gibt es nur die Lenne, und die ist so schmal, da kommt man höchstens mit dem Kanu durch, und auf Kanus ist deine App nicht ausgelegt. Was geht: deine Mama jeden Tag besuchen. Was nicht mehr geht: sich durch den Lärm der Nachbarn beruhigen lassen. Mitten in der Nacht ein Taxi rufen, in die Kneipe gehen und bis zum nächsten Morgen bleiben. Möglich: den Gottesdienst in der Christuskirche besuchen. Unmöglich: beim 24-Stunden-Lieferservice um drei Uhr früh Chicken Korma bestellen mit extra viel Reis. Denkbar: sich mit den Gegebenheiten arrangieren wie ein Hund. Undenkbar: die Panik unter den Tisch fallen lassen. Pinscher denkt hin, und Pinscher denkt her, er kann ja noch gar nicht wissen, was das alles zu bedeuten hat, warum man ihn verpflanzt hat und ihn noch dazu zwingt, zurück in das Haus seiner Kindheit zu gehen, gewissermaßen das Versprechen selbst einzulösen, das er seiner Mama seit drei Jahren gibt. War das alles ein schlechter und sehr aufwendig inszenierter Witz? In langen, ereignislosen Spätschichten hatte er am Rhein viele Folgen der »Versteckten Kamera« gesehen. Im Augenblick größter Anspannung öffnet sich die Tür, der Hereingelegte ist noch einige Sekunden lang ganz baff, als er den Moderator der Sendung sieht, und dann kommt das befreiende Lachen, nimmt man sich erleichtert in den Arm, keine Sorge, Herr Pinscher, Sie müssen nicht zurück ins Haus Ihrer Kindheit, das wäre ja ein Alptraum, herzlich willkommen bei der »Versteckten Kamera«, sogar der Hausmeister wird kichernd hereingeführt, sogar der hat mitgemacht, schlafen Sie gut, morgen dürfen Sie wieder zurück und müssen selbstverständlich nie wieder das Haus Ihrer Kindheit betreten. Doch so lange Pinscher auch auf die Tür starrt und auf den erlösenden Moderator wartet, es bleibt still in der Gästewohnung. Und der Stand der Dinge bleibt also: Morgen um sieben fängt sein neues Leben an. Morgen wird er aufbrechen. Er hat jahrelang nicht mehr an dieses seltsame

Märchen gedacht, das seine Mama ihm als Kind erzählt hat. Von einem, der auch aufbricht. Der Angst hat. Und zurückkommt.

Pinscher versucht es, aber er kann nicht schlafen. Das Knacken der Heizung, das Licht der Straßenlaterne, jedes eingebildete Geräusch an der Tür, du kannst dich nicht in den Schlaf zwingen, das macht dich nur noch verrückter. Andererseits, was würdest du jetzt am Rhein machen, du hättest zweimal, dreimal einem Leichnam in die leeren Augen geschaut, du hättest Berichte geschrieben, die sich alle vom Ende her erzählen, du hättest abends gedacht, dass der Tag schön war, dabei wäre er hässlich gewesen wie immer, vollgestopft mit Vergangenem und einer doppelten Portion Asia-Essen als Trost. In der Pizzeria *Cefalù* wundern sie sich nicht, als Pinscher nochmals auftaucht, der Ofen ist noch in Betrieb, er nimmt Pizzabrötchen mit Schinken und zur Sicherheit gleich zwei weitere Flaschen von dem süßen Wein, schlafen Sie gut, ruft ihm der Pizzabäcker nach, so sollte es gehen, so wird er die Nacht überstehen, das ist doch überall das gleiche Spiel.

Es war plötzlich Nacht geworden über ihm, sternenklar, der Mond schien hell und er fröstelte, hatte er doch nicht damit gerechnet, bis in die Dunkelheit hinein zu laufen und nirgendwo anzukommen. Mit dieser Schmach müsste er jetzt leben, frieren und sterben.

Pinscher hat mal versucht, die Quelle des Märchens ausfindig zu machen, er fragte natürlich seine Mama danach, aber sie erinnerte sich angeblich nicht mehr. Jaja, die alten Märchen, die hast du immer gerne gehört, die hast du so gemocht. Er fand Hinweise auf ostpreußische Sagen, die zwar ähnlich von Aufbrüchen berichteten, aber niemals so, wie seine Mama es ihm erzählte. Hatte sie sich die Geschichte ausgedacht, weil sie damals schon alles kommen sah? Konnte sie ihm absichtlich Angst gemacht haben, um seinen Weggang hinauszuzögern? War er nicht viel zu klein dafür? Es ist eine Ewigkeit her, dass er zuletzt an den jungen Mann dachte, der ein Zuhause sucht und sich dabei doch nur jeden Tag aufs Neue Blasen an den Füßen holt, die irgendwann sicher gar nicht mehr heilen, er hat es jetzt im Kopf, als er nach der zweiten Flasche Wein endlich einschläft. So gerade kann er noch denken, dass alles ab jetzt anders läuft, dass er dieser ganzen Rückkehr hier jetzt nicht mehr mit Zorn begegnen wird, sondern gleichmütig wie ein Straßenköter, dass er seine Angst jetzt Angst sein lässt, für eine gewisse Zeit und so gut es eben geht. Als er gerade eingeschlafen ist, da zieht sich der Himmel zu, zum ersten und zum letzten Mal während Pinschers Zeit in Mündendorf, ein heftiger Frühlingsschauer geht nieder auf die kleine Stadt und spült die Straßen und Plätze sauber, so kann man neu anfangen, wird Pinscher am nächsten Morgen denken, so wird es gehen.

Als er sich schon fast am Wegesrand zusammenkauern und auf die unerbittliche Kälte warten wollte, da sah er eine Ortschaft in der Ferne leuchten. Welche Magie war dort im Spiel? Plötzlich stand er nämlich wieder dort, wo er in aller Herrgottsfrühe aufgebrochen war und von wo er unbedingt hatte fliehen wollen.

5 Stufe zwei

Pinscher hat einen Schädel, ihm ist übel, es fühlt sich an, als hätte er gar nicht geschlafen, die zweite Flasche war ein Fehler. Im Badezimmer trinkt er ein großes Glas Wasser, und dann noch eins. Er macht vor dem Spiegel die sogenannte Fingerspitzenprobe. Ein Test alter Schule, den ihm ein Kollege kurz vor dem Ruhestand mal gezeigt hat: den Spiegel anhauchen, mit der Fingerkuppe mehrfach darüberstreichen, den Finger rasch in den Mund stecken. Schmeckt er nach Alkohol, dann riecht man danach. Schmeckt man nichts, ist man sauber. Pinscher glaubt nicht an die wissenschaftliche Belastbarkeit des Verfahrens, wohl aber an den Selbstberuhigungsmechanismus dahinter: Er ist sauber.

Du stinkst wie eine Kneipe, sagt Paul Goranek, das ist ja widerlich. Kann gar nicht sein, sagt Pinscher, das eine Glas Wein, weil ich nicht schlafen konnte. Scherz, sagt Goranek, der Pinscher in seiner Alltagsuniform und mit seinem ständigen Grinsen noch unseriöser und hinterfotziger vorkommt als gestern, guten Morgen. Wie war deine erste Nacht? Ist die Wohnung in Ordnung? Bist du ein bisschen froh, wieder hier zu sein? Das Polizeigebäude ist ein aschgrauer Flachbau aus den Neunzigern, genau so hat Pinscher sich das vorgestellt. Die lieblos eingerichteten Zimmer sind weitgehend leer, hier und da lungern einige Kollegen aus dem Einsatzdienst herum, anstatt auf der Straße zu sein, sie sind gleichgültig und grüßen gar nicht erst.

Sie sitzen in Goraneks Büro. Das ist also dein neuer Chef. Gleich verkauft er dir eine Rostlaube für viel zu viel Geld, denkt Pinscher, der Goranek schon zu Schulzeiten damit aufgezogen hatte, dass er wie ein windiger Gebrauchtwagenhändler auftrat. An den Wänden hängt ein Tierkalender, Pferderassen dieser Welt, immerhin eine kleine Gemeinsamkeit. Damit das klar ist, sagt Goranek und stellt Pinscher einen Espresso hin, ich bin hier nicht dein Sündenbock. Bei deiner Chefin kannst du dich bedanken, das war alles ihre Idee. Und dann kam der Zufall dazu. Hm, sagt Pinscher. Wir müssen jetzt was draus machen, sagt Goranek, hilft ja nichts, komm mal zu mir auf die Ranch, und dann trinken wir ordentlich was, danach sieht die Welt schon anders aus. Ich trinke im Grunde nie, sagt Pinscher. Besser so, sagt Goranek und grinst schon wieder. Du kannst nachts nicht mehr arbeiten, stimmt das? Das geht dich nichts an, sagt Pinscher. Goranek schüttelt den Kopf, dann eben nicht.

Wir haben es eilig, sagt er dann, steht auf und zieht Pinscher hinter sich her, du hast gleich deine ersten Termine. Hier, das ist dein Wochenplan. Da hinten ist dein Büro, ein bisschen klein, aber besser als nichts. Guck, da steht sogar schon dein Name an der Tür. Ohne t, sagt Pinscher. Was? Ohne t. Ich trinke auch lieber Kaffee, sagt Goranek und lacht. Da steht Pintscher. Ich heiße Pinscher, sagt Pinscher. Ohne t. Wollen wir mal nicht so kleinlich sein, sagt Goranek. Was ist das hier, sagt Pinscher, als er das vergitterte und dunkle Zimmer betritt. Dein Büro, sagt Goranek. Für den Anfang. War mal unser Gewahrsam, bis wir angebaut haben. Ihr setzt mich in den Knast, sagt Pinscher. Komm, ich gebe dir deine Waffe, du brauchst ein Auto und außerdem haben wir gleich Morgenbesprechung, da stelle ich dich den Kollegen vor. Und was ist mit dem Haus, fragt Pinscher. Machen wir später, sagt Goranek, das läuft uns ja nicht weg.

Es ist sogar schlimmer als der erste Schultag eines deutlich zu alten Erstklässlers. Pinscher schämt sich, als er sich an seinen Schreibtisch setzt. Ein schmuddeliger und staubiger Raum mit zwei schmalen Fenstern, in der Ecke gestapeltes Kopierpapier, daneben unsortierte Aktenberge. Paule ist doof, hat jemand mit Filzstift auf den an allen Ecken lädierten Schreibtisch geschrieben, man hat nur halbherzig versucht, die Schrift zu entfernen, und Pinscher schämt sich nur noch mehr und sehnt sich: nach einer Zigarette, nach dem Rhein, nach dem Meer, wenigstens nach Lambrusco, wenigstens nach Cefalù, sehr nach seiner Mama, sehr nach einem Hund, noch mehr nach der ihm unbekannten Frau, die das Buch über New York geschrieben hat, in dem er gestern blätterte.

Er schaut auf den Zettel vor sich: Bezirksdienstbeamter KK Pintscher. Dienstplanung. Zuerst die Bürgersprechstunde mit Einzelberatungen, anschließend Stand auf dem Wochenmarkt als Ansprechpartner vor Ort, außerdem Presse, was auch immer das heißen mag. Überschaubar, findet Pinscher. Die nächsten Tage haben es in sich: Verkehrserziehung im Kindergarten und in der Grundschule, Puppenspiel obligatorisch, dazu Präventionsgespräche an weiterführenden Schulen, zwischendurch immer wieder Bürgeranliegen.

Eigentlich bräuchten wir noch eine Uniform für dich, sagt Goranek, als er wieder in der Tür steht, Sichtbarkeit, weißt du, aber nachher kommt die Zeitung auf den Wochenmarkt und dann kennt dich hier eh jeder. Muss das sein? Wir hatten lange keinen Bezirksdienstbeamten, und dann noch einen, der was erlebt hat, du weißt doch, wie die Leute sind. Muss ich da mitmachen? Such es dir aus, entweder Mündendorfer Tageblatt oder Uniform. Pinscher schweigt. Hier, sagt Goranek, das ist die Waffe vom Blaubast. Der hat Fahrraddiebstähle gemacht. War ein toller Kerl, hat sich bei der Weihnachtsfeier immer als Heino verkleidet und so schön gesungen. Dann hat er es an den Nerven gekriegt letztes Jahr. Der kommt nicht mehr wieder. Jammerschade. Seine Knarre kannst du haben. Und, sagt Goranek und wirft einen Autoschlüssel auf den Schreibtisch, den kannst du auch haben. Nur für den Anfang. Der Ford Sierra da vorne. Pinscher schaut aus dem Fenster: Das ist kein Auto, das ist Schrott. Na komm, sagt Goranek, lieber die Karre als gar keine Karre. Haben wir mal abschleppen lassen, hatte kein Kennzeichen, irgendwer hat verschlampt, sich drum zu kümmern, seitdem steht die Kiste eben da. Fährt gut, und außerdem lass ich dich da drin rauchen, okay? Pinscher nickt. Komm, sagt Goranek, Morgenlage.

Ein entwendetes Krad. Zwei Holzbänke, die auf dem Weg zur Burgruine aus der Verankerung gerissen und in den Wald geworfen worden sind. Ein Kellereinbruch, gestohlen wurden eine Stichsäge und drei Flaschen Selbstgebrannter. Außerdem zwei geklaute Verkehrszeichen am Maiplatz und ein abgebrochener Außenspiegel. Pinscher sitzt mit seinen neuen Kollegen um den Tisch herum, alle sind so müde, alle so kaputt wie er. Kein schlaffer Händedruck hier, kein behäbiges Zwinkern da, man nimmt ihn nicht mal zur Kenntnis, man nimmt ihm seine Anwesenheit offensichtlich übel, man nimmt ihn erst recht nicht für voll: einer, der stört, einer, der sich nur einmischt. Lassen wir es so. Du willst deinen Frieden, sie wollen ihre Ruhe, na bitte. Was Neues von der Seifert, fragt einer der Beamten, und da wird Pinscher hellhörig: die Tote aus seinem Haus. Hat sich selbst weggemacht, sagt Goranek, das ist sicher wie das Amen in der Kirche. Der Sohnemann ist tapfer, Kurti und ich sind in Kontakt. Unser neuer Kollege kümmert sich mit mir um die Abwicklung. Ein kurzes Lachen von allen, das Pinscher nicht zuordnen kann, dann löst sich die Runde auf, die Kollegen stehen rauchend vor dem Hintereingang beim überquellenden Aschenbecher. Passiert ziemlich wenig hier, sagt Pinscher, der mit Goranek allein am Tisch zurückbleibt. Das ist die nette Interpretation, sagt Goranek, hier liegt so ziemlich der Hund begraben, würde ich sagen.

Jetzt könnte endlich ein vernünftiges Gespräch in Gang kommen, aber schon springt Goranek auf, tätschelt Pinscher pflichtschuldig die Schulter, deine Sprechstunde fängt an, ich geh mal Futter für die Tiere kaufen, Meerschweinchen, Hamster, Pferde, die Vögel wirst du mögen, ich hab einen ganzen Zoo daheim auf der Ranch, und morgens sind die Läden immer so schön leer, ruf mich an, wenn was ist, aber was soll sein? Und wann fahren wir zum Haus, fragt Pinscher. Du nervst, sagt Goranek, mach deine Arbeit, danach fahren wir hin. Ist gut, sagt Pinscher, viel Spaß mit dem Futter, und Goranek legt den Kopf schräg: Unberechenbarkeit gefällt ihm nicht, was wiederum Pinscher sehr gefällt.

Eine alte Dame fürchte sich seit Jahren vor den Rumänen, die in den Wäldern hausen und Villen plündern, obwohl sie selbst niemanden persönlich kenne, dem das je passiert sei, aber so etwas liege ja in der Luft. Pinscher hört zu, nickt gleichgültig und druckt aus dem Netz wahllos Angebote für Fensterriegel, Spezialstangen und Sicherheitsschlösser aus, verweist die Frau an den lokalen Schlüsseldienstmann, der mit seinen Preisen schon in Pinschers Kindheit der viel größere Verbrecher war als alle fiktiven Rumänen zusammen, die Frau atmet erleichtert auf und zieht ab. Der Nächste: Ein Jugendlicher fragt, was er tun kann, wenn er bestohlen worden ist. Wann? Weiß ich nicht mehr so genau, gestern Abend? Pinscher rät zur Anzeige, als er dann aber erfährt, dass es sich bei dem Diebesgut um circa drei Gramm Gras handelt, rückt er von seiner Empfehlung ab, hat zugleich aber auch keine Lust auf Belehrungen und schickt den Jugendlichen mit gespielter Strenge weg, vergiss das Zeug und komm bloß nicht mehr her. Wer ist jetzt dran? Der ungepflegte Herr Barth im Rollstuhl. Eine Eins-zu-eins-Kopie des Mannes, dem er neulich die Ventile aus den Reifen gedreht und der ihm durch seine Beschwerde Mündendorf eingebrockt hat. Herr Barth würde die Fingerspitzenprobe nicht bestehen, Pinscher wird übel bei diesem Geruch nach Fanta mit Korn, aber er hört sich die Geschichte der großen Weltverschwörung im kleinen Mündendorf in Ruhe an. Sie werden also jeden Tag von, Ihre Worte, ausländischen Mitbürgern in Ihrem Wohnzimmer heimgesucht und bestohlen? Sie verschaffen sich Zutritt durch die Wohnungstür, offenbar über einen zweiten Schlüssel? Haben Sie den Sachverhalt schon zur Anzeige gebracht? Haben Sie das Schloss austauschen lassen? Nein, das zahlen wir Ihnen nicht. Waren denn die Kollegen schon da? Da müssen wir mal sehen, Sie wissen doch, die Polizei ist ständig überlastet. Pinscher reißt sich am Riemen, er spricht monoton und mit tiefer Stimme, sogar Herr Barth wird irgendwann stumm, rollt beleidigt davon, ein Daueranzeiger, wie Pinscher später erfahren wird. Bei seiner letzten Beratung wird es ernst. Herr Maier, im Rentenalter, verwaschene Cordhose, ungebügelter Pullover. Seine Frau sei ihm vor drei Tagen gestorben, Schlaganfall, erzählt er, jetzt sei er allein mit seinen beiden Königspudeln in einer viel zu großen Wohnung. Herr Maier hat Angst vor Feuer. Sein Schuppen hätte nämlich mal gebrannt, den hätten sie ihm angezündet, was, wenn mir das jetzt im Haus passiert und keiner merkt was? Da sind wir nicht zuständig, sagt Pinscher, da müssen Sie zur Feuerwehr. Ich bin allein, ich fürchte mich, sagt Herr Maier, aber Sie haben recht, lassen Sie gut sein, das ist sicher nur so eine Phase. Pinscher sucht für den Mann vergilbte Broschüren zusammen, die seit Jahren niemand mehr in der Hand gehabt hat. Aber das ist ja gar nicht der Punkt bei dieser Beratung. Wie war denn Ihre Frau, fragt Pinscher, während er beiläufig im Computer nach Rauchmeldern sucht, um Herrn Maier nicht in die Augen zu schauen. Der hat nur darauf gewartet: Fünfzig Jahre waren sie verheiratet, stellen Sie sich das mal vor, wissen Sie, wie lang das ist, ein halbes Jahrhundert, keinen Tag davon richtig unglücklich, Urlaube in den Alpen und im Schwarzwald, aber das war ganz früher, da waren wir noch mobil, in letzter Zeit immer nur an die Nordsee, das sei überschaubar gewesen, kennen Sie Dangast, kennen Sie den Jadebusen, schön ist es da, und lieb war die Barbara, einfach nur lieb. Freunde und Verwandte sind alle tot, wie die Schmetterlinge im Herbst, sagt der alte Herr, einer nach dem anderen, zack, zack, zack, wie die Schmetterlinge. Bevor die Stille zu lang wird, erzählt Pinscher ein bisschen von seiner Familie und von seiner Mama, du kannst den jetzt nicht gehen lassen, das hier ist nämlich Stufe zwei, das ist neu für dich: Den Schock nach Todesnachrichten hast du aufgefangen, wieder und wieder, aber hier ist einer, der vor Einsamkeit eingeht, dem in seiner Verzweiflung nichts Besseres einfällt, als in die neu eingerichtete Bürgersprechstunde des Polizeireviers zu kommen, damit die Stunden vergehen, damit die verdammte Zeit einfach nur irgendwie verrinnt. Bestimmt eine halbe Stunde sitzen Pinscher und Herr Maier zusammen, und als er aufsteht, gebrechlich, gebeugt, langsam, da ist Pinscher wütend, da ist Pinscher traurig, da ist Pinscher schon aus seiner Rolle gefallen. Ihre Mama hat einen sehr guten Sohn, sagt Herr Maier, bleibt in der Tür stehen, wartet und dreht sich nochmals zu Pinscher um: Das ist jetzt ganz komisch, das macht man eigentlich nicht, aber darf ich Sie um einen Gefallen bitten?

Es kündigt sich an wie ein plötzliches Naturereignis. Keine Sonnenfinsternis, eher so ein Geschehen alltäglicher Art, beispielsweise ein überraschend aufziehendes Gewitter. Alle halten inne, die Menschen vor den Ständen, die Händler, die Vorbeibummelnden. Und dann ist er plötzlich einfach da. So wird der Lokalreporter des Mündendorfer Tageblatts später beschreiben, was er sieht, als er mit seiner Kamera in der Hand auf dem Parkplatz vor dem Wochenmarkt steht. Das Auto macht einen Höllenlärm, halb abgefallener Auspuff auf Asphalt, das wäre ein Grund, die Polizei zu rufen, wenn die Polizei selbst nicht der Auslöser wäre für den Krach. Der Reporter der Lokalzeitung sieht eine uralte Kiste in viel zu hohem Tempo auf den Parkplatz schlittern. Ein massiger, nicht besonders großer und stark schwitzender Mann in Lederjacke steigt aus, fluchend, weil er den Reporter noch nicht entdeckt hat. Ein beherzter Tritt gegen das Auto, dann steckt der Typ sich eine Zigarette an, öffnet den Kofferraum, wirft einen Karton voller Werbung mit Wucht auf den Boden, rupft einen Stehtisch und einen Sonnenschirm aus dem Auto und schmeißt auch das Mobiliar neben sein Fahrzeug. Dann öffnet er seine Jacke, eine Waffe wird sichtbar, was unter normalen Umständen erst recht bedrohlich wirken würde, immerhin, der Mann scheint sich zu beruhigen, lehnt am Auto, lässt sich die Sonne ins Gesicht scheinen und zieht seelenruhig an seiner Zigarette, während der Wochenmarkt schon wieder seinen Gang geht. Guten Tag, sagt der Reporter, sind Sie der neue Bezirksdienstbeamte? Angenehm, sagt Pinscher, und lächelt vor lauter Überraschung, als der Reporter ihn schon fotografiert, mit Zigarette in der Hand und verschwitzt. So hat Pinscher sich das alles nicht vorgestellt. Und doch schmeichelt es ihm, das ist ja fast wie ein Empfang mit Pauken und Trompeten, nur diesmal gehört er wirklich ihm, das ist doch das, wovon du als Jugendlicher immer geträumt hast: ein einziges Mal in der Zeitung stehen, ein einziges Mal durch die Stadt laufen und alle wissen, wer du bist. Ab jetzt bemüht er sich um Contenance, entschuldigt sich für seinen fahrigen Auftritt, Sie sehen es ja selbst, der erste Tag, man steht unter Druck, baut fast behutsam seinen Beratungsstand am Rand des Marktes auf und erzählt, was er für angemessen hält: Eine Rückkehr nach Hause muss nicht unbedingt ein Rückschritt sein, Erfahrung auf dem Land sei wichtig, das müsse jeder einzelne Beamte eigentlich mal gemacht haben, hier bist du aufs Wesentliche fokussiert, hier geht keiner in der Anonymität unter, hier zählen die Sorgen noch wirklich was, ich kann Ihnen sagen, gerade heute früh, die Schar der besorgten Bürger vor der Tür, denen man ein wenig Last von den Schultern nehmen kann, dafür hat sich das doch schon gelohnt. Was war denn vorher Ihr Spezialgebiet? Leichen. Sagten Sie Leichen? Ja, genau. Jeden Tag Leichen? Fast jeden Tag. Was wird in Ihrem Leben in Mündendorf anders werden? Ich werde einen Hund haben und glücklich sein. Sind Sie verheiratet? Das ist mir zu privat. Warum genau sind Sie nach Mündendorf zurückgekommen? Ich hatte die Nase voll von der Großstadt, ich sehnte mich nach einer neuen Aufgabe, und außerdem, schauen Sie sich doch mal um, wer darf schon in so einer Landschaft leben und arbeiten? Freut sich Ihre Mama denn, dass Sie jetzt wieder öfter hier sind? Woher wissen Sie von meiner Mutter? Das ist mir zu privat. Na ja, jeder hier weiß doch von den Müttern der anderen. Ja, ich freue mich sehr, meine Mutter ist eine tolle Frau, und jetzt kann ich sie jeden Tag besuchen und mit ihr Eis essen und Zigaretten rauchen. Darf ich das genau so schreiben? Das dürfen Sie. Und dann erzählt Pinscher noch von Herrn Maier und von seiner Bitte um einen Gefallen, was vielleicht ein Fehler ist, aber er hat sich so in Rage geredet, er will es unbedingt loswerden. Ungewöhnlich, sagt der Reporter, das ist ja ungewöhnlich. Letzte Frage, nur informell, darüber schreiben wir natürlich nichts: Wissen Sie was über die tote Frau Seifert? Tut mir leid, es ist mein erster Tag, Sie sehen ja, was hier los ist, ich muss jetzt auch mal.

Wie ein Darsteller in einem Kleinstadttheater, wie der Puppenspieler, der er bald sein wird, das macht es erträglich. Den Wochenmarkt kennt er seit der Kindergartenzeit. Wenn seine Mama ihn abholte und sie zusammen eine warme Fleischwurst aßen. Wenn es die ersten Erdbeeren des

Jahres gab. Wenn er davon träumte, dem unermüdlich polierenden Händler mit dem Allzweck-Reinigungsmittel gleich drei Flaschen abzukaufen und damit das ganze Haus auf Vordermann zu bringen. Immer wieder kommen alte Bekannte vorbei, zum Glück auf den ersten Blick niemand aus seiner Klasse, wohl aber ehemalige Lehrerinnen und Lehrer, die kurz stehen bleiben, ihn trotz seiner Waffe wie selbstverständlich duzen. Bei ihnen wird er einige seiner Broschüren los, tatsächlich haben nämlich alle die gleichen Sorgen, nur, dass aus den Rumänen wahlweise mal Jugoslawen, Roma oder Polen werden, die in ihren Wohnwägen nur darauf warten, die mittelgroßen Häuser der mittelreichen Kleinstädter zu plündern. Gerade will er Sonnenschirm und Tisch einpacken, gerade hat er sich eine Bratwurst geholt, sich bekleckert und den Fleck nur großflächig verrieben, da taucht sie auf. Für eine überstürzte Flucht ist es zu spät: Was machst du denn hier, fragt Anna Leid und lächelt. Pinscher kann nicht anders, er umarmt sie ein bisschen zu unwirsch, Ketchup jetzt auch an ihrer Jacke, aber sie freut sich: Anna, mit dir habe ich wirklich nicht gerechnet. Bist du auf Besuch? Überprüfung des Wesentlichen: kein Ring am Finger, nirgendwo. Hab mich selbstständig gemacht, sagt Anna. Du wolltest doch Pilotin werden, sagt Pinscher, der sich beim besten Willen nicht mehr daran erinnert, was Anna Leid nach dem Abitur studieren wollte. Anna lacht, und du bist ein Spinner geblieben, sagt sie. Hab in New York Psychologie studiert, mit Auszeichnung. Danach war ich in einem Forschungsprojekt in Berlin zu den psychischen Auswirkungen staatlicher Gewalt in Ost und West am Beispiel verschiedener Probandinnen und Probanden. Meine

Güte, sagt Pinscher, nicht schlecht. Ach, die Welt wollte ich retten, psychologische Psychotherapeutin bin ich geworden, so ist das Leben, wenn du das zehnmal hintereinander schnell sagen kannst ohne Haspler, dann gehen wir nachher ein Bier darauf trinken. Na gut, sagt Pinscher, und sagt es zehnmal hintereinander, schnell und fehlerfrei: psychologische Psychotherapeutin. Warum bist du zurückgekommen, sagt Pinscher. Wegen der Liebe, sagt Anna, und er fällt innerlich in sich zusammen. Ach so, das ist ja schön. Nicht, wie du denkst, sagt Anna, überall nur Verwüstungen, also bin ich zurück, dahin, wo mir das nicht mehr passieren soll. Gute Logik, sagt Pinscher und lacht. Und bei dir, sagt Anna. Ebenfalls die Liebe, sagt Pinscher, und hofft, dass er auch bei Anna Spuren sofortiger Resignation feststellen kann, aber die bleibt sachlich: Echt? Glückwunsch. War ein Spaß, sagt Pinscher, mich haben sie zwangsversetzt. Anna wirft den Kopf nach hinten und lacht laut. Also wirklich alles wie früher, sagt sie. Pinscher lächelt ein wenig stolz. Mir hat irgendwer mal erzählt, dass du zur Polizei bist, sagt Anna, das passt, ich hab das sofort verstanden. Ich auch, sagt Pinscher. Na dann, sagt Anna, ich muss in die Praxis. Sehen wir uns heute Abend, sagt Pinscher. Das war eigentlich Spaß, du Spinner, sagt Anna. Als Pinscher nicht reagiert, schüttelt sie den Kopf, tatsächlich alles wie früher, dann um acht im *Goldenen Herzen*? Schön, sagt Pinscher, ich freu mich. Sie umarmen sich, und dann packt Pinscher ein.

In der Zeit bis zum Nachmittag betastet er ungelenk die verstaubten und lieblos angefertigten Handpuppen, ein Polizist, ein Räuber, eine Geschädigte mit Handtasche, ihm fällt nicht ein, was er daraus machen soll. Er überlegt, ob er den Reporter vom Mündendorfer Tageblatt nochmals anrufen soll, um den Gefallen für Herrn Maier und die Sache mit seiner Mama aus dem Artikel zu nehmen, aber dann lässt er es. Und Anna, da ist er sich sicher, wird er damit beeindrucken können. Irgendwann steht Goranek in der Tür. Wie war's, Kollege, hat Mündendorf dich mit offenen Armen empfangen? Pinscher lächelt. Kann ich nicht anders sagen. Goranek scheint überrascht zu sein, als Pinscher ihm vom Vormittag erzählt, von der Sache mit der Zeitung und vom Wochenmarkt, wobei er Anna unerwähnt lässt, das ist nämlich tatsächlich privat. Wird vielleicht doch noch was aus dir, sagt Goranek. Und zur Belohnung fahren wir jetzt zum Haus. Pinscher springt auf, darauf hat er den ganzen Tag gewartet. Dein oder mein Auto, fragt Pinscher. Wir nehmen mal lieber meins, sagt Goranek, und dann sitzen sie in einem vollklimatisierten und bestens ausgestatteten Mercedes der C-Klasse, der fast lautlos durch die Straßen der Stadt gleitet, um schließlich vor dem alten Palast der Pinschers anzuhalten. Der karge Vorgarten, das Pflaster auf dem Parkplatz, die rissige Fassade: alles wie gehabt. Bist du bereit, fragt Goranek, als sie aus dem Auto steigen. Er gibt Pinscher den Schlüssel für die Haustür.

Pinscher schließt die Tür auf, und dann bleibt ihm die Luft weg, als er schon im Flur die Bescherung sieht. Ist das hier die Mündendorfer Geisterbahn? Macht ihr das mit allen, die zurückkommen? Geh nur rein, sagt Goranek, es wird noch viel besser.

6 Familienalbum

Auf dem großen Foto sind sie alle glücklich. Der wortkarge und stämmige Papa, der nicht gern fotografiert wird und dennoch verkniffen lächelt, akkurat rasiert und trotz der Feriensituation mit gescheiteltem Haar, die fröhliche Mama im altmodischen Badeanzug, großes Kassengestell aus den Achtzigern, davor ihr dicklicher Sohn, konzentriert mit Eimer und Schüppchen hantierend. Der Strandkorb ist ihr ganzer Stolz, es ist ein heißer Sommer mit Marienkäferplage, sie landen sogar mitfrittiert in den Pommes vom Strandimbiss, man muss aufpassen, sie nicht mit dem Plastikspieß aufzugabeln und zu essen. Daran denkt Pinscher bis heute. Sie waren jedes Jahr ans Meer gefahren, doch an diesen Urlaub hat er die genauesten, die unbeschwertesten Erinnerungen. Wie sie in einem Einkaufszentrum in Wilhelmshaven Haifischfleisch probiert haben. Wie sie sich ausmalten, sich eine ganz kleine Ferienwohnung hier oben am Meer zu kaufen und Dauermieter eines Strandkorbs zu werden. Wie der Papa viel weniger trank, die Mama viel seltener schwermütig war und Pinscher kaum Angst hatte. Ein Sommer der Leichtigkeit. Bilder der Pinschers.

So hat es nicht ausgesehen, als er das Haus verkauft hat, Elisabeth Seifert muss in den Schränken gewühlt, die Bilder irgendwo gefunden, neu gerahmt und aufgehängt haben. In der Küche entdeckt er das Steingut, das er den Eltern mal geschenkt hat, es war bis zuletzt in Benutzung, in der Spüle liegen einige schmutzige Teller, von denen Glotzen-Elsbeth kurz vor ihrem Tod gegessen haben muss. Der Abreißkalender an der Wand zeigt einen Tag im Frühling vor drei Jahren:

der Morgen, als Pinscher das Haus zum letzten Mal verließ. An der Garderobe: alte Jacken seines Papas. Allesamt zwischenzeitlich gereinigt und ordentlich auf Bügeln aufgehängt. Die Sofagarnitur im Wohnzimmer kennt er natürlich, der Esstisch in der Ecke mit der furchtbar hässlichen Lampe vom Quelle-Versand darüber, von der sich seine Mama bis zuletzt nicht trennen wollte, an der Wand die Kopie einer Urkunde: die Verleihung des Kommissartitels an Herrn Peter Pinscher. Das ist doch krank, sagt Pinscher zu Goranek, der im Türrahmen steht und Pinschers Schrecken mit einer gewissen Genugtuung beobachtet, das ist ein Alptraum.

Nein, wird Pinscher sich später korrigieren, eigentlich ist es eher wie ein unangenehmer Traum im Halbschlaf: Im Keller steht noch die Werkbank seines Papas, in den Regalen stapeln sich die jahrzehntealten Konservendosen, Erbseneintöpfe, eingelegte Graupen, Gulaschsuppen, gruselig daran ist vor allem, dass es so sauber ist überall, kein Staubkorn auf den längst abgelaufenen Lebensmitteln, das alles hier ist gehegt und gepflegt worden wie ein Museum. Das Schlafzimmer seiner Eltern ist unversehrt, beim Anblick des verwaschenen Blümchenmusters zuckt er kurz zusammen, und dann gleich der nächste Schock nach der nächsten Biegung in dieser Geisterbahn, die keine ist: Pinschers Jugendzimmer. Das alles hatte er im Zustand großer Verwahrlosung zurückgelassen, vor vielen Jahren schon, nachdem sein Papa gestorben war und er sich konsequent geweigert hatte, nur noch eine einzige Nacht in diesem Haus zu verbringen. Jetzt sieht es aus wie neu, der Schreibtisch war ersetzt worden durch ein identisches Modell, der aus dem Leim gegangene Holzrahmen des Betts wurde geflickt, möglicherweise hat man sich sogar die Mühe gemacht, die Wände vor nicht allzu langer Zeit neu zu streichen. Es riecht kaum noch nach Zigaretten.

In der Küche lässt sich Pinscher auf einen Stuhl fallen, er nimmt eine Untertasse als Aschenbecher, zieht mit zittrigen Fingern das Päckchen mit den Zigaretten aus seiner Brusttasche, fragt gar nicht erst, ob sie hier wohl rauchen dürfen, steckt sich eine an und schiebt Goranek die Packung hin. Also, sagt Goranek, was denkst du, magst du vielleicht gleich wieder einziehen? Der Kurti macht dir einen Supersonderpreis. Deine Mama würde bestimmt jubeln.

Pinscher haut auf den Tisch. Goranek zuckt zusammen. Hör einfach auf, den ganzen Tag so eine Scheiße zu reden, behandle mich vernünftig, sonst kannst du mich mal am Arsch lecken, ich bin weder dein Clown, noch kann ich was dafür, dass ihr alle ein gewaltiges Problem damit habt, wenn Leute hier weggehen, das machen sie nämlich gar nicht immer, weil sie euch total bescheuert finden, was ihr zweifelsohne seid, das machen sie, weil ihnen alles auf die Pelle rückt, wenn sie Hals über Kopf die Hütte verkaufen, in der sie groß geworden sind, aber das ist euch ja zu hoch, wie kann man denn nur, das ist Hochverrat, aber das ist es nicht, ich wollte einfach, dass alles weggeht, für immer und ewig, und jetzt kommst du, grinst die ganze Zeit und machst mich lächerlich, weil es dir einfach so gefällt, du bist ein Quäler, das warst du immer schon, und was ich hier soll, das habe ich jetzt verstanden, ich soll mich quälen lassen, warum es so ist, weiß wahrscheinlich kein Mensch, lass mich einfach in Ruhe, ich frage doch auch nicht, warum du den ganzen Tag unterwegs bist, um Futter für deine blöden Scheißviecher zu kaufen, anstatt deine Arbeit zu machen, ich frage doch auch nicht, was du eigentlich so zu kompensieren hast und ob es das große Ziel deiner Träume war, Revierleiter in Mündendorf zu sein mit einem goldenen Sternchen auf der Schulter und einer sogenannten Ranch, also red vernünftig mit mir oder lass es ganz.

Das war deutlich, sagt Goranek. Und das gleich am ersten Tag. Er nimmt sich noch eine Zigarette, dreht sich zum Fenster, damit Pinscher ihm nicht in die Augen sieht, steckt sich die Kippe an und nuschelt: Ist vielleicht besser mit dem Klartext und so. Tut mir leid. Tut mir leid, okay.

Pinscher hätte damit gerechnet, dass mit seinem Wutausbruch zugleich der Abbruch seiner Arbeit hier einhergeht, aber Goranek dreht sich um, sieht angefasst aus, wie er ihn zuletzt nach einer Schulhofprügelei vor zig Jahren gesehen hatte, so bedröppelt, dass er Pinscher fast schon leidtut. Ich lass dich in Ruhe, sagt Goranek, aber du sagst nichts Schlechtes mehr über meine Viecher, abgemacht? Abgemacht. Also, sagt Pinscher, wie geht das alles jetzt weiter? Ich hab mit Kurti gesprochen, sagt Goranek, der ist noch unter Schock. Der hat es eh nicht leicht gehabt mit seiner Alten. Er tut und macht und legt sich krumm, und sie kauft sich einfach die Bude, sagt, ich hab jetzt mein eigenes Leben. Die hat den Kurti richtig sitzen gelassen, das hat er mir mal nach einigen Bieren zu viel gesagt, das darf ich eigentlich gar nicht weitererzählen, das ist doch ein starkes Stück, oder? Wir hatten ja alles, hat der Kurti gesagt, und dann kauft sie sich ein Häuschen ganz für sich allein. Und dann macht sie sich auch noch vom Hof. Der arme Kurti, das wünscht man doch keinem. Sag du doch auch mal was, Pinscher! Ich finde, da stimmt irgendwas nicht, sagt Pinscher, nur so ein Bauchgefühl. Falsch, ruft Goranek, du liegst einfach falsch, und schlägt seinerseits mit der flachen Hand auf den Tisch. Guck doch mal, wie großzügig der Kurti zu dir ist, obwohl er dich seit Ewigkeiten nicht gesehen hat. Die Schlüssel hat er mir gegeben, und er will, dass du hier nimmst, was du brauchst, ich meine, die ganzen Erinnerungen, die Sachen von deinem Alten, die Klamotten von deiner Mutter, das gehört alles, nun ja, eben eigentlich dir.

Ein Alptraum, sagt Pinscher. Und dann steht er auf, geht ins Wohnzimmer, öffnet die altbekannte Schrankklappe und ist zum allerersten Mal froh darüber, dass sich hier nichts verändert hat, denn auch der alte französische Cognac steht ungeöffnet da, er hat ihn damals seinem Papa zum Fünfzigsten geschenkt. Pinscher stellt ihn zwischen sich und Goranek auf den Küchentisch, jeder von ihnen trinkt schnell und hastig ein kleines Glas. Jetzt steht Goranek auf, legt den Schlüssel auf den Tisch und fragt: Willst du noch eine Weile bleiben? Kannst den Schlüssel haben, gib ihn mir einfach irgendwann, wenn du fertig bist. Fertig womit, fragt Pinscher, steht ebenfalls auf und schiebt den Schlüssel zurück in Goraneks Richtung. Na ja, vielleicht willst du unter den neuen Umständen ja doch was behalten. Hier bleibt alles, wie es ist, sagt Pinscher, wenn wir ermittelt haben, kann das Zeug weg. Was willst du denn hier noch ermitteln, sagt Goranek, eine offensichtlich ziemlich bemitleidenswerte Frau hat sich vor drei Jahren in euer Leben gesetzt und es ein bisschen weitergelebt, dann hat sie sich den Garaus gemacht, und ihr ziemlich bemitleidenswerter Sohn muss das jetzt ausbaden. Das stimmt von vorne bis hinten nicht, sagt Pinscher. Na komm, sagt Goranek, wir sind hier nicht im Fernsehen, was erwartest du denn, was hier passiert ist? Was soll das denn werden? Die Mündendorfer Mordserie, aufgedeckt vom Kommissar aus der Großstadt? Das gigantische Komplott gegen die Fernsehfachhändlerin, der man die Wucherpreise mit einem geschickt inszenierten Ableben endlich heimzahlt? Keine Ahnung, sagt Pinscher, ich sage doch einfach nur, dass hier irgendwas nicht stimmt. Und dass ich Doktor Seltsam seltsam finde. Doktor Seltsam ist jedenfalls kein Schlechter, sagt Goranek, der hat es auch nicht immer leicht gehabt, das weißt du doch ganz genau. Erst recht nicht mit seiner Alten. Und guck mal, wieso sollte er uns die Schlüssel geben, damit du dich bedienen kannst, das ergibt doch keinen Sinn, das ist doch total großzügig. Der Kurti ist komisch, aber der hat echt ein Herz, das musst du mir jetzt auch mal glauben. Fahren wir, sagt Pinscher, ich kann das hier nicht mehr riechen. Umso besser, sagt Goranek, du brauchst nämlich gar nicht weiter hier rumschnüffeln. Versprichst du mir das?

7 Unverhofftes Wiedersehen

Neben dem *Goldenen Herzen*, in einer kleinen und schwer einsehbaren Seitenstraße vom Alten Markt, florierte früher »Giselas Eroticmarkt«. Seit etlichen Jahren hat Pinscher nicht mehr an den Laden gedacht, jetzt steht er vor dem provisorisch mit Brettern vernagelten Eingang und wartet auf

Anna. Sein durchgeschwitztes Hemd, das spätestens nach dem Besuch in seinem Elternhaus erbärmlich nach Angstschweiß roch, hatte er gewechselt, war sogar noch kurz unter die Dusche gegangen und blickt wieder auf ein, nun ja, gewichtiges Kapitel seiner Vergangenheit. »Giselas Eroticmarkt« war eine Institution, das erlösende Versprechen der unterdrückten Sehnsüchte, nicht nur für die Mündendorfer Bevölkerung, sondern auch für die kleinen Städte und Gemeinden der gesamten Gegend. Es gab neben einer großen Auswahl an Filmen und Accessoires ein abgetrenntes Areal, einen schmuddeligen Bereich mit Videokabinen, ganz überwiegend genutzt von Männern, möglicherweise sogar ausschließlich. Für Pinscher war es seine ganze Kindheit und Jugend hindurch eine wöchentlich geplante Sünde gewesen, durch die kleine Gasse zu laufen und einen Blick auf die Eingangstür und die unverfängliche Werbung im Schaufenster von »Giselas Eroticmarkt« zu werfen. Eines Abends, viel später, da war er schon ein junger Mann, hatte er, ebenso nervös wie als Kind, allen Mut zusammengenommen und eine der Videokabinen betreten. Gott weiß was hatte er sich ausgemalt, Erkenntnis, Erleichterung, Erlösung, nichts dergleichen war eingetreten. Er hatte sich vor den zusammengeknüllten Taschentüchern auf dem Boden geekelt, sich vom Film auf dem großen Bildschirm abgewandt und ansonsten einfach nur versucht, den durch die Löcher in den Kabinenwänden nach ihm greifenden Altmännerhänden auszuweichen, tatsächlich nur Hände, zum Glück. Diese Geschichte, ist sich Pinscher sicher, würde er Anna heute Abend nicht erzählen, er würde sie ihr nie erzählen.

Es dauert nicht mal eine Zigarette vor der Kneipentür des

Goldenen Herzens, bis sie aus Pinscher herausplatzt – und Anna lacht. Dann sitzen sie einander gegenüber und bestellen Schnitzel und trinken Bier. Pinscher und Anna, die sich Jahrzehnte nicht gesehen und doch nicht aus den Augen verloren haben, so zumindest Pinschers leise Hoffnung. Wie in dieser alten Geschichte, denkt Pinscher, während er Anna anschaut, wo eine Frau ihren geliebten Bergmann fünfzig Jahre nach einem Grubenunglück wiedersieht. Tot, aber vom Vitriol gut erhalten. Welch freudiges Entzücken. Das hätte er ihr erzählen sollen, anstatt von »Giselas Eroticmarkt« zu schwadronieren.

Als Pinscher noch in Mündendorf lebte, lange vor der Polizei, hatte er immer davon geträumt, ein Mädchen ins *Goldene Herz* auszuführen. So ganz spießig, wie man es auch in der Nachkriegszeit gemacht hätte. Danach Händchen haltend über den Alten Markt flanieren, sich für das kommende Wochenende wieder verabreden. Kaum zu glauben aus heutiger Sicht, diese Fantasien von größter Harmlosigkeit, aber vergessen wir das, sie haben sich ohnehin nie eingelöst. Das *Goldene Herz* hat als einzige Kneipe den typischen Untergang dieser westdeutschen Fußgängerzone überlebt. Es gibt die Bundeskegelbahn mit den vielen kleinen Vereinen, es gibt Skatrunden montags und mittwochs, es gibt die Stammtische der Kaninchenzüchter, es gibt den Gesellschaftsraum, da probt immer freitags der Männergesangsverein Mündendorf. Heute ist wenig los im *Goldenen Herzen*, das ist Pinscher nur recht. Er will keine alten Bekanntschaften außer Anna treffen, er will sich nicht erklären müssen.

Träumst du, sagt Anna. Gar nicht, sagt Pinscher, der schon

einen ganzen Bierdeckel vor sich zerzupft hat vor Aufregung, ganz im Gegenteil. Was machen wir denn jetzt? Erzählen wir uns, wie es war, sagt Anna. Ihre Hände liegen nah beieinander. Wir könnten auch eine Runde kegeln, schlägt Pinscher vor, und Anna: Vielleicht später. Pinscher ist nervös, will rauchen. Ich hatte mal einen Springer, sagt Pinscher, der hatte vorher verkündet, er sei König Willem-Alexander der Niederlande und könne fliegen. In Engelszungen haben wir auf ihn eingeredet, aber mit Logik konnte man dem nicht mehr kommen. Er war felsenfest davon überzeugt, mit seiner königlichen Pilotenlizenz fliegen zu können. Ist er denn dann geflogen, fragt Anna. Schon, nur eben nicht so lang, sagt Pinscher. Das waren meine letzten Jahre, im Großen und Ganzen. Und bei dir? In der Klinik hatten wir dauernd irgendwelche Könige. Am hartnäckigsten war Nebukadnezar. Wenn er nicht bei uns war, dann suchte er nach Babylon. Hat er es gefunden, fragt Pinscher. Nein, sagt Anna, aber er hat mit einem Rubbellos fünfzigtausend Euro gewonnen und sucht jetzt auf allen Kontinenten nach seinem Königreich. Das hast du dir ausgedacht, sagt Pinscher. Nein, sagt Anna, im Ernst, ich lüge dich nie an. Das ist mal ein Wort, sagt Pinscher. Er hat uns sogar Postkarten geschickt von unterwegs. Manchmal glaube ich, er war gar nicht verrückt. Er musste sich nur auf den Weg machen. Tja, sagt Pinscher, bei uns gehen sie alle tot, bei euch gehen sie auf Weltreise. Wollten wir uns nicht erzählen, wie es war, sagt Anna. Gibt es mehr dazu zu sagen, sagt Pinscher. Komm, sagt Anna, lass uns eine rauchen, und dann will ich hören, wie es dir geht. Interessiert dich das denn wirklich, sagt Pinscher. Es interessiert mich wirklich, sagt Anna. Und du lügst mich nicht an, sagt Pinscher. Nie, sagt Anna, und Pinscher denkt darüber nach, mit seinen Fingern ihre Handfläche zu berühren, wie zufällig nur.

Auf dem Weg zur Tür mustert Pinscher sie verstohlen, es ist natürlich wie immer: Du hast keine Chance, aber das weißt du ja eh. Du wirst dich im Fitnessstudio anmelden, so will dich doch keiner. Du wirst mit dem Rauchen aufhören, das macht dich agiler. Du wirst Vegetarier werden und Alkohol ablehnen, wann immer es geht. Nicht heute, nicht jetzt, aber bald. Er fühlt sich unsicher, er fühlt sich elend, er fühlt sich in seiner ganzen Maßlosigkeit und Körperlichkeit unwohl, vielleicht wäre ein Tierheimhund doch die bessere Wahl, denkt Pinscher, aber dann stehen sie schon vor der Tür, und ihre Zigaretten erleuchten die tiefdunkle Nacht.

Kennst du die Geschichte von dem Bergmann und seiner Frau, sagt Pinscher. Der Bergmann stirbt unter Tage, und fünfzig Jahre später holen sie ihn raus, er immer noch ein junger Mann, die Frau ganz alt. Ach, Pinscher, sagt Anna, das hatten wir zusammen in der Schule, das wolltest du mir damals schon andrehen. Immer noch Romantiker, oder? Na ja, aber ist da nicht was Wahres dran? Gehen Geschichten nicht manchmal so: Man ist wie eingefroren über Jahrzehnte, und dann steht man sich gegenüber, als hätte es die ganze verfluchte Vergangenheit nicht gegeben? Ist mir zu philosophisch, sagt Anna, ich hab Hunger. Komm, wir gehen rein.

Sie essen ihr Schnitzel mit Pommes, und beide lassen ihre Salatbeilage einfach stehen. Nach dem ersten Schnaps hat Pinscher nicht mehr das Gefühl, es mit jedem Wort zu versauen. Anna erzählt von ihren alten und gebrechlichen Eltern, die eigentlich schon alt und gebrechlich waren, als sie zur Schule gingen. Von ihrem Vater, der stumm geworden ist mit der Zeit und mittlerweile kaum noch grüßt, wenn sie zu Besuch kommt. Von ihrer Mutter, die es über all die Jahre höchstens mit Bachblüten gegen ihre manifeste Kleinstadtdepression versucht hat, wer schon Leid heißt, so erzählt Anna, der wird seines Lebens nie mehr froh, stell dir vor, das sagt sie wirklich. Sie machen mir ein schlechtes Gewissen ohne Worte. Und ich lasse es mir machen. Warst du mal verliebt in all den Jahren, fragt Pinscher. Anna gefällt die Frage nicht, er sieht es ihr an, jetzt versaust du es gleich wieder, aber sie macht nur eine wegwerfende Handbewegung. Und du, sagt Anna. Ständig, ruft Pinscher, immer und wahllos! Anna lacht laut, damit ist das Eis gebrochen, und gleich fühlt Pinscher sich schlecht, weil er wie ein Taschenspieler strategisch die einzig richtige Karte gespielt hat. Zwischendurch geht Pinscher zur Toilette und sieht ein Plakat an der Kabinentür, Werbung für ein Lakritzbonbon: *Without the dark we would never see the stars.* Als er zurückkommt, will er Anna davon erzählen, aber dann lässt er es bleiben. Es fühlt sich schon wieder alles nach Niederlage an, aber das bist doch nur du, das ist doch alles nur in deinem Kopf. Was ist eigentlich dein Problem, fragt Anna, als Pinscher sich gerade wieder hingesetzt hat. Kein Problem, sagt Pinscher. Ich lüge nicht, aber du sollst auch nicht lügen, sagt Anna, ich will keine Klassentreffengeschichten mehr hören, ich will wissen, warum wir uns genau jetzt genau hier treffen, obwohl wir beide eigentlich woanders sein sollten. Meinen Teil der Geschichte kennst du: Mit einem Bein war ich immer hier, und wenn die Eltern tot sind, dann bin ich immer mit einem Bein auf dem Friedhof. Pinscher lacht. Sollen wir nicht eine rauchen? Ich hab was gefragt, sagt Anna, und plötzlich fühlt Pinscher sich in die Enge getrieben, ja, denkt er, so ein Straßenhund aus Rumänien, das wäre schon was. Ich brauche keine Therapie, sagt Pinscher, vielen Dank. Anna macht eine abfällige Geste mit der Hand, zieht sich ihren Mantel an, sucht nach ihrem Portemonnaie, du hast das Spiel einfach nicht verstanden, oder? Entschuldige, sagt Pinscher, fasst sie am Arm, schiebt sie sanft zurück zum Stuhl und Anna lässt es geschehen. Okay, sagt Pinscher, ich verstehe nicht, wozu das gut sein soll, aber dann sage ich dir, was mein Problem ist.

Und dann redet er. Ein ausufernder Monolog, aber ein erwünschter, immer wieder fragt Anna nach, treibt ihn geradezu an, weiterzusprechen, immer weiter und weiter. Der Wirt stellt den Aschenbecher auf den Tisch, es ist schon nach zehn und die Leute essen nicht mehr, jetzt dürfen sie rauchen, und aus Pinscher sprudelt es nur so heraus:

Schon als kleines Kind, wenn du zwischen den Eltern liegst. Nie das Vertrauen, dass schon alles gut werden wird. Immer die Gewissheit, dass die Dinge ein schlechtes Ende nehmen. Denn das nehmen sie. Man bekommt seinen ersten Wellensittich, und einige Monate später liegt er tot im Käfig, obwohl die Viecher doch uralt werden können. Die eiskalten Füße, die eingefallenen Augen, das vergisst man nie. Und doch hat es mich nicht losgelassen, lässt es mich nicht los. Erst die verkrampfte Mama auf dem Küchenboden, Hirnschlag, der Speichelfaden daneben als letztes Zeichen aus einer ab diesem Augenblick erloschenen Mamawelt. Später dann der tote Papa, seine kalten Pfoten, ich will nicht Hände sagen, irgendwie sind das immer Pfoten, wenn die Temperatur sinkt, verstehst du? Jedenfalls, das hat sich so eingebrannt. Auf der Arbeit dann, wenn es wieder jemanden erwischt hatte, drängelte ich mich vor: Ich fahr raus, mir macht das nichts. Ich kann dir nicht sagen, warum es so ist, ich habe angefangen, die Toten zu sammeln, als würde das was bringen. Ich kenne den menschlichen Körper in allen Verwesungs- und Zersetzungsstadien, hab so viele Arten gesehen, an denen man kaputtgehen kann, so viele Enden, ausgestreckt auf dem gerade gewienerten Linoleum in der Küche, zusammengekrümmt im Staub unterm Bett, aus heiterem Himmel an einem sonnigen Tag auf dem Kopfsteinpflaster in der Fußgängerzone, beim Onanieren vor dem Computer, ein einziges Mal sogar auf einer Taufe, stell dir das mal vor, rittlings über dem Grabe und eine schwere Geburt, ist doch wahr, verdammte Scheiße. Hast du dich mal mit Serienkillern beschäftigt? Hatten wir auf der Polizeischule. Viele von denen begreifen einfach nicht, was sie ihren Opfern antun. Ohne Absicht, die können es nicht. Du kannst ihre Gehirne untersuchen und ihnen die schlimmsten Bilder dabei zeigen, und es tut sich nichts. Keine Reaktion. Alles normal. Bei mir ist das umgedreht, irgendwie, zum Beklopptwerden, ich fühle für alles, was kreucht und fleucht.

Ich bin immer rausgefahren, wenn es Leichen gab, ich wollte mich nicht schonen, ich wollte das, was schlimm ist, für die anderen nicht ganz so schlimm machen, ich habe nichts anderes mehr gekonnt, ich habe nichts anderes mehr gewollt, und das ist eigentlich ganz schön selbstsüchtig, nicht wahr, denn ich habe mir gesagt, sei vorbereitet, dann kann dir nichts passieren. Ich will nachts nicht mehr raus, ich habe Panik vor vielen Menschen und noch mehr Panik, wenn gar keiner auf der Straße ist, ich habe meine Knarre immer mitgenommen und neben das Kopfkissen gelegt, das ist verboten, aus gutem Grund ist das verboten, aber ich will nicht sterben, unter gar keinen Umständen, also gucke ich der Sterberei der anderen zu und lerne und lerne. Damit kann man sich arrangieren. Ich hätte mir bald einen Hund geholt, vielleicht auch Wellensittiche, für den Anfang, wenn die nicht immer so schnell mit den Füßen nach oben liegen würden, ich hätte weitergemacht, und es wäre schon gelaufen. Aber dann kam Mündendorf. Kein Problem, aber das ist mein Problem, grob gesagt. Grob gesagt, sagt Anna, und nickt. Noch einen Doppelten, fragt sie, unbedingt, sagt Pinscher. Sie bestellen und sind beide schon betrunken. Du bist echt ein komischer Vogel, sagt Anna. Danke gleichfalls, sagt Pinscher. Hast du mal von der Elfenbeintheorie gehört? Nein, sagt Pinscher. Erklärt das meine Probleme? Keiner erklärt dir deine Probleme. Schon verstanden, Frau Doktor. Willst du sie jetzt hören oder nicht? Okay, ich höre zu. Also, sagt Anna, die Elfenbeintheorie ist schon ziemlich alt. Aus einer Zeit, als die Kugeln beim Roulette noch aus Elfenbein waren. Das ist alles ein bisschen halbseiden, aber dafür bist du zu haben, oder? Es ist jedenfalls dieser Theorie nach so: Du hast Leute, die sind unverbesserliche Glücksritter. Die würden ihr Leben lang beim Roulette immer nur auf die eine Zahl setzen. Mit ganz wenig Geld und total kontrolliert, das versteht sich ja von selbst. Schlimme Optimisten, denen nicht viel passieren kann in ihrer Defensive. So bin ich nicht, sagt Pinscher. Ich weiß, sagt Anna, hör weiter zu. Dann gibt es die Nichtspieler, die daran glauben, dass die Bank am Ende immer gewinnt. Die Vernünftigsten. Die Ausgeglichensten. Die gesunde Mittellage. Für sie interessieren wir uns nicht besonders, ausgemachte Langweiler, zumindest aus der Perspektive derjenigen, über die wir sprechen. Das bin ich nicht, sagt Pinscher. Unterbrich mich nicht, sagt Anna. Wir kommen der Sache nämlich jetzt schon näher. Es gibt die Rotfraktion. Rücksichtslose Temperamentsbolzen, Stehaufmännchen, die meinen, dass das Glück fest für sie reserviert ist. Dass eh immer zu ihren Gunsten entschieden wird. Sie setzen ihr ganzes Kapital auf Rot, und es ist im Grunde einerlei, ob sie gewinnen oder verlieren, sie landen immer auf den Füßen. Aber auf Kosten anderer, das ist ja das Schlimme. So will ich nicht sein, sagt Pinscher. Bist du auch nicht, zumindest nicht dieser Theorie nach, zumindest nicht so, wie ich dich einschätze. Das ist großzügig, sagt Pinscher. Leute wie du meinen nämlich, dass sie nur verlieren können, weil sie glauben, dass es so vorbestimmt ist. Leute wie du lassen sogar ihrem Schatten den Vortritt aus lauter Höflichkeit, aber sie sind eben auch furchtbar. Weil sie eigentlich die schlimmstmöglichen Zocker sind: die schwarze Fraktion. Sie geht sehenden Auges in den Untergang. Diese Leute kommen mit den Taschen voller Geld, schmeißen es auf den Tisch, seht her, und sie schieben es genüsslich hin, darauf wartend, blank am Boden zu liegen. Alles auf Schwarz, säuseln sie dann, während die Kugel rollt, es wird ein schlechtes Ende nehmen, denken sie, und glauben mit dem letzten Schwung der Elfenbeinkugel natürlich das genaue Gegenteil. Alles auf Schwarz, sagt Pinscher. Die Kugel rollt und springt und verlangsamt sich. Sie sehen einander in die Augen. Jetzt müsste Pinscher etwas tun. Er schwitzt, die ganze Zeit schon. So bin ich wohl, sagt er, und will gerade seine Hand auf ihre legen, da greift Anna nach Pinschers Schnaps und trinkt ihn in einem Zug aus. Eine Theorie ist immer nur eine Theorie, sagt Anna, lass uns zahlen, ich muss morgen früh raus und du bestimmt auch.

Alles auf Rot, denkt Pinscher, aber nicht heute, nicht jetzt. Sie ziehen ihre Jacken an, gerade wollen sie das Lokal verlassen, da stolpert eine grölende Männergruppe die Treppe zur Kegelbahn herauf. Völliger Tunnelblick, gegen den vorbeiziehenden Tross sind Pinscher und Anna noch nüchtern, die Hemden der Kerle sind bier- und schnapsgetränkt, man riecht sie auf etliche Meter Entfernung. *Heute hau'n wir auf die Pauke/Und der ganze Ärger bleibt zu Hause,* singen die Kegelbrüder jetzt schief, halten sich an der Theke fest und pfeffern dem Wirt speckige Geldscheine hin. Ich kann die nicht haben, sagt Anna und will schnell raus. Warte mal, sagt Pinscher, und entdeckt das Zentrum der Gruppe. Ich lad' euch alle ein, ruft der Typ mit lächerlichem Partyhut wieder und wieder, *wir machen durch bis morgen früh, bumsfaldara,* es ist Kurti, der Sohn der toten Glotzen-Elsbeth. Doktor Seltsam hat gute Laune, sagt Pinscher. Ach, der ist das, sagt Anna. Hätte ihn nicht erkannt. Ich schon, sagt Pinscher, den nehme ich mir demnächst vor. Was, sagt Anna. Schon gut, sagt Pinscher, das erzähle ich dir wann anders. Sie verlassen das *Goldene Herz*, und im letzten Moment treffen sich die Blicke von Pinscher und Doktor Seltsam, der Sohn der Toten starrt ihn an, vielleicht kriegt er ihn nicht einsortiert, vielleicht weiß er ganz genau, wer Pinscher ist, alles auf Schwarz, aber nicht heute, nicht jetzt.

Auf dem Weg nach draußen kriegt er die Wut auf Doktor Seltsam und dessen ganze Familie: Was haben die in unserem Haus gemacht? Wieso setzt sich seine Mutter in ein Leben, das ihr verflucht noch mal nicht gehört? Habe ich mich etwa in Glotzen-Elsbeths Laden gesetzt und Glotzen verkauft, ungefragt? Ich könnte in Frieden leben, wenn sie mich in Frieden gelassen hätten. Lassen wir das, denkt Pinscher, konzentrieren wir uns auf das Wesentliche.

Anna bringt Pinscher zur Leihbücherei, es sind zwar nur ein paar Meter, aber doch ist Pinscher froh darüber, den Weg nicht allein gehen zu müssen. Ihm würden die Hände schwitzen. Ihm würden die Finger zittern. Kaum den Schlüssel ins Schloss würde er bekommen. Sie rauchen eine letzte Zigarette, Anna fröstelt, Pinscher legt ihr seine Jacke über die Schultern, und sie lässt es geschehen. Machen wir das bald mal wieder, fragt Pinscher. Ja, aber anders, sagt Anna. Wie wäre es, wenn du zu mir kommst? Und dann beackern wir mal deine Angst. Was soll das bringen, fragt Pinscher, ist aber eigentlich schon überzeugt, eine Einladung zu Anna ist eine Einladung zu Anna, das ist mehr als erwartet. Es soll bringen, dass du wenigstens mal wieder allein auf die Straße kannst, sagt Anna. Du willst mich therapieren? Ich will dir helfen und dich sehen. Okay, sagt Pinscher. Wie oft? Einmal in der Woche? Abgemacht.

Sie werfen ihre Zigaretten weg und stehen einander gegenüber. Da oben wohne ich jetzt, sagt Pinscher, da wohnen sonst nur die schlauen Leute, die Bücher geschrieben haben. Er merkt den letzten Schnaps, und auch Anna sieht er den Alkohol jetzt an. Sie schweigen. Sie umarmen sich. Sie bleiben eine Weile so stehen. Dann löst sich Anna aus Pinschers Umarmung, macht einige Schritte rückwärts. Wenn wir jetzt nicht gehen, dann tauen wir auf, sagt sie, sie winkt, lacht, dreht sich um, steckt sich eine weitere Zigarette an und verschwindet in der Mündendorfer Nacht, die außergewöhnlich windstill und leise ist.

8 Das Schlafzimmer

Plötzlich fegt ein eiskalter Wind aus den Wäldern durchs Zimmer. Deine Nackenhaare stellen sich auf. Du fröstelst. Du weißt nicht, ob du träumst oder aufstehst und schlafwandelst und den Schlüssel umdrehst und tatsächlich da bist. Alles ist so plastisch. Auf jeden Fall stehst du mitten in der Nacht im kalten, verwaisten Schlafzimmer deiner Eltern. Da vorne, siehst du, da ist der schlimmste Schrecken deiner Kindheit. Es gibt nichts, was einen Menschen mehr ängstigen kann. Ein fünf Meter breiter Horror. Ein Grab aus totem Holz. Mach auf, schau rein, geht ja sowieso nicht anders. Der rechte Bereich des Schlafzimmerschranks: die Sachen der Mama. Festliche Kleidung aus dem Katalog. Blusen, Röcke, Jacken. Düfte der Vergangenheit: der Geruch nach frittierter Ente süß-sauer. Der kleine Spritzer vom Kölnisch Wasser. Im Nachttisch sind noch mehr Flakons, nimm sie mit, nimm sie nur mit. Jetzt erschreck dich doch nicht so! Da schnarcht halt einer. Es ist dein Vater, der da liegt. Im Feinrippunterhemd, den Arm auf der Stirn, er schläft lautstark, er kommt gerade von der Frühschicht, er hat Schmerzen und stopft das Mittagessen in sich rein, und dann liegt er ein paar Stunden da. Was macht der hier? Ist der nicht schon längst … Dreh dich um, lass ihn schlafen. Guck in die andere Hälfte vom Schrank. Halt dir die Augen zu, guck ruhig nur durch einen Fingerspalt, wir wissen, es macht dir Angst, und was dir Angst macht, ist höchst verdächtig. Da hängen die Sachen vom längst toten Papa. Du wolltest ausmisten, aber deine Mutter wehrte sich mit Händen und Füßen. Zuck nicht schon wieder zusammen, ja, da sitzt sie jetzt auf der Bettkante und wimmert, nein, nein, nein, die Sachen kommen nicht weg, die Sachen kommen nicht weg, du böser Kerl. Dann bleiben sie eben da. Zwei schwarze Anzüge mit den zu langen Hosenbeinen, einer nur getragen auf Konfirmationen und Beerdigungen, der andere nie. Die Hosenträger für die Wochenenden in der Küche. Die Abteilung mit den abgewetzten Hosen aus grobem Cord. Pullover, unzählige Pullover in Weinrot und Tannengrün, allesamt aus Nicki-Stoff. Fass sie an, dann weißt du, wie sich dein Papa anfühlte, wenn du ihn umarmt hast. Die Damenbekleidung ist in Ordnung, bei den Herrensachen gab es Motten, und sofort kommt dir ein Schwarm entgegen, du ekelst dich, Sauviecher, ich konnte euch noch nie leiden. Guck weiter, dann bist du damit durch, da musst du nicht mal blinzeln, das hältst du aus. Hinter einer Schranktür stapelt sich die Bettwäsche, hinter der anderen Schranktür liegen, zum Glück eingepackt in Plastiktüten, Schlafanzüge und Nachthemden, die es nie in die Altkleidersammlung geschafft haben. Und dann doch noch ein letzter Stich, du schreckst zurück: Die eingelagerte Weihnachtskrippe, nein, du hast sie wohl doch nicht weggeworfen, das Jesulein strahlt uns aus seinem plastenen Futtertrog entgegen, jetzt reicht es dir, du schlägst die Tür zu, dein Vater schreit dich vom Bett aus an, warum weckst du mich, du Blödmann, du reagierst nicht, soll sie aus den Angeln gehen, die Scheißtür, soll das ganze Ding auf der Stelle zusammenklappen und verschwinden, warum machst du das, warum verschwindest du nicht einfach, warum schaust du so genau hin?

Damals, als du anderthalb Jahre alt bist, stehst du von deinem Kinderbett im Schlafzimmer der Eltern auf, willst runter zu ihnen ins Wohnzimmer, aber dann irrst du dich in der Tür und sperrst dich zwischen den Kleidern der Mama im Schlafzimmerschrank ein. Es dauert eine halbe Stunde, bis sie dein Wimmern hören. Das vergisst du nie. Sie machen eine Anekdote draus, was haben wir alle gelacht, aber du lachst nicht, dir bricht der Schweiß aus, wenn du vor dem Schrank stehst. Nur du weißt, dass du damals erst geweint hast und dann wütend wurdest, mit den Fäusten gegen die Wände geschlagen, dass du seitdem immer wieder in den Schrank gegangen bist und dich ausgetobt hast, du machst einen Schritt zurück, du traust dich, aufs Bett zu schauen, dein Vater ist endlich aufgestanden, deine Mutter hat endlich aufgehört zu zetern, das Schlafzimmer ist so leer wie zuvor. Nur ein paar Motten flattern und wollen auch weg von hier, sie sind tatsächlich echt.

9 Von guten Mächten

Machst du noch Musik, fragt Rolf, der hagere Helfer des Bestatters, dessen Mallorcabräune allen Beerdigungen der letzten Jahrzehnte getrotzt hat, du warst doch immer bei der Musik. Ich tu auch wieder mitmachen, zweites Flügelhorn, macht Spaß. Stimmt, denkt Pinscher, hier betonen sie das gern auf der ersten Silbe, das hat gleich eine ganz andere Dimension, Musik mache ich nicht mehr, sagt Pinscher, bin ja weggezogen. Jammerschade, sagt Rolf und lacht, die Besten gehen immer zu früh. Bis gleich, sagt Pinscher, bis gleich, ruft Rolf fröhlich und steckt sich eine Zigarette an. Pinscher tritt ein paar Schritte hinter die Friedhofskapelle. Streng genommen, denkt er, ist das hier ja auch wieder eine Tote mehr, also nimmt er sein Telefon und ruft seine Mama an. Sie ist geradezu euphorisch, hat sie sich doch gemerkt, dass ihr Junge jetzt wieder in der Nähe ist. Pinscher muss ihr gleich mehrmals versprechen, dass sie sich später noch sehen. Und natürlich verschweigt er ihr die Tote, und den Friedhof sowieso.

Eine ewige Wiederholung, genau so stand er hier, genau so fragte ihn unbeschwert der offenkundig unsterbliche Sargträger namens Rolf, als sein Papa beerdigt wurde. Damals machte ihn die Lässigkeit wütend, mit der er sich die Zigarette ansteckte, damals war Pinscher noch nicht bei der Polizei, damals wusste er noch nicht, dass man in diesem Geschäft froh sein muss, am besten eine richtige Karnevalsnatur, weil man sonst selbst elend vor die Hunde geht.

Es war ein schrecklicher Novembertag gewesen. Ein paar Arbeitskollegen und die wortkarge Verwandtschaft aus dem Schwarzwald, mehr waren nicht gekommen. Manche der Trauernden drückten Pinscher einen Geldschein in die Hand, aber die meiste Zeit wurden sie gemieden, ein geschockter Sohn und seine demente Mama. Wie soll man da angemessen kondolieren? Lange hatte seine Mama die Prozedur über sich ergehen lassen wie ein Kind, bei den Liedern sogar brav mitgesungen, das Versprechen im Ohr, nach der Trauerfeier mit Pinscher zum Chinesen zu gehen und Ente zu bekommen. Als der Sarg mit dem toten Papa darin dann ins Grab gelassen wurde, ein furchtbarer Hagelschauer ging über den protestantischen Kleinstadtfriedhof nieder, brach sie zusammen, musste vom Pfarrer und von Pinscher gestützt werden, sie stirbt auch auf der Stelle, hatte Pinscher damals gedacht, aber zumindest in diesem Punkt hatte er sich getäuscht.

Machst du noch Musik? Die Frage hallt nach, als Pinscher die Kapelle betritt und sich fragt, was zur Hölle er hier eigentlich tut. Die Trauergemeinde ist noch wesentlich kleiner als damals, möglicherweise nur drei, vier Nachbarn oder die üblichen Beileidsrentner, die aus Zeitvertreib zu diesen Veranstaltungen kommen. Die Reihe für den engsten Familienkreis ist jedenfalls leer bis auf den Witwer. Das ist jetzt ganz komisch, das macht man eigentlich nicht, aber darf ich Sie um einen Gefallen bitten? Würden Sie die Trauerrede bei der Beerdigung meiner Frau halten? Sie können das bestimmt besser als jeder Pfarrer. Nein, hätte er antworten sollen, das ist mir zu viel, dafür gibt es Profis, und das bin ich beileibe nicht. Aber er hatte zugestimmt, diese verdammte ewige Wiederholung, rittlings über dem Grabe und eine schwere Geburt, und es würde ihn nicht wundern, wenn auch der alte Herr Maier am Grab zwischen Pfarrer und Pinscher zusammenbrechen und er später mit ihm zu Ente, Reis und Pflaumenwein sitzen würde. Herrn Maier laufen stumm die Tränen aus den Augen, verschnupft reicht er Pinscher die schlaffe Hand, gut, dass Sie da sind, haben Sie vielen Dank. Dafür nicht, sagt Pinscher.

Natürlich gäbe es später ein Donnerwetter, schließlich handelt Pinscher mal wieder ohne Zustimmung seines Chefs, er hätte ihn um Erlaubnis bitten müssen, wenn er während der Dienstzeit auf der Trauerfeier einer verstorbenen Dame spricht, die er lediglich deshalb kennt, weil der verwitwete Ehemann in die Bürgersprechstunde der Polizei kam, um seine Einsamkeit loszuwerden. Aber gut, Ärger hin oder her, jetzt bist du hier, jetzt musst du üben für das, was noch kommt. Die längst pensionierte Organistin hat immer noch einen vollen Kalender, manchmal beerdigen sie im Halbstundentakt, das viel zu schleppende Spiel der Orgel setzt ein, und der kleine Chor der Trauernden singt, so gut es eben geht: *Von guten Mächten treu und still umgeben/ Behütet und getröstet wunderbar/So will ich diese Tage mit Euch leben/Und mit Euch gehen in ein neues Jahr.*

Sein Bekannter vom Beerdigungsdiscounter am Rhein hatte ihm sofort geholfen, ohne nach Details zu fragen. Sie hatten zusammen so viele Tote aus Wohnungen geholt, und Pinscher hatte sich mit Zigaretten, Schmerztabletten und Schokoriegeln dafür revanchiert, dass der Typ nie was sagte, wenn er sich nicht an die Regeln hielt, wenn er wieder allein kam anstatt mit einem Kollegen, wie es vorgeschrieben war. Sie hatten dort ein großes Archiv an Trauerreden zu allen Anlässen, schnell und billig muss es gehen, das klappt nur bei bestmöglicher Vorbereitung, also hatte Pinscher am Telefon kurz skizziert, was er über die Verstorbene wusste, keine Kinder, glückliche Ehe, alt geworden, liebender Ehemann, Urlaube an der Nordsee und so weiter. Diskret und ohne weitere Nachfragen hatte der Kollege ihm das passende Manuskript rausgesucht. Nur den Namen hatte Pinscher noch von Mustermann in Maier ändern müssen, anstelle der innig praktizierten Gartenarbeit setzte er die geliebten Reisen ans Wattenmeer ein, und schon war der ausgefeilte Abschied stimmig.

Gleich ist Pinscher schon an der Reihe, in einer halben Stunde muss die Trauer durch sein, das Lied geht ihm wie immer an die Nieren, vielleicht ist es auch der Hunger nach dem Alkohol mit Anna gestern, Pinscher bekommt feuchte Augen: *Von guten Mächten wunderbar geborgen/Erwarten wir getrost, was kommen mag*. Pinscher räuspert sich. Liebe Trauergemeinde, lieber Ehemann, er spricht langsam und schön, er geht in seiner Rolle auf, er übertreibt möglicherweise ein bisschen, immer wieder geht ein Schluchzen durch die Reihen. Ein Blick zur Organistin, nein, die schluchzt nicht, die sitzt wie eingenickt an ihrem Instrument, Pinscher macht das richtig gut, er wird regelrecht berauscht, Mündendorfer Trauerredner, geht es ihm durch den Kopf, das könnte eine einträgliche Sache sein. Am Schluss bleibt er einen Moment zu lang am Pult stehen, dadurch aufgefordert klatscht jemand mehrere Male, lässt es aber dann zum Glück wieder bleiben.

Dann ist die Feier vorbei, und Pinscher fühlt die gleiche Erleichterung wie nach einer Leichenbude, er hat es geschafft, er ist noch am Leben. Der Pfarrer schüttelt ihm die Hand, das haben Sie sehr gut gemacht, ganz toll, auch die wenigen anderen Gäste reihen sich ein und bekunden ihr Beileid – und Pinscher traut sich nicht, die Angelegenheit aufzuklären, dann soll es eben so sein, nur die Geldscheine lehnt er als falscher Sohn ab und verweist stumm an den verweinten Herrn Maier. Der fällt ihm um den Hals und will ihm gleich das ganze Trauergeld überreichen, Sie haben sich so viel Mühe gegeben, Sie haben geredet, als hätten Sie meine Frau gekannt, Sie sind ein guter Kerl. Kurz erwischt sich Pinscher dabei, über das Geldgeschenk nachzudenken, niemand würde je davon erfahren, aber dann schüttelt er den Kopf. Er ist immerhin im Dienst, und diese ganze Veranstaltung an sich wird ihm schon genug Ärger machen, dabei ist er gerade mal ein paar Tage auf seinem neuen Posten.

Vor der Kapelle verabschiedet sich Pinscher von Herrn Maier, der immerhin Anschluss gefunden hat bei der kleinen Gruppe der Trauernden, für einen Kaffee habe ich leider keine Zeit mehr, Sie wissen ja, ich bin im Dienst. Dem Sargträger Rolf ist die Stimmung egal, fluchend wuchtet er den Sarg zurück ins Auto, um ihn ins Krematorium der Kreisstadt zu fahren, die Urne werden später nur der Pfarrer und Herr Maier in die Erde lassen, wenigstens dem kann Pinscher entgehen. Und die nächste Gruppe kommt bereits den Friedhofsweg zur Kapelle hinauf, Pinscher erkennt sie auf den ersten Blick: der Kegelclub aus dem *Goldenen Herzen*. Diesmal gibt es kein Ausweichen, das kommt Pinscher ganz gelegen. Er ist es, der auf Doktor Seltsam zugeht, der trägt eine viel zu kurze Anzughose mit einem zerknitterten Hemd darüber, das macht ihn fast sympathisch. Mein Beileid, Kurti, sagt Pinscher, lange nicht gesehen. Schon wieder du, stottert Kurt Seifert und ringt sich ein Lächeln ab. Was machst du hier? Trauern um eine Bekannte, sagt Pinscher. Tut mir leid mit deiner Mama. Ach, das, sagt Seifert und lacht schon wieder, hat sie sich ja selbst so ausgesucht, jetzt kommt sie in die Erde und gut ist. Möglicherweise tatsächlich unter Schock, denkt Pinscher. Du bist jetzt wieder hier, oder, sagt Kurt, man sieht sich, die Jungs warten. Wer sind die alle?, fragt Pinscher. Schützenbrüder, sagt Kurt, komm doch auch mal mit. Bist du die Tage im Laden?, fragt Pinscher. Nachher fliegen wir weg, zwei Wochen Ibiza, man kriegt den Kopf da frei, danach ist der Laden wieder auf. Brauchst du denn was Bestimmtes? Nur mal so hören, sagt Pinscher, ist ja schon lange her. Seifert taxiert ihn, lässt ihn dann ohne Abschied stehen und schwankt zur Kapelle, nochmals mein Beileid, ruft Pinscher ihm nach, und gleich ist da wieder das Gefühl, dass da irgendwas einfach nicht stimmen kann. Doktor Seltsam ist seltsam, aber überhaupt nicht blöd. Wenn er ihn so sieht, dann hat er auf verschrobene Art fast Respekt davor: Bringt seine Mutter um und versucht doch eigentlich gar nicht so sehr, das zu verbergen. Der Weg ist falsch, grundfalsch, und trotzdem macht erst das, denkt Pinscher, als er ihm auf dem Weg zum Urlaubsflieger nachblickt, Kurt Seifert zu jemandem, den er ernst nehmen muss, gerade weil man ihn nicht gleich durchschaut, kurzum, zu einem echten Gegner, einem gefährlichen obendrein: Der Kerl ist konsequent. Ohne mit der Wimper zu zucken, lässt er Pinscher auflaufen. Aber gut, denkt Pinscher, dann ist das eben das Spiel. Vorausgesetzt, er verrennt sich nicht mit seinen Verdächtigungen. Auf jeden Fall könnte es lang und schmutzig werden, aber er will um jeden Preis gewinnen. Warum genau? Weil er deshalb doch hier ist. Wegen der Mündendorfer Mütter.

Hast du eine Zigarette für mich, fragt der mittlerweile nervöse Rolf, muss eigentlich schon los, die kremieren gerade wie die Bekloppten, verpasst du den Termin, dann musst du dich hinten anstellen. Pinscher hält ihm seine Packung hin und gibt ihm Feuer. Jetzt tun sie die Glotzen-Elsbeth in die Erde. Kanntest du sie, fragt Pinscher. Wer kannte die Alte nicht, sagt Rolf, ihre letzte Fahrt hat sie mit mir gemacht, die haben sie gleich verbrannt. Wie jetzt, gleich verbrannt? Hatte kaum ausgeatmet, und schon lag sie bei mir hinten drin. Ist direkt die Trauerfeier mit Urne. Ist das denn normal? Frag mich nicht, was hier normal ist und was nicht, die vom Krematorium machen den Takt, eine Mafia ist das. Die müsstest du dir mal vornehmen, du bist doch jetzt bei den Bullen, oder? Rolf wartet die Antwort gar nicht erst ab, steigt in den Leichenwagen, mach's gut. Du auch, sagt Pinscher und dreht sich um. Sag mal, sagt Rolf, bevor er seine Tür zuzieht und den Motor anlässt, eins versteh ich nicht, warum machst du nicht einfach wieder Musik, wenn du eh wieder da bist?

10 Freud und Leid

Anna Leid nimmt ein Taschentuch aus der verchromten Tücherbox, die eigentlich für die Tränen ihrer Klientinnen und Klienten auf dem Tischchen steht, sie putzt sich die Nase. Entschuldige, das ist keine Rührung, damit wir uns nicht falsch verstehen, ich bin nur dauernd erkältet. Kundenkontakt, du kennst das. Pinscher nickt und schaut auf den kleinen, verwilderten Garten vor dem Haus. Es war eine Schnapsidee, sich auf Annas Vorschlag einzulassen. Sie hätten ihr Gespräch in der Kneipe lassen sollen, aber die Verlockung war zu groß. Allein schon, um Zeit mit ihr zu verbringen, noch dazu immer abends, aber das will er sich nicht anmerken lassen. Anna Leid hat nach eigener Auskunft Kundschaft wie Sand am Meer. Die Leute schätzen die amerikanische Schule. Die Offenheit, die Direktheit. Der Patient Pinscher ist eine reine Luxusangelegenheit. Sie ist die einzige Psychotherapeutin von Mündendorf, es wäre genug Platz für Konkurrenzangebote, aber noch ist sie allein in ihrer Einliegerwohnung, deren dunkelstes Zimmer mit preiswertem Parkett, zwei dunkelgrünen Samtsesseln, einer abgewetzten braunen Ledercouch und einigen abstrakten Bildern ausgestattet wurde und ihr als Praxis dient. Was willst du trinken? Genau das, was du trinkst. Sie verschwindet in die Küche. Pinscher schaut ihr nach, er findet sie so attraktiv, er mag ihre kurzen Haare und ihre blauen Augen und dass da was Unsicheres in ihrem Gang ist, was er nicht beschreiben könnte. Er hört das Öffnen und Schließen der Kühlschranktür, das erleichternde Geräusch, wenn Eiswürfel aus der Gefrierform gebrochen werden und in schwere Gläser klirren, es kommt Pinscher vor wie aus einer anderen Zeit. Anna trägt vorsichtig zwei gut gefüllte Whiskygläser ins Zimmer, stellt sie auf das Tischchen und setzt sich. Dass Pinscher sie mag, ist kein Geheimnis, das weiß sie alles schon seit der neunten Klasse. Seit er ihr einen Zettel zusteckte mit der Frage, ob sie seine Freundin werden wolle, und nie eine Antwort bekam. Jetzt sind sie erwachsen, beide alleinstehend, und Pinscher wartet auf noch viel mehr Antworten. Also, sagt Anna, die im Gegensatz zu Pinscher kaum gealtert zu sein scheint. Wir brauchen drei klare Regeln. Hörst du mir überhaupt zu? Klare Regeln, klar, sagt Pinscher, der nicht zugehört hatte. Erstens, das alles beruht auf Freiwilligkeit. Wir können jederzeit aufhören. Jederzeit, sagt Pinscher, lacht und hebt sein Glas. Zweitens, sagt sie, wir werden nichts miteinander haben, das ist keine verkappte Datingveranstaltung. Pinscher lässt das Glas sinken und versucht ein verschmitztes Lächeln, alles, nur nicht enttäuscht wirken. Jetzt bist du enttäuscht, sagt Anna. Bin ich nicht, sagt er, sonst wäre ich nicht hier. Anna lacht, hebt nun ihrerseits ihr Glas, sie stoßen an und trinken. Drittens, ich will ganz ehrlich zu dir sein: Es wird ein harter Weg. Und das alles wird offiziell nie stattgefunden haben. Wäre es offiziell, dann wärst du von heute auf morgen dienstunfähig und würdest das auch bleiben. Ist dir das klar? In Grundzügen, sagt Pinscher jetzt gar nicht mehr verschmitzt, er trinkt noch einen Schluck und zerkaut einen Eiswürfel, obwohl es ihm mit jedem Bissen an den Zähnen schmerzt. Wir treffen uns einmal die Woche. Es wird Vorbereitungen und Nachbereitungen geben. Willst du dabei sitzen oder liegen? Keine dumme Antwort jetzt, sagt Anna, ich weiß, was du sagen willst. Sitzen natürlich, sagt Pinscher. Du wirst wahrscheinlich einer Angst begegnen, die du noch nie erlebt hast, sagt Anna. Pffffff, sagt Pinscher und macht mit der Hand eine wegwerfende Bewegung in die Luft. Du musst hier nicht den starken Kommissar machen, sagt Anna. Ist gut, sagt Pinscher. Keine Sorge, es wird uns auch Freude machen. Du wirst was lernen, ich werde was lernen. Hast du eigentlich schon mal vom inneren Kind gehört? Am Rande, in dir wimmelt es nur so von ihnen. Aber dazu kommen wir später noch. Fürs Erste will ich, dass du bis zum nächsten Mal über folgende Fragen nachdenkst: Ist es Zufall, dass du nach Mündendorf zurückgekommen bist? Und was wäre das Schlimmste, was dir hier passieren kann? Pinscher schweigt und überlegt. Das weiß ich ja eben selbst nicht. An manchen Tagen ist alles wie selbstverständlich, und ich rede mir ein, dass es mir an nichts fehlt. Aber ich sitze in einer sterilen Ferienwohnung und vermisse in den Nächten meinen Schuhkarton, von wo aus ich das Rauschen vom Rhein hören konnte, das mich immer beruhigt hat. Du rauschst auch, sagt Anna, du sollst bis zum nächsten Mal darüber nachdenken und nicht nur eine Sekunde. Ist gut, sagt Pinscher fast schüchtern, ich denke darüber nach. Ich mag dich gern, sagt Anna, und denk dran, wir können jederzeit aufhören, wir sind einander zu nichts verpflichtet. Sie nimmt Pinscher das Glas aus der Hand und geht wortlos mit beiden Gläsern wieder zurück in die Küche. Pinscher hört den Geräuschen zu, die ihm jetzt schon fast vertraut sind. Draußen kommt ein Sturm aus dem Mittelgebirge auf und zerrt an den Sträuchern. Ich glaube, ich musste zurück hierher, ruft er Anna in der Küche zu, sie reagiert nicht, vielleicht hat sie ihn nicht verstanden. Pinscher kommt sich immer noch vor wie im falschen Film: Bis vor wenigen Wochen hatte er sie fast vergessen, und jetzt sitzt er auf dem Samtsessel seiner Schulfreundin und einzigen Mündendorfer Psychotherapeutin Anna Leid im Souterrain, wartet auf seinen zweiten Whisky und betrachtet eine verchromte Box mit Taschentüchern. Er wird sie später brauchen, man erkältet sich schnell an diesem immer ein bisschen zugigen Ort.

III

VERHANDELN

1 In Mündendorf bin ich zu Hause

Das Kleinstadtkrankenhaus am Morgen, die Sonne ist längst da, und ein paar Quellwolken von Westen her können nichts Wesentliches daran ändern: Es ist der erste richtig warme Frühlingstag. Was steht da, fragt Pinschers Mama und tippt auf die Schautafel, das kann doch kein Mensch lesen. Das haben deine Mitbewohner gemacht, sagt Pinscher, da steht was über die Burgruine und über die Grafen, die dort gelebt haben. Grafen, woher wollen die denn was von Grafen wissen, die kannst du doch hier alle in der Pfeife rauchen. Pinscher lächelt, und seine Mama gibt ihm einen Knuff in die Seite, lach mich nicht aus, gib mir lieber noch eine Zigarette. Pinscher zündet seiner Mama die Zigarette an und reicht sie ihr, das hat auch sein Papa so gemacht, als Pinscher klein war und sie unterwegs waren an die Nordsee. Sie stehen auf der Dachterrasse des Krankenhauses, Pinscher mit seiner Lederjacke, seine Mama im Rollstuhl mit einer Wolldecke über den Beinen, und trinken den viel zu stark gebrühten Kaffee. Jetzt ist es warm genug dafür, drinnen will seine Mama nicht sitzen, drinnen sind ja nur Kranke, außerdem, drinnen darf man ja nicht mal rauchen.

Ein Gang verbindet das Mündendorfer Seniorenzentrum direkt mit dem Krankenhaus. Ein kleiner Ausflug zur Mutter, bevor Pinscher zur Arbeit muss. Die beständige Nähe seiner Mama: Sie hat ihm gefehlt. In gewisser Weise, denkt Pinscher, während er auf die grüne Wiese neben dem protestantischen Friedhof schaut, wo angeblich all die verlorenen Schäfchen beerdigt werden, die zu keiner Kirche gehören, ist seine Mama auch die Letzte ihrer Art. Wobei das nicht ganz stimmt. Es gibt ja noch ihn. Die Kondolenzbücher des Seniorenzentrums werden im Monatstakt getauscht, so schnell sind die Seiten voll. Im Schnitt leben die Menschen hier nicht mehr länger als sieben bis acht Monate. Nur seine Mutter widerspricht der Statistik, nur seine Mutter hält den Betrieb seit Jahren auf Trab. Mensch, ist das warm, kannst du nicht mal die Sonne ausmachen, sagt seine Mama und knufft Pinscher erneut. So ist sie immer schon gewesen: Im Winter schimpft sie über ihre kalten Finger, im Sommer passt ihr die Hitze nicht. Aber das ist ja alles nur Gemeckere, sie ist gut drauf, seit ihr Sohn wieder in der Nähe ist. Wie schön das leuchtet, sagt sie jetzt und zeigt auf die Christuskirche in der Fußgängerzone, auf den Wetterhahn, der im Sonnenlicht blitzt. Das Dach des Lottoladens, der Aufsteller vor der Parfümerie, die endlich aufgebauten Tische der einzigen Mündendorfer Eisdiele, deren Betreiber den Winter immer in Italien verbringen und deren Rückkehr das Ende der allzu kalten Zeit markiert.

Anfangs dachte Pinscher, das hält er nicht durch. Alles, nur nicht wieder Mündendorf. Jetzt hat er sich zwei Herdplatten im Baumarkt gekauft, dazu zwei Topfpflanzen, möglichst pflegeleicht und hübsch genug, um sie gleich wieder verschenken zu können. Damit wir uns nicht falsch verstehen: Wir richten uns hier nicht ein. Wir sind jederzeit auf dem Absprung. Wir verhandeln nicht mit Kleinstädten.

So lange es geht, bleibe ich bei dir, sagt er zu seiner Mama, drückt ihr einen Kuss auf die Wange, und sie winkt ihm mit beiden Händen nach, während sie mit ihrem Rollstuhl im Aufenthaltsraum ihres Wohnbereichs steht. Pinscher verlässt die Station, nimmt den Umweg durchs Krankenhaus, da steht ein neuer Automat, von dem hat er in der Lokalzeitung gelesen, da gibt es sogar erwärmten und mit Schokolade gefüllten Kuchen, aber das hebst du dir auf für den Moment, da es dir wirklich schlecht geht. Er ist ein wenig fröhlich, er ist sehr traurig, eigentlich weiß er nicht, was er ist. Den Rest des Tages wird Pinscher sich fühlen, als hätte er einen mittelschweren Kater, den Rest des Tages wird es reichen, eine alte Dame irgendwo auf der Straße zu sehen, und ihm werden die Tränen kommen. Er wird dünnhäutig sein, er wird fieberhaft nach Tierheimhunden suchen, er wird an Anna denken. Du könntest auch auf einer einsamen Pazifikinsel wohnen und nur einmal im Jahr zu Besuch kommen, diesen Stich wird es dir immer verpassen, wenn du Mama besuchst. Das alles hier ist ein fragiles Spiel mit hohem Einsatz, etwa so, wie deine Eltern den Kredit für das Reihenhaus stetig verlängert haben zum Preis von immer höheren Zinsen. Irgendwann ist es aus. Du weißt genau, früher oder später wird Mama nicht mehr da sein. Du verbietest dir die Gedanken, verdammt noch mal, sie ist doch noch hier, aber du hast nun mal, das bringt dein verfluchter Beruf mit sich, dieses Gefühl im Bauch, wann und wie sich Dinge entwickeln. Du siehst alles, du weißt alles, du verstehst alles.

Jetzt sitzt Pinscher im Auto, steckt sich seine Zigarette an und bereitet sich auf den Tag vor. Er wird das Puppenspiel für den Vorschulkindergarten einstudieren, Verkehrserziehung, vielleicht kann er sogar die Szene mit dem beinlosen Nazi nachspielen, wenn er sie ein bisschen entschärft. Er wird sich überlegen, was er am Gymnasium über Gewalt erzählen kann und was nicht, und so wird der Tag vergehen und damit auch das Wehtun, wie er das nennt, dies heftige Wehtun, das alle Rückenschmerzen in den Schatten stellt, das nur eine kleine, zerbrechliche, angeschlagene Mama auszulösen vermag. Außerdem, wie könnte es anders sein, leidet er nun also doch. Noch nicht richtig hier, nicht mehr richtig dort. Es fehlen ihm die unverbindlichen Tage am Rhein, in denen er unbeobachtet hausen darf, wie er will. Er vermisst sein altes Leben. Und gleichzeitig weiß er genau, dass er nicht verlieren will, was er sich hier aufgebaut hat. Es gibt kein Zurück. Aber was kann hier vorangehen?

Soll Pinscher seine Befindlichkeiten ruhig einige Stunden für sich behalten, wenden wir uns für den Augenblick lieber dem zu, um was es doch in Wahrheit die ganze Zeit geht: die Mutter im Seniorenheim der Kleinstadt.

Sie sitzt am Tisch, während alle um sie herum weggedämmert sind, sogar Frau Raisch schläft schon wieder, glücklicherweise. Die Alte geht ihr auf die Nerven, weil sie im Sekundentakt fragt: Wer ist das denn jetzt, wer ist das denn jetzt, mal an die Mitbewohnerinnen, mal an das Pflegepersonal gerichtet. Für Pinschers Mama sind ihre Zimmernachbarn arme und hoffnungslose Fälle. Die sind alt und krank. Die müssen immer hier wohnen, ich kann bald nach Hause. Aber ihr Haus? Nein, das steht doch noch, dahin wird sie triumphal zurückkehren mit ihrem Peterle. Daran hält, daran krallt sie sich fest, obwohl ihr ganzes Hab und Gut sich auf die bescheidenen zwölf Quadratmeter Pflegeheimzimmer beschränkt: der Wandschrank und das Bett, der Sessel, und der Fernseher. Außerdem neulich die Fotoalben mit den Urlauben an der Nordsee, wo sich früher in den nicht auf Hochglanz polierten kleinen Kurbädern im Sommer halb Mündendorf traf. Alles natürlich nur vorübergehend, sagt sie, und das ist, wenn wir ehrlich sind, das größtmögliche Glück.

Eine Pflegerin bringt Pinschers Mutter einen Kaffee, mit einem Löffelchen Zucker und viel Milch, nur so trinken Sie ihn, nicht wahr, und dann legt die Pflegerin mit großer Geste die Zeitung auf den Tisch: Sie haben aber einen berühmten Sohn, Frau Pinscher. Gleich greift die Mama nach der Zeitung, hält sie sich nah vor die Augen und schreit vor Freude: Mein Junge, das gibt es doch gar nicht. Das Foto zeigt Pinscher in seiner ganzen Stattlichkeit vor dem wackeligen Stehtisch auf dem Wochenmarkt. Hör dir das mal an, sagt Pinschers Mama zur Pflegerin, und dann liest sie die Überschrift laut vor, eine Bestätigung für alles, an was sie glaubt: IN MÜNDENDORF BIN ICH ZU HAUSE. Das hat Pinscher zwar so nie gesagt, das war dem Reporter der Lokalzeitung einerlei. Sie bewegt die Lippen beim Lesen, vor Aufregung steckt sie sich eine Zigarette an, was wiederum beim Personal für Unruhe sorgt, Mensch, nicht hier im Gemeinschaftsbereich, Frau Pinscher, wenn die Rauchmelder wieder losgehen, dann gibt's Chaos. Sie lässt sich die Zigarette diesmal widerstandslos aus der Hand nehmen, zu sehr ist sie gefesselt von dem, was sie über ihren eigenen Sohn liest: dass er gern wieder nach Mündendorf gekommen ist, dass es Zeit war zurückzukehren, dass er die Menschen hier liebt und auf dem Land alles wie unter dem Brennglas passiert, dass die Großstadt da nicht mithalten kann, dass er berührt ist von den Geschichten der Leute hier, die er ja schon kennt, seit er ein Kind ist, dass er sich sogar spontan bereit erklärt hat, auf der Beerdigung einer ihm unbekannten Bürgerin zu sprechen und Trost zu spenden. Donnerwetter, sagt Pinschers Mama, mein Junge ist ein toller Kerl. Damit vergeht dieser Tag nur ein wenig anders als alle anderen Tage auf dieser Station: Bald gibt es Mittagessen, Kohlrouladen und Salzkartoffeln, danach geht Pinschers Mama in ihr Zimmer und schaut ihre Serien, steckt sich eine Zigarette an der nächsten an und rollt zwischendurch doch wieder zurück in den Flur. Immer die schon ganz verknickte Zeitung in der Hand, um sie ihren Mitbewohnerinnen und auch den Pflegerinnen ein zweites, ein drittes Mal zu präsentieren. Beim Abendessen dann, Pinschers Mama bekommt wie immer ein Brötchen mit Leberwurst, weil sie das angeblich zu harte Brot nicht mag, gibt es eine Unregelmäßigkeit. Aufsehenerregend genug, um sie im Pflegeprotokoll zu vermerken und sich an den Hausarzt zu wenden, der am nächsten Tag aber nichts Auffälliges finden wird. Während die alte Dame ihr Brötchen kaut, entgleiten ihr plötzlich die Gesichtszüge, verkrampft sich ihr Körper, ein unnatürliches Stöhnen entfährt ihr, das angebissene Brötchen fällt zu Boden, und sie lässt sogar die Zeitung los, die sie den ganzen Tag nicht hergegeben hat. Frau Pinscher? Frau Pinscher, was haben Sie denn? Sofort ruft die Pflegerin die gerade angekommene Abendschicht als Unterstützung, man ist alarmiert und doch routiniert, zweimal schlägt man ihr gezielt auf die Wange, dann ist sie wieder da und fragt mit erstauntem Blick: Ist jetzt schon wieder »Guten Morgen«? Pinscher wird von dem Vorfall nichts erfahren, weil ihm keine Bedeutung beigemessen wird. Alte Leute werden ohnmächtig, alte Leute trinken zu wenig, alte Leute rauchen, in diesem speziellen Fall, einfach zu viel. Alte Leute sind eben alte Leute. Wir müssen leider dennoch feststellen, dass das der Anfang ist. Dass mit dem Beginn des Frühlings in der kleinen Stadt auch in Pinschers Mama etwas erblüht. Doch es ist ein tiefer Herbst, der sich mit einem Zucken im Gesicht ankündigt.

Als gäbe es eine geheime Verbindung zwischen hier und dort, zuckt auch Pinscher zusammen in diesem Augenblick. Nur sitzt er in seinem schlecht belüfteten Büro, der Ischias meldet sich, der hat nichts mit seiner Mama zu tun. Goranek steht in der Tür mit puterrotem Kopf. Der Chef versucht es gar nicht erst mit Diplomatie, er scheißt Pinscher so richtig zusammen: Was ist das für ein Artikel? Du hast doch gesagt, ich soll den Termin machen. Du bist immer für die Bürger da, selbst dann, wenn sie tot sind? Willst du Bürgermeister werden, oder was? Ich hab das nur gut gemeint, sagt Pinscher. Du hast auf Beerdigungen fremder Leute nichts zu suchen, das kannst du nach Feierabend machen, ist das klar? Wie gesagt, ich wollte nett sein. Und Kurti lässt du auch in Ruhe, der hat mich angerufen und gesagt, du hättest ihn blöd angemacht. Das stimmt einfach nicht, verdammt. Konzentrier dich auf dein Kerngeschäft und erzähl einfach keinen Mist mehr, das ist peinlich. Du bist auch peinlich, will Pinscher sagen, aber dann trifft ihn schon wieder der Schmerz. Alte Muster. Schon gut, erwidert er also nur, ist schon gut. Und Goranek, der mit schärferer Gegenwehr gerechnet hätte, wird wieder milde, hat gleich ein schlechtes Gewissen, dieses cholerische Temperament hatte er schon in der Schule, als er seinem Tischnachbarn in der neunten Klasse die Spitze des Füllers in die Hand rammte. Er schüttelt den Kopf, tritt an Pinscher heran und legt ihm die Hand auf die Schulter. Er merkt nicht, dass Pinscher nicht betreten ist wegen der harten Ansprache, sondern nur durch den gereizten Ischias außer Gefecht. Tut mir leid, mein Lieber, ich wollte dich nicht so angehen. Du tust ja auch nur, was du kannst. Lass gut sein, sagt Pinscher. Kommst du die Tage mal auf meine Ranch? Dann trinken wir ein Bier. Alles blüht. Du weißt bestimmt gar nicht mehr, wie schön der Frühling hier aussieht.

2 Pinschers Krieg

Anna Leid hat nach eigener Auskunft Kundschaft wie Sand am Meer. Der Patient Pinscher bleibt eine reine Luxusangelegenheit. Und doch fragt sich Pinscher manchmal, wer die anderen Leute sind, die zu Anna kommen. Was sind ihre Methoden, was sind ihre Ziele? Weshalb stehen manchmal ihre Whiskygläser aus der Vorwoche noch genau so auf dem Tischchen zwischen den Sesseln? Oder trinkt sie einfach jeden Abend mit einem anderen Klienten Whisky? Das würde Pinscher, geben wir es zu, auf die Palme bringen. Allein deshalb sagt er nichts, und natürlich auch, weil er Anna nicht vertreiben will. Es ist in der Schwebe, es ist gut so, wie es ist.

Sie halten ihre klare Vereinbarung tatsächlich ein. Anna und Pinscher treffen sich einmal wöchentlich in der Souterrainpraxis, die aus Diskretionsgründen nicht mal ein Schild an der Tür hat. Sie sehen sich darüber hinaus viel häufiger, gehen in die Kneipe, sitzen in Pinschers Gästewohnung, unternehmen lange Spaziergänge, aber das hier ist immer anders: Es geht um Pinschers Angst, um nichts als das.

Als Anna mit frischem Whisky kommt und die benutzten Gläser wie selbstverständlich auf den Boden stellt, als sie sich ebenso selbstverständlich neben Pinscher in den Sessel fallen lässt und von ihrem anstrengenden Tag mit sieben Konsultationen hintereinander erzählt, als sie Pinscher kurz und vertraut die Schulter streichelt, sind alle Bedenken rasch zerstreut. Sie meint es gut mit ihm, und es gibt keinen Grund, daran zu zweifeln.

Wie fühlst du dich auf einer Skala von eins bis zehn, fragt Anna. Fünf komma fünf, sagt Pinscher. Nicht schlecht, wieder ein halber Punkt mehr als letzte Woche, sagt Anna. Du bist über die Mitte. Und deine Angst, auf einer Skala von eins bis zehn? Tagsüber oder nachts? Immer, sagt Anna. Neun komma fünf, sagt Pinscher. Kein Fortschritt, sagt Anna, das habe ich mir gedacht. Sie stoßen an, und Pinscher würde gern sofort in den informellen Teil übergehen, mit Anna lieber über Filme reden, die sie im Kino sehen könnten, notfalls auch über ihre Vergangenheit, aber das lässt sie nicht zu, nicht bei diesen Treffen.

Ich will dir heute zum Einstieg was erzählen. Bei mir ist gerade jemand in Behandlung, bei dem muss ich die ganze Zeit an dich denken. So alt wie du vielleicht. Bevor du fragst, du kennst den nicht, der ist in der Kreisstadt aufgewachsen und erst seit zwei Jahren hier, wegen der besseren Luft und wegen der Ruhe. Der war bei der Bundeswehr, im Kosovo, in Afghanistan, das volle Programm. Den hat es umgehauen, als seine Kameraden im Auto vor ihm über eine Mine gefahren sind. Also, nicht körperlich, ihm ist äußerlich nichts passiert, aber innerlich: Verwüstung. War lange in der Klinik, kann heute nicht mehr arbeiten, alles so, wie man sich das vorstellt. Jedenfalls sind wir ziemlich tief gegangen. Ich wollte gar nicht wissen, wie das war in Afghanistan, das haben die Kollegen schon oft genug gemacht. Mich interessierte, warum er überhaupt zur Bundeswehr ist. Kein Patriot oder so ein Mist, überhaupt nicht. Immer wieder habe ich ihn danach gefragt, und irgendwann hat er mir die Geschichte seiner Familie erzählt: Wie vor vielen, vielen Generationen angeblich ein männlicher Verwandter namens Engelbert den Aufstand angeführt hat gegen die Fürsten. Du weißt schon, der Bauernkrieg, die Schlacht vom Schwarzenberg. Seit mehreren hundert Jahren erzählt man sich, sagt er zumindest, von Generation zu Generation die Geschichte, dass dieser Engelbert bis zum Schluss nicht abgeschworen hat, dass er darauf bestanden hat, den Krieg nicht verloren zu haben, sondern im Kampf zu sein für Gott und für die richtige Sache. Ich bin im Krieg, soll er noch gerufen haben, als sein Kopf schon abgeschlagen war. Ich bin im Krieg: Das, sagt der Typ, obwohl das alles Jahrhunderte zurückliegt, hat auch er schon als Kind geglaubt. Er wusste nicht, gegen wen oder gegen was. Er hatte Ängste wie du, eins zu eins identisch. Wenn es dunkel wird. Wenn ihm jemand auf der Straße begegnet. Heute traut er sich kaum noch vor die Tür, so weit bist du zum Glück nicht, aber du warst ja auch nicht in Afghanistan. Schöne Geschichte, sagt Pinscher, aber was hat sie mit mir zu tun? Du kommst nach Mündendorf zurück, den sichersten Platz auf Erden, und machst dir deshalb fast in die Hose. Du benimmst dich, als würden mit dem Einbruch der Nacht die Gefechte anfangen und erst am Morgen wieder eingestellt werden. Als würde das Blut Tag für Tag über den Marktplatz sickern. Aber wenn du wirklich hinguckst, dann siehst du nur die zarten Farben der kleinen Stadt. Du bist im Krieg, das warst du immer schon, aber du bist kein Veteran. Na ja, wie man's nimmt, sagt Pinscher. Nein, sagt Anna verärgert, jetzt ist keine Zeit für Späße. Ich will, dass du mir eine Antwort gibst: Was ist dein verdammter Krieg, Pinscher? Darüber machst du dir bis zum nächsten Mal Gedanken. Ich will wissen, wann er angefangen hat, ich will wissen, seit wann du davon weißt. Schreib es auf und lies es mir vor. In Ordnung, sagt Pinscher, das mache ich. Kann ich trotzdem noch einen Whisky bekommen? Anna schüttelt den Kopf und lächelt, du bist und bleibst unmöglich, und dann nimmt sie die Gläser und beendet den offiziellen Teil der Konsultation.

Am nächsten Nachmittag nach Feierabend geht Pinscher in das kleine Heimathaus im Schatten der Christuskirche. Eine Dauerausstellung erzählt vom Bauernkrieg, der die Stadt allerdings nicht so sehr beutelte wie das verheerende Feuer wenige Jahre später. Er liest darüber, wie alles angefangen hat. Von Thomas Müntzer, der die Gottgefälligen von den Gottlosen scheiden wollte. Vom massiven Mündendorfer Aufbegehren in dieser Zeit, von den brutalen Landsknechten, die den Widerstand am Schwarzenberg niederknüppelten. Er studiert jede Schautafel ganz genau, er spricht sogar mit der Archivarin, die einst ihre Abschlussarbeit über den Bauernkrieg in Mündendorf geschrieben hat, aber sie bleibt ratlos: Von einem Engelbert, der den Aufstand angeführt hat und schließlich enthauptet wurde, hat sie nie gehört, auch in den Geschichtsbüchern ist nichts vermerkt, nirgendwo.

3 Sektion der Stabheuschrecke

Er ist eine halbe Stunde zu früh dran, als er seinen Wagen gegenüber dem mehrstöckigen Flachbau aus Waschbeton abstellt. Aus Gewohnheit parkt er auf dem Schülerparkplatz. Die Straße zur Schule hin macht ihn nervös: Wie beim Wahlkampf haben sie Plakate aufgehängt mit einem uralten Porträtfoto von ihm, darunter in dramatischer Schrift: KOMMISSAR PINSCHER KOMMT. Er steckt sich eine Zigarette an und schaut auf die beleuchteten Räume. Denkt an die Ambitionen, die sie damals hatten: Ich werde Posaunist. Ich werde Schauspielerin. Ich werde Fluglotse. Ich werde in New York leben. Ich werde reich heiraten. Hauptsache weg von hier.

Pinscher schwitzt, er hat Sorge, dass man es riechen wird. Seit er bei der Polizei ist, kann er die zwei wesentlichen Arten von Schweiß am Geruch unterscheiden. Normalschwitzende riechen kaum. Angst und Panik fahren sofort scharf in die Nase.

Das Erich-Kästner-Gymnasium verbindet sie. Pinscher mit Goranek, Goranek mit Doktor Seltsam, Anna mit Pinscher. Du hast hier einen Job, zieh es einfach durch und verbiete dir die Erinnerungen. Er wuchtet sich aus dem Wagen, streicht sein Hemd glatt, richtet die Waffe und geht wie ein Schauspieler in Richtung Eingang. Als würde er von allen Klassenräumen aus gleichzeitig beobachtet. Hier wolltest du das erste Mal küssen und gar nichts gab's. Pinscher erschreckt sich, dreht sich zu den Büschen um, jemand hat deutlich hörbar zu ihm gesprochen, eine Jungenstimme, aber da ist niemand. Er atmet durch, bleib ruhig, du schaffst das.

Wo willst du denn hin, sagt der Hausmeister, der nicht gealtert zu sein scheint in den letzten Jahrzehnten, hast du dich verlaufen? Sie sind ja immer noch da, sagt Pinscher. Wo soll ich denn sonst sein, sagt der Hausmeister, die sterben hier wie die Fliegen, aber mich kriegt nichts kaputt. Bin spät dran, sagt Pinscher, dem die Begegnung unangenehm ist, weil alles wieder auf das übliche Früher-warst-du-so-klein hinausläuft. Du bist ein Bulle geworden, sagt der Hausmeister. Woher wissen Sie das, sagt Pinscher und hofft, auf den Zeitungsartikel angesprochen zu werden, na, sagt der Hausmeister, zeigt auf Pinschers Dienstwaffe und lacht: Amok wirst du wohl nicht laufen wollen. Pinscher lacht unsicher zurück, er winkt und zwängt sich ungeschickt durch die angelehnte Eingangstür ins Foyer. Bis bald, du Gnom, ruft der Hausmeister, und Pinscher denkt, er habe sich vielleicht verhört. Ruhig bleiben. Er kennt den Weg zum Lehrerzimmer. Dort ist es nicht anders: Er sagt Frau oder Herr, die Lehrer duzen zurück.

Zuerst entdeckt ihn der Musiklehrer, kurz vor der Pensionierung, er umarmt Pinscher zur Begrüßung viel zu lang und schreckt zurück, als er die Waffe entdeckt: Posaunist geworden bist du also nicht. Pinscher zögert, hat er nicht die Todesanzeige von genau diesem Lehrer, der ihn jetzt grundlos umarmt, irgendwann gelesen? Du bist nervös, das ist normal. Die Gespräche bis zum Beginn der eigentlichen Schulstunde ähneln einander, der Mikrokosmos dessen, was er seit seiner Rückkehr wieder und wieder erlebt, nur drastischer als sonst: Einer staunt ganz unverblümt, wie fett er geworden ist und trotzdem bei der Polizei. Einer wundert sich, dass er gar nicht mehr gewachsen ist (dabei ist das natürlich Unsinn, weshalb hättest du nach dem Abitur noch einen Schuss in die Höhe machen sollen?). Einer erkundigt sich nach seiner Mama und ob er nicht ein furchtbar schlechter Sohn sei, einer schwelgt in den alten Zeiten, als Mündendorf noch das Paradies auf Erden war, während es heute nurmehr ein unwirtlicher Ort mit kälter werdendem Wind aus dem Gebirge sei.

Der Lehrer, der ihn eingeladen hat, ist jung und motiviert, viel jünger und weniger verlebt als Pinscher. Schon in seinem ersten Schuljahr hat er sich bei der örtlichen Polizei gemeldet und immer wieder nachgefragt, man müsse die jungen Leute doch irgendwo abholen, ihnen was bieten, sie begeistern. Endlich hatte es geklappt.

So eine Todesursachenermittlung, sagt er zu Pinscher, ist ein ganz anderes Kaliber als das Sezieren von Insekten, nicht wahr? Pinscher nickt. Während der Biologielehrer weiter auf ihn einredet und Serien über weltweit berühmte Kriminaltechniker nacherzählt, denen reicht eine einzige Made, um ein ganzes Verbrechen aufzuklären, schweift Pinscher ab. Es kommt ihm vor, als würden Stunden vergehen. In Mündendorf sein: Nichts hatte er mehr gefürchtet und verachtet. Nach Mündendorf zurückkommen: Nichts hatte er mehr herbeigesehnt. Was stimmt denn jetzt?

Auf dem Wochenmarkt sind die Leute distanzlos wie eh und je, ein Wunder, dass sie dir nicht den Kopf tätscheln. Wie ein Sechsjähriger isst du morgens eine Bockwurst mit deiner Mama, wie ein Sechsjähriger behandeln sie dich dort, wie ein Sechsjähriger sitzt du jetzt hier, ein Winzling unter Erwachsenen, und so behandeln sie dich auch. Bonuspunkt, vergiss das nicht, du kannst jederzeit in das Haus deiner Kindheit, jederzeit, weil du die Schlüssel dafür hast, aber, großer Minuspunkt, das willst du doch eigentlich gar nicht.

Was für ein Minuspunkt, fragt der Biologielehrer in den Pausengong hinein, wie meinen Sie das? Wieso Minuspunkt, sagt Pinscher. Sie haben doch gerade laut und deutlich Minuspunkt gesagt, sagt der Biologielehrer. Ach, entschuldigen Sie, ich war gerade bei einer Ermittlung. Sie sind ein toller Kerl, sagt der Lehrer, ein richtig toller Kerl, immer unter Strom. Kommen Sie schon, sagt der Lehrer und springt aufgeregt auf, das war der Gong, wir wollen keine Minute mit Ihnen verpassen.

Und dann ist alles ganz leicht. Der aufgeregte Lehrer ist es, der stark schwitzt, Pinscher kann es riechen, als sie durch die Pausenhalle laufen. Irgendwas passiert mit ihm, er richtet sich förmlich auf, gleich um mehrere Zentimeter, ein kurzer Schmerz, und er ist gewachsen, zumindest fühlt es sich so an. Die Kleinen aus der fünften Klasse bleiben ehrfürchtig stehen und tuscheln, wer hat wohl was gemacht, wer wird jetzt verhaftet, singen sie nun leise, und Pinscher wundert sich und winkt ihnen so freundlich und gönnerhaft zu wie ein Fernsehstar. Dann stehen sie vor der Klasse in einem altmodischen Biologieraum, Vitrinen mit Einweckgläsern, in denen kleine konservierte Reptilien schwimmen, vergilbte

Schautafeln des menschlichen Körpers an der Wand, im hinteren Teil des Raums die unvermeidlichen Terrarien mit rastlosen Wüstenspringmäusen, die es vor zwanzig Jahren schon gab. Daneben das scheinbare Prunkstück, über dem in großer schwarzer Schrift DER RATTENKÖNIG VON MÜNDENDORF geschrieben steht: skelettierte Tiere, bestimmt zwanzig Stück, allesamt am Schwanz miteinander verbunden. Die Schülerinnen und Schüler stehen auf, sind sie nicht viel zu alt dafür, trällern im Chor ihren Gruß, und Pinscher, schon ganz und gar in seiner neuen Rolle, ruft ihnen zu: Lasst das ruhig, setzt euch nur. Der Biologielehrer nickt triumphierend und schaut, tatsächlich, zu Pinscher auf, obwohl er ihm noch im Lehrerzimmer viel größer und hagerer vorgekommen war. Wir haben heute einen besonderen Gast am Erich-Kästner-Gymnasium, sagt der Lehrer. Herzlich willkommen an unserer Schule, Herr Kommissar Pinscher.

Und wieder springen die Kinder auf, guten Morgen, Herr Kommissar Peter Pinscher, das alles ist seltsam, aber vielleicht tickt man so in der kleinen Stadt und Pinscher hat es nur vergessen. Der Lehrer tätschelt ihm die Schulter, bitte schön, Herr Kommissar, die Bande gehört Ihnen, nur keine Angst, und tritt einige Schritte zur Seite. Pinscher schaut ihm nach, darauf ist er nicht vorbereitet, das war so nicht abgesprochen. Er wartet einige Sekunden, während Lehrer und Schüler ihn erwartungsvoll ansehen. Brauchen Sie noch was für Ihren Vortrag, fragt der vor Aufregung nervös trippelnde Lehrer. Möchten Sie einige Bilder von Toten? Wir haben alles für Sie vorbereitet. Pinscher ist vollkommen irritiert, welche Bilder, welcher Vortrag, will er wissen, er fühlt sich übers Ohr gehauen. Er schweigt, während der Lehrer nun beginnt, auf den Nägeln zu kauen, schlimmer noch, er beißt sie ab und spuckt sie ungeniert auf den Boden vor sich. Den Schülern hingegen fällt das gar nicht auf, alle Blicke sind auf Pinscher gerichtet, es ist still. Nun denn, sagt Pinscher nach etlichen Sekunden, ich wollte genau diesen Moment abwarten. Und dann legt er los:

Habt ihr gehört, wie ruhig es gerade war? So ist es meistens, wenn ich in so eine Wohnung komme. Eine Wohnung, in der nichts mehr lebt und wo doch jemand liegt. Ein Junge lacht hysterisch auf, ein Mädchen wiederum zischt ihn an. Pinscher darf jetzt nicht den Faden verlieren. Es ist so still, sagt er, weil jemand tot ist. Ja, von den Toten geht eine Ruhe aus, nein, kein Frieden, das nun wirklich nicht. Denn niemand will gern sterben. Aber es ist nun mal unvermeidbar. Der tote Mensch, das wollt ihr ja bestimmt wissen, ist kein schöner Anblick. Alles zersetzt sich. Alles trieft. Nur die Tiere freuen sich. Erst die Maden, dann die Fliegen. Habt ihr schon mal eine Packung mit lang gereiftem Käse geöffnet und dran gerochen? Macht die Augen zu beim nächsten Mal und denkt an mich: So riecht es, wenn ihr eine Weile liegt. Lasst es euch schmecken. In diesem Moment springt ein Junge auf und rennt wortlos und kopfschüttelnd an Pinscher vorbei, er knallt die Tür, du fühlst mit ihm, aber das kannst du ihm jetzt gerade nicht sagen. Lassen wir lieber die Details, sagt Pinscher, und die ganze Klasse lacht plötzlich hysterisch im Chor, erst denkt er, sie lachen ihn aus, aber nein, jetzt hat er sie am Haken. Wollt ihr wissen, wie viele Todesursachenermittlungen ich im letzten Jahr hatte? Ich habe es für euch ausgerechnet, es waren zweihundertachtzehn. Das heißt also, im Schnitt mehr als ein Toter pro Schicht. Und wisst ihr, wie viele von denen umgebracht worden sind? Keiner. Das ist es ja, die Leute sterben einfach. Auf dem Klo. Beim Kochen. In der Badewanne. Und das steht nicht in der Zeitung. Das kommt nicht im Fernsehen. Das richtige Leben ist kein Krimi. Das richtige Leben ist kein Tatort. Das richtige Leben geht trotzdem schneller vorbei, als wir denken. Ein kurzes Schluchzen aus der hinteren Reihe, Mädchen oder Junge, Pinscher kann es nicht lokalisieren.

Der Lehrer klatscht plötzlich begeistert los, er jubelt, ein unwirklicher Augenblick. Vielen Dank, schreit der Lehrer, sehr aufschlussreich. Habt ihr denn Fragen an den Herrn Kommissar? Warum machen Sie eigentlich diese Scheiße, tönt eine tiefe Jungenstimme irgendwo von weiter hinten, und der Lehrer fuchtelt aufgeregt und rotköpfig mit den Armen, während die Klasse endlich wie befreit lacht, das ist gut, sagt Pinscher, die Frage ist gut. Erstens, weil es ja gemacht werden muss. Doofe Antwort, ich weiß. Aber zweitens, weil ich keine Angst mehr haben will. Wovor keine Angst mehr, fragt der Lehrer jetzt forsch dazwischen, na los, sagen Sie es uns. Vor dem Sterben, sagt Pinscher. Und, hilft es? Manchmal ja. Meistens nicht. Sie reden ganz schön Kraut und Rüben, sagt der Lehrer, aus unerfindlichem Grund kippt die Stimmung gerade gegen Pinscher, und selbst die Klasse fängt an, unwillig zu murmeln. Haben Sie denn wenigstens schon mal einen Mörder gefangen, fragt eine Schülerin aus der ersten Reihe. Nein, sagt Pinscher, leider nicht. Das ist nicht mein Aufgabengebiet. Ach, Sie jagen gar keine Verbrecher, stellt der nun komplett aufgebrachte

Lehrer fest, das ist ja hochinteressant. Das hätten Sie uns auch mal früher erzählen können. Der Pausengong beendet die Stunde, und Pinscher ist erleichtert. Er flieht, während die Klasse hämisch lacht.

Wenigstens auf die Raucherecke ist Verlass, die ist immer noch da, wo sie war, aber auch dort ist er nicht lange allein. Der blasse Junge, der während Pinschers Vortrag aus dem Zimmer gestürmt ist, steht dicht neben ihm. Seine Zigarette hält er wie einen Stift. Kurios, denkt Pinscher, genau so habe ich ausgesehen, als ich mit dem Rauchen angefangen habe, ich konnte es nicht, aber ich wollte es unbedingt.

Tut mir leid, sagt Pinscher, dass dir die Geschichten nicht gut bekommen sind. Halten Sie doch einfach die Klappe, sagt der Junge. Sie reden so, als hätten Sie die Weisheit mit Löffeln gefressen. Sie kommen hierher zurück und spielen sich auf. Wissen Sie, was ich glaube? Sie haben keine Ahnung, wie das Leben wirklich ist. Sie tanzen an, wenn es nichts mehr auszurichten gibt, wenn es längst nicht mehr brennt. Sie wühlen nur noch in Asche. Sie reden von der Angst, aber was wissen Sie schon davon? Eine ganze Menge, mein Freund, sagt Pinscher, der sich das nicht anhören will, was willst du mir denn vom Leben erzählen? Meine Mama ist tot, sagt der Junge, das will ich Ihnen erzählen. Sie ist einfach umgefallen, drei Tage vor Weihnachten, die wollten sie noch operieren, aber da war nichts mehr zu machen. Er hat ein kaltes, ängstliches Gesicht, während er unbeholfen an seiner Zigarette zieht. Das tut mir wahnsinnig leid, sagt Pinscher. Das kann ich mir wirklich nicht vorstellen. Willst du sie sehen, sagt der Junge. Wie meinst du das? Komm einfach mit, komm. Der Junge wirft die Zigarette weg und läuft los, Pinscher, noch ungelenker in seinem neuen körperlichen Zustand ungeahnter Größe, hinkt hinterher, zurück in den Biologieraum, wo er aus den Augenwinkeln auf dem Tisch die Leichenfotos entdeckt, nicht irgendwelche Leichenfotos, sondern seine eigenen gesammelten Toten der letzten Jahre, aber nichts wundert ihn mehr, und dann betreten sie einen gekachelten Raum neben dem ausgestellten Rattenkönig, Pinscher hatte die Tür vorher gar nicht gesehen, und endlich bleibt der Junge stehen.

Es sieht aus wie in der Gerichtsmedizin, mitten im Raum steht eine Bahre, abgedeckt mit dem üblichen grünen Tuch. Wieso ist deine Mama hier, fragt Pinscher. Wo soll sie denn sonst sein, sagt der Junge. Komm, wir schauen sie an, aber erschreck dich nicht, sie ist noch ein bisschen warm, die Leichenflecken sind aber schon da. Hier sezieren sie sonst Stabheuschrecken, sagt er fast entschuldigend, das ist ein unwürdiger Raum. Bevor der Junge das Tuch wegzieht, betrachtet Pinscher ihn, tatsächlich, er selbst ist das, damals noch nicht so dick, wie er kurz vor Weihnachten am Krankenbett seiner Mama steht. Er weiß, was jetzt kommt, eben nicht, er will nicht wissen, was jetzt kommt, damals ist es schließlich anders gelaufen, und als er hinsieht, da winselt er um Gnade, da schießen ihm die Tränen in die Augen, nein, nein, nein, ruft er, und der Junge schaut ihn nur traurig und triumphierend an, während Pinscher geschockt das tote, vertraute Gesicht der Frau vor ihnen fixiert.

4 Ein Schlauchboot auf der Talsperre

Pinscher fasst sich noch im Aufwachen ins Gesicht, man kann also wirklich weinen im Schlaf. Er orientiert sich, die Bücherregale, der Tisch mit dem leeren Wein, den er am Abend vorher mit Anna getrunken hat, die nicht aufgegessenen Pizzastücke: Alles ist in Ordnung. Das Klingeln seines Telefons hat ihn geweckt. Es geht weiter, das alles ist nicht passiert. Bist du schon wach, sagt Goranek am Telefon. Wunderschön, dich zu hören, sagt Pinscher. Hast du getrunken, sagt Goranek, was ist denn schon wieder mit dir los? Erkläre ich dir irgendwann mal. Also, sagt Goranek, dann zur Sache, kannst du heute früher anfangen? Jetzt gleich schon? Klar, sagt Pinscher, was steht an? Endlich mal was für dich. Ein Jogger hat heute morgen auf der Oestertalsperre was schwimmen sehen. War dann wohl doch kein Schlauchboot. Machen das nicht immer die Kollegen vom Kreis? Pass auf, die haben alle Frühlingsgrippe, da kann keiner raus. Und hier kotzen sie mir die Bude voll, wenn ich sie an die Leiche schicke, die vertragen das nicht. Abgesperrt haben sie schon, aber es traut sich keiner ran. Was ist denn mit dir, fragt Pinscher. Ach, sagt Goranek, meine weiche Stelle, ich kann das nicht, wenn sie im Wasser waren. Du kennst das doch vom Rhein. Kann ich auf dich zählen? Klar, sagt Pinscher und lässt sich seine Freude darüber, dringend gebraucht zu werden, kaum anmerken, bin in einer halben Stunde da. Danke dir, wird nichts sein, mach ein paar nette Fotos und dann lad ich dich zum Frühstück ein. Ist gut, sagt Pinscher. Kann ich denn alleine fahren? Du fährst immer alleine, sagt Goranek, kann ich dir doch eh nicht ausreden. Beeil dich, bis gleich.

Einen Moment lang bleibt Pinscher noch im Bett liegen. Irgendwas vermischt sich. Er freut sich, weil er gebraucht wird. Aber er ist nicht für die Toten hier. Nur wofür denn dann? Wie ein Windstoß aus dem Mittelgebirge fährt es ihm schlagartig in den Nacken, bekommt er Gänsehaut, würde er nicht liegen, dann verlöre er jetzt den Boden unter den Füßen. Er hat hier nichts zu suchen, denkt er, er will nicht die Arbeit der Großstadt hier machen, er will zugleich kein Mündendorfer sein, denn das kann kein gutes Ende nehmen, irgendwas stimmt hier nicht, er hätte von Anfang an entschiedener widersprechen sollen, dann wäre er nicht hineingezogen worden, dann würden sich jetzt nicht seine Nackenhaare aufstellen, als würde ein kalter Wind aus dem nächtlichen Mittelgebirgswald über ihn kommen, aber du hast die Wahl, du kannst abbrechen, und dieser Gedanke bringt ihn wieder zurück auf den Boden der Tatsachen. Mag sein, dass hier irgendwas nicht stimmt, aber für den Augenblick stimmt es gerade genug. Es ist deine Entscheidung. Steh einfach auf, zieh dich einfach an und verschwinde von hier.

Pinscher steht auf, zieht sich ein weißes Hemd an und seine schwarze Stoffhose und bleibt. Er schnappt sich seine Kamera, die er eigentlich nicht hier haben sollte, greift nach seiner Waffe, die hier noch weniger was zu suchen hat, geht ins Bad, putzt sich die Zähne, kämmt sich die Haare, friemelt zwei, drei Paar blaue Einweghandschuhe aus seinem Kulturbeutel, isst auf dem Weg nach unten vom angebissenen Pizzastück, das Anna gestern hat liegen lassen, winkt den Damen von der Stadtbücherei fröhlich zu, er ist bestens gelaunt. Erstens, weil es eine Leiche in Mündendorf gibt und sie auf ihn setzen, anstatt die Lackaffen aus der Kreisstadt zu bestellen, die sich viel zu viel einbilden auf sich. Zweitens, weil der Traum nur ein Traum war, ein schrecklicher zwar, aber nicht mehr und nicht weniger als ein Gespenst. Sie sehen gut aus, sagt die ältere Bäckerin am Alten Markt, bei der Pinscher sich wie jeden Morgen seinen Kaffee zum Mitnehmen holt. Sie aber auch, sagt Pinscher, legt das Geld auf die Theke, stimmt so, wie immer viel zu viel, das Lächeln und den ehrfürchtigen Blick auf seine Waffe nimmt er noch mit, dann sitzt er im Auto und fährt Richtung Talsperre.

Es geht über die Landstraße, es gibt aber auch einen längeren Weg an den Windrädern vorbei über die Dörfer – danach steht ihm heute mehr der Sinn. So kann er beim Häuschen nach dem Rechten sehen. Nach dem Rechten sehen? Das ist Blödsinn, das Haus gehört ihm nicht mehr, und er hat da nichts verloren, aber heute ist das erlaubt. Ab und zu fährt er hin, schaut sich um, schleicht sich rein. Geht durch die Zimmer, steht minutenlang vor dem ganzen Leben, das immer noch da ist, obwohl er es längst verscherbelt hat. Öffnet eine Schublade, wühlt darin, entdeckt ein paar alte Fotos und steckt sie ein. Manchmal bringt er seiner Mama Kleinigkeiten aus dem Haus mit. Sie liebt Überraschungen, die kleine Kuckucksuhr aus dem Schwarzwald, der selbst getöpferte Becher von der längst verstorbenen Großtante aus Bochum, das Groschenheft, das jahrelang irgendwo zwischen Fernsehschrank und Wand klemmte. So beruhigt und bestärkt Pinscher sie wieder und wieder in ihrem Glauben. Das Häuschen ist noch da. Und solange dieses Häuschen noch steht, gibt es Hoffnung. Auch für ihn.

Ein paar Züge von seiner Zigarette, ein paar Schlucke von

seinem Kaffee, ein Anruf bei seiner Mama, die ihn fröhlich begrüßt: Du rufst aber früh an, wo fährst du denn gerade hin, zur Talsperre, oh, da ist es bestimmt schön, was machst du denn da, nichts Schlimmes, da hat jemand ein Schlauchboot geklaut, pass gut auf dich auf, mein Junge. Als Pinscher auflegt, ist er wieder voll auf der Höhe.

Einfach nur ein grässlicher Traum. Vielleicht hatte er sich doch zu viel zugemutet. Manchmal zwei Kindergärten an einem Tag, danach Verkehrserziehung bei den Kleinen in der Grundschule, und tatsächlich war er auch an seinem alten Gymnasium gewesen, ein routinierter Vortrag über Gewaltprävention vor einer dankbaren Klasse, tatsächlich hatte er den Musiklehrer getroffen und sich mit ihm für die Big Band verabredet, tatsächlich hatte jener junge Biologielehrer ihn angesprochen und forsch gefragt, ob er sich auskenne mit den speziellen Methoden der Kriminaltechnik, die Maden betreffend, aber da hatte Pinscher passen müssen. Der an sich nette Plausch mit dem Hausmeister, die ehrfürchtigen Fünftklässler, der neulich entdeckte Artikel über die Rattenkönige in der Kanalisation von New York City, alles hatte sich letzte Nacht zum Schlechtesten verwoben. Und ja, er kannte den Jungen und seine Art des Rauchens deshalb so verdammt gut, weil er wirklich dort gestanden hatte in der Raucherecke. Verzweifelt und trotzig und mit Wut im Bauch. Auf die Welt, die nichts vom Leben weiß. Seine Mama lag da allerdings nicht auf einer Bahre, sondern in einem Operationssaal der Neurochirurgie im Ruhrgebiet. Und sie war nicht gestorben, sie hatte überlebt, ist bis heute noch da. Böse Vorzeichen gibt es nicht, das kannst du dir abschminken, du brauchst einfach regelmäßige Unterredungen mit Anna. Immerhin, die Habenseite aus dem Traum stimmt: Seit mehreren Wochen ist Pinscher wieder da, fühlt sich ausgerechnet in Mündendorf so gut wie lange nicht mehr, er hat sich besser eingelebt, als er jemals erwartet hätte. Selbst mit Goranek kommt er klar. Der weiß, was er an ihm hat. Pinscher kann ein Querulant sein, wenn ihm was nicht passt, aber Pinscher kann auch gewissenhaft arbeiten, wenn man ihn nur lässt. Als Krönung traut man ihm wieder Leichen zu, mehr kann man im Augenblick wirklich nicht verlangen. Obwohl, das stimmt nicht ganz, denkt Pinscher, als er am Reihenhaus vorbeifährt: Doktor Seltsam ist längst aus dem Urlaub zurück und wiegt sich, sollte an Pinschers Vermutung, dass da irgendwas ganz gewaltig nicht stimmt, was dran sein, wahrscheinlich in Sicherheit. Pinscher wird sich darum kümmern. Er schiebt es vor sich her. Er weiß, dass seine Nächte niemals ruhiger werden, wenn er den Fall nicht löst. Und damit ist nicht mal Glotzen-Elsbeths Angelegenheit gemeint. Er muss seinen eigenen Fall lösen. Sonst steht er Nacht für Nacht in irgendeiner Raucherecke, und der Junge von damals pöbelt ihn an.

Pinscher stellt das Auto auf dem Wanderparkplatz ab, nimmt Handschuhe, Notizbuch und Kamera und geht zu Fuß. Hinter der Talsperrenbrücke auf dem Wanderweg sieht er schon Krankenwagen und Einsatzdienst, aber er ist froh über das bisschen Bewegung. In dem Restaurant mit Blick aufs Wasser haben seine Eltern nach der Hochzeit gegessen. Er hat seiner Mama versprochen, dass sie das auch wieder machen werden. Vielleicht bald, denkt Pinscher, der Frühling ist warm, und die Oestertalsperre riecht so frisch wie in seiner Kindheit. Darauf kann man doch aufbauen.

Sehr eklig, fragt er den Notarzt im Vorbeilaufen, der steigt drauf ein: Hoffe, du hast noch nicht gefrühstückt. Am Ufer liegt der Körper schon bereit, eine Wasserleiche wie aus dem Bilderbuch. Pinscher erschrickt, auch das noch, den kenn ich: Es ist Rolf, der Sargträger, der schon seinen Papa und neulich erst Doktor Seltsams Mutter und Frau Maier geschleppt hatte. Der Notarzt kennt ihn natürlich auch, das beschleunigt die Angelegenheit, unbekannte Tote kosten deutlich mehr Zeit. Jetzt wird es nichts mehr mit unserer Musik zusammen, denkt Pinscher ein bisschen wehmütig, und macht sich an die Arbeit. Eine enge Badehose mit Leopardenmuster, starke Venenzeichnung, Körper aufgebläht und verfärbt, zwei, drei Tage war der drin, dann ist er wieder aufgetaucht. Die mürrischen Kollegen vom Einsatzdienst haben mit einigen Telefonaten vorgearbeitet: Vorgestern, sagt der Bestatter, sein Chef, ist er nicht zur Arbeit gekommen, war oft nicht gut dran, neulich sogar ein paar Tage im Krankenhaus. Hat sich übernommen, Herzinfarkt wahrscheinlich, sagt der Notarzt. Da kannst du von ausgehen, sagt Pinscher. Springst in aller Herrgottsfrühe hier rein, aber so warm ist das Wasser noch nicht, und dann wunderst du dich kurz und bist auf der Stelle weg und kriegst schon gar nicht mehr mit, wie es dich in die Tiefe zieht, und zwei Tage später tauchst du erst wieder auf, und ein Jogger denkt, das ist aber ein seltsames Schlauchboot.

Routiniert und fast fröhlich macht Pinscher sich an der Wasserleiche zu schaffen, keine Spuren von Fremdeinwirkung, ein übliches Unglück. Es geht ihm überhaupt nicht nah, obwohl er Rolf seit Jahren kannte, aber darüber will er jetzt nicht klagen. Vielleicht wäre das anders, wenn es die letzte Nacht nicht gegeben hätte, so ist er ganz in seinem Element. Eine Fleißarbeit, die mit ihm nichts zu tun hat. Der abgebrühte Kollege aus der Großstadt. Feuer mit Feuer bekämpfen. Das geht vielleicht nicht ewig, aber im Augenblick fühlt es sich richtig an. Kann weg, sagt Pinscher zum Notarzt, tja, sagt der Notarzt, nur wohin? Zurück ins Wasser? Kann sich ja schlecht selbst ins Auto tragen. Man erreicht erneut den Chef, der gerade Richtung Krematorium fährt, alles bleibt an ihm hängen, beschwert er sich, weil mein bester Mann erst krank ist und jetzt doppelt Arbeit macht, aber eine Stunde später wird auch das erledigt sein. Die Badenden am Nachmittag werden nichts mitbekommen vom Drama, das sich hier abgespielt hat. Es ist ja wirklich nicht mehr, wenn man selbst nichts damit zu tun hat und den Anblick gewohnt ist, denkt Pinscher, eine kleine Tragödie, ein letzter Auftritt ohne Publikum, ein letzter sich rasch senkender Vorhang ohne Applaus. Die Fotos sind gemacht, die Notizen erledigt, Angehörige gibt es keine, nicht mal mehr entfernte Verwandtschaft, gut für Pinscher, so ist das hier noch schneller gegessen als gedacht.

Er winkt freundlich in die Runde, keine Reaktion der Kollegen vom Einsatzdienst, natürlich nicht, sie sind beleidigt, weil sie noch auf den Bestatter warten müssen, Pinscher zieht sich seine blauen Handschuhe aus, wirft sie in einen Papierkorb am Wegesrand und schlendert zurück zum Auto. Er lässt sich Zeit, die Zigarette danach haut immer doppelt rein.

Im Auto ruft er sie an. Sie scheint sich nicht zu erinnern an ihr Telefonat kurz zuvor. Wo bist du denn gerade, ich war an der Oester, ach, da ist es schön, weißt du was, bald essen wir wie früher in dem Restaurant, ist das denn wahr, mein Junge? Hast du den Räuber denn gekriegt, fragt die Mama und erinnert sich nun also doch, das war gar nicht nötig, sagt Pinscher, es gab gar keinen Räuber, wir haben das Schlauchboot gefunden, da bin ich aber froh, dann pass schön auf dich auf. Pinscher denkt an die Zeit am Rhein, als er mit dem Handy in der Hand den Schiffen nachsah und von Antwerpen und Amsterdam träumte: Es fehlt ihm nicht mehr. Das denkt er, während er durchs Seitenfenster dem gleichmäßigen Schattenwurf der Windräder auf den Hügeln folgt.

Als er ins Büro kommt, erwartet ihn im ehemaligen Gewahrsamsraum bereits Goranek mit belegten Brötchenhälften, Kochschinken und Käse, und einer Kanne Kaffee. Er hält sein Versprechen. Hab richtig Hunger, sagt Pinscher und beißt schon ins erste Brötchen, bevor er sich setzt. Hast wohl einen guten Magen, sagt Goranek. Das hättest du auch geschafft, sagt Pinscher, war gar nicht eklig. Die guten Leute sterben uns hier weg, sagt Goranek, das macht mir langsam richtig Sorgen. Erst die Glotzen-Elsbeth, jetzt der Rolf, das geht mir einfach zu schnell. Ich dachte das auch heute früh, sagt Pinscher, wir sehen das eigene Schiff langsam sinken. Jaja, sagt Goranek und schaut aus dem Fenster. Und dass es so schnell geht, ich weiß nicht, glaubst du wirklich, dass das Zufälle sind, fragt Pinscher. Was soll es denn sonst sein, sagt Goranek, und drückt auf seinem Handy herum. Hörst du mir überhaupt zu? Na klar, sagt Goranek, das stimmt schon alles. Umso besser, dass wir dich jetzt haben. Hätte gedacht, du bist den ganzen Tag am Meckern und bald wieder weg. Guck dir den traurigen Haufen doch an, die kriegen nichts auf die Reihe. Ich tu, was ich kann, sagt Pinscher, fühlt sich geschmeichelt und drückt die Zweifel weg. Nimm noch ein Brötchen, sagt Goranek, und sei mal ehrlich: Wann haust du wieder ab? Pinscher antwortet nicht gleich. Goranek macht einen verkniffenen Mund. Ich versteh schon, man muss dir ständig was bieten. Muss ich denn weiter Leichen machen? Das magst du, nicht wahr? Mal so, mal so. Im Grunde schon. Du weißt doch, ich entscheide das nicht. Die Blöden vom Kreis kommen nur dann nicht, wenn sie gerade woanders zugange sind. Schon gut, sagt Pinscher, ich bleibe trotzdem. Auf jeden Fall heute und morgen und übermorgen. Jetzt lacht Goranek erleichtert auf, das will ich hören vom Bezirksdienstbeamten, und darauf stoßen wir endlich an. Kommst du heute vorbei? Ich mach eine kleine Party. Hab was zum Grillen gekauft, und du siehst endlich mal die Viecher. Gern, sagt Pinscher, und sein Chef verlässt glücklich und kichernd das Büro. Pinscher lehnt sich zurück und isst sein drittes Brötchen, trotz der schrecklichen Nacht wieder versöhnt mit der Kleinstadt da draußen. Er denkt an die Habenseite: Dass er sich mit Anna, in die er schwer verliebt war, abends auf den Boden der Gästewohnung über der Mündendorfer Stadtbücherei hockt und Pizza isst und Karten spielt und manchmal sogar die Angst vergisst, auch um den Preis, dass sie im Schlaf doppelt und dreifach zurückkehrt. Dass ausgerechnet er Goranek zum Lachen bringt, dass er ihn glücklich macht, dass seine Rückkehr plötzlich doch den Glanz bekommt, den er damals vermutet hatte, als die Feuerwehrkapelle aufspielte, dass er seine Rolle nicht nur irgendwie ausfüllt, sondern gut spielt, richtig gut, wo doch ganz sicher niemand hier mit ihm gerechnet hatte.

5 Was den Sittichen gehört

Nachdem er endlich oben angekommen ist, schaut er auf die Stadt im Tal. Das Tanneneck, einer der höchsten Punkte, von hier aus sieht man wirklich alles. Den Friedhof, auf dem sein Papa begraben ist und den er seit dem Tag der Beerdigung nicht ein einziges Mal besucht hat. Das Altersheim, in dem seine Mama jetzt schon im Bett liegt, obwohl die Sonne noch gar nicht untergegangen ist. Die Reihenhaussiedlung, die so friedlich aussieht von hier aus. Er stellt die Weinflasche neben sich und ist vollkommen außer Atem. Der Weg war steiler, als er ihn in Erinnerung hatte, nach nicht mal zehn Minuten bereute er die Entscheidung. Seine kaputte Lunge erinnert ihn an die Maßlosigkeit der letzten zwanzig Jahre, mal wieder. Lange war er nicht mehr hier. Zuletzt als Jugendlicher, die Kirche veranstaltete hier oben immer das Osterfeuer. Auch den heruntergekommenen Dreiseithof erkennt Pinscher wieder, als er in den kleinen Seitenweg einbiegt. Ein Bauer, der längst schon seine Schichten im Stahlwerk schob, weil die Landwirtschaft allein nicht mehr reichte, hatte als Nebengewerbe dort ein paar Kühe und Hühner gehabt. Ein Arbeitskollege seines Papas. Manchmal war er mit Pinscher sonntags hingefahren, und sie hatten Eier und Milch gekauft und noch ein paar Stangen steuerfreier Zigaretten, ein weiteres Geschäft des Landwirts. Als Höhepunkt des Ausflugs hatte Pinscher die riesigen Kaninchen streicheln dürfen. Er erinnert sich an ihr hastiges, ängstliches Atmen, das sich unter seiner Hand langsam beruhigte. Der Bauer war irgendwann ins Altersheim gezogen, da muss Goranek zugeschlagen haben. Ein Hof in bester

Stadtrandlage und mit Aussicht. Pinscher weiß nicht, was ihn gleich erwartet: möglicherweise doch das Familienidyll mit Frau, Kindern und Katzen? Vielleicht doch die typische Mutter-Sohn-Beziehung? Das unterscheidet sie neben so vielen anderen Dingen: Während die ganze Stadt über Pinscher und seine Vergangenheit informiert zu sein scheint, das Los des Fortgegangenen, weiß er über seinen Chef nur, dass er ein Choleriker ist wie schon zu Schulzeiten und Tiere besitzt.

Was Goranek seine Ranch nennt, ist der verkommene Rest davon. Sie besteht aus gespenstisch anmutenden Gebäudeteilen, eins verfallener als das andere. Pinscher wird von dichtem Qualm empfangen, als er das Gelände betritt, der Grill ist schon an, und Goranek winkt ihm aus der Ferne zu. Er trägt ein kariertes Hemd und eine zu große Cordhose, dazu klobige und schlammbespritzte Schuhe, die machen ihn liebenswerter und einsamer zugleich. Ich bin wohl der Erste, sagt Pinscher, und drückt Goranek die Hand. Hoffe, du hast Hunger mitgebracht, sagt Goranek, kommt sonst nämlich keiner mehr. Echt nicht, sagt Pinscher. Ich dachte, du machst eine Party. Goranek winkt ab, hab das nicht an die große Glocke gehängt, dann kommen die ja dauernd alle angeschissen, das kann ich nicht gebrauchen. Trinkst du ein Bier? Ich mach dir eins auf, und dann zeige ich dir alles. Pinscher kommt sich vor wie in einem alten amerikanischen Film, als sein Chef ihm das Anwesen zeigt: Zwei gepflegte Pferde auf einer Koppel, Tilda und Tamara, frag mich nicht, sagt Goranek, die hießen schon so, ich nenne sie SEK und MEK, und darauf hören sie auch. Den Kuhstall hat er umgebaut für Kaninchen und Meerschweinchen, manchmal, erzählt Goranek, klappert er die Tierheime ab und sammelt ein, was sonst nirgendwo mehr unterkommt. Doch der Höhepunkt steht noch bevor, Goranek zögert ihn hinaus, obwohl Pinscher das wüste Schimpfen und Schnattern längst gehört hat. Gehen wir rein?

Sie betreten die Scheune, das feuchtwarme Klima haut ihn fast um, um sie herum Vögel, so weit das Auge reicht. Zebrafinken, Kanarienvögel, Nymphensittiche, Wellensittiche, manche fliegen frei, andere sind in selbst gezimmerten Volieren untergebracht. Tausende, schätzt Pinscher auf den ersten Blick. Nagel mich nicht fest, sagt Goranek, bei der letzten Zählung waren es um die eintausendsiebenhundert Stück. Wahnsinn, sagt Pinscher, ach, sagt Goranek, das ist wie mit der Modelleisenbahn, wenn du angefangen hast, kannst du gar nicht mehr aufhören. Willst du die Ausstellungskäfige sehen? Sie betreten einen gesonderten Raum, abgeschirmt vom ohrenbetäubenden Lärm der anderen Vögel, und dort geht es ruhiger zu. Ausschließlich Wellensittiche. Schau mal, sagt Goranek, mein bestes Paar. In einem großzügigen Käfig sitzen zwei stattliche grüne Tiere auf der Stange, beäugen Pinscher und reagieren auf dessen Schnalzen mit entrüsteter Arroganz. Wir sind zusammen Vizemeister geworden auf Bundesebene, raunt Goranek, in Hamburg war der große Wettbewerb. Im Ernst, sagt Pinscher, du machst Wettbewerbe mit denen? Nur mit meinen Schausittichen, die sind speziell darauf gezüchtet, guck doch nur, wie perfekt ihre Flügel anliegen, und die sechs makellosen Kehltupfen, und diese klaren Augen!

Pinscher ist gerührt. Denn dieser groß gewordene und einsame Junge namens Goranek, der nichts Forsches mehr hat in diesem Augenblick, könnte ebenso gut er selbst sein. Wie er aufgeregt und mit wilden Gesten erklärt, dass da draußen bei den üblichen Wellensittichen alles durcheinander flattert, Standards, Halbstandards, Hansi-Bubis, dass es hier drin aber wirklich um was geht. Um Makellosigkeit, die einem den Atem verschlägt. Doch die Rührung hält nicht lange an: Goranek kann rücksichtslos sein, ein grausames Kind, das war in der Schule schon so gewesen, wo er seinen Vorteil oft hinterhältig und mit falschem Lächeln eingestrichen hatte. Was meinst du, was für Geld du mit denen verdienen kannst? Was sind denn Hansi-Bubis? Hast du dich nie mit Wellensittichen beschäftigt? Nicht so sehr wie du jedenfalls. Hansi-Bubis sind so klein wie ihre Verwandten in Australien, die kannst du dir in die Küche hängen, aber einen Blumentopf gewinnst du nicht mit denen.

Pinscher ist froh, als sie wieder im Freien sind. Langsam stört ihn Goraneks Monolog. Seine unerklärliche Rührung ist verflogen. Sterben die Dinger denn auch manchmal, fragt Pinscher. O Gott, du weißt ja gar nichts, sagt Goranek. Vor fünf Jahren habe ich mal beim Rundgang das Tor vergessen, das ist mir noch nie passiert. Fünfhundert Stück, und das im eiskalten Winter. Wochenlang haben die Leute die Kadaver in ihren Gärten gehabt, es war sogar in der Zeitung, zum Glück ohne Namen, das Ordnungsamt stand trotzdem gleich auf der Matte, aber was wollen die mir denn?

Sie sitzen am Grill, trinken Bier und essen. Steaks und Würstchen und noch mehr Steaks. Pinscher spricht kaum, Goranek schon, es sieht so aus, als hätte er hier oben selten Besuch. Kaum eine Frage muss Pinscher stellen, es sprudelt nur so aus ihm heraus: Verheiratet war er nie, erst zu große

Ambitionen, dann zu lange gar keine mehr, und dann kam die Ranch, und er hatte genug zu tun. Verreisen konnte er dann auch nicht mehr, für die Tiere findet man ja niemanden, das will keiner, und wenn es einer wollen würde, dann könnte er das nicht. Sein Neffe springt manchmal ein, aber mehr als eine Woche ist nie drin. Von hier oben, sagt Goranek, hat man die Dinge im Blick, da kann dir nichts passieren. Ein einziges Mal ist ein Landstreicher zu den Sittichen rein und besoffen eingeschlafen, am nächsten Morgen rannte der Kerl fluchend weg, über und über mit Vogelscheiße, das tat mir leid, ich hätte ihn ja sogar gewarnt.

Pinscher will nach dem Essen aufbrechen. Es ist gerade noch hell genug, um den Weg zu finden, vor allem aber, um sich nicht zu fürchten beim Spaziergang zurück in die Stadt. Aber das lässt Goranek nicht zu. Kaum hat Pinscher sein Bier ausgetrunken, hat sein Chef ihm schon wieder eine neue Flasche geöffnet. Und wenn Pinscher entschieden ablehnt, macht Goranek sich eine neue Pulle auf, weil er merkt, dass Pinscher aufstehen will. Hätte nicht gedacht, sagt Goranek, dass du so ein feiner Kerl bist. Wieso denn nicht, sagt Pinscher. Guck dir die Idioten aus der Kreisstadt an, die tragen ihre Nase doch schon so hoch. Und dann kommst auch noch vom Rhein, da geht man automatisch vom Schlimmsten aus. Du magst es hier sehr, oder, fragt Pinscher. Muss ich ja, sagt Goranek. Die sollen nur aufhören, immer neue Häuser zu bauen. Wieso, fragt Pinscher. Weil es hier nicht irgendwann aussehen soll wie New York, ist doch klar. Und du, sagt Goranek, wie findest du das eigentlich hier? Ganz okay, sagt Pinscher, und Goranek lacht nicht. Mann, klar mag ich es hier. Hab ein bisschen gebraucht, aber hier ist doch alles. Und ich bin froh, Anna getroffen zu haben. Ohne den Stand auf dem Markt wäre das vielleicht gar nicht passiert. Welche Anna, fragt Goranek. Anna aus der Schule, weißt du noch, die ist Psychologin geworden. Ach, die Anna, sagt Goranek. War sogar schon bei ihr in der Praxis, sagt Pinscher, ist echt nett, wenn wir uns sehen. Vielleicht wird was draus. Vorsicht, sagt Goranek, pass bloß auf. Worauf soll ich aufpassen, fragt Pinscher. Glaub mir einfach, was ich sage: Pass gut auf dich auf. Wir kennen die Anna ja auch. Was heißt denn »Wir«, fragt Pinscher, steht auf und wird ungehalten, du musst mir immer alles madig machen, oder? Das hat damit nichts zu tun. Komm, setz dich wieder, dann erklär ich es dir. Deine Anna ist eine Betrügerin. Inwiefern? Amtsanmaßung, unrechtmäßiges Führen von Titeln, sogar einfacher Betrug. Und jetzt, sagt Pinscher, soll ich sie verhaften, oder was? Nein, sagt Goranek, aber ein bisschen auf dich aufpassen. Das kann dir doch nicht egal sein. Pinscher zuckt mit den Schultern. Menschen ändern sich, sagt Pinscher. Und ich mag sie. Jetzt zuckt Goranek mit den Schultern, wechselt das Thema und landet schon wieder bei den wankelmütigen Brutgewohnheiten seiner Preisträgersittiche.

Pinscher schafft erst den Absprung, als es schon stockdunkel ist. Zwischendurch, als Goranek zur Toilette muss, schaut er wieder und wieder auf sein Handy: kein Empfang. Ein Taxi wird er nicht rufen können, und sein Chef ist mittlerweile so betrunken, dass er sich auf keinen Fall von ihm fahren lassen wird.

Sie stehen vor der Ranch und rauchen noch eine letzte Zigarette für diesen Abend. Unten im Tal leuchtet die Stadt.

Und wieder mal weiß Pinscher nicht, was von alledem zu halten ist: Sein Chef, der es immerhin bis zum Polizeirat geschafft hat, ist ein Tiermessie, noch dazu Vizemeister auf Bundesebene mit einem arroganten Wellensittichpaar. Das Städtchen soll niemals aussehen wie New York. Und es gibt plötzlich auch noch eine Anna, die ganz Mündendorf übers Ohr gehauen hat. Soll ich, sagt Pinscher, der den Alkohol jetzt auch deutlich spürt, eigentlich den Kurti mal besuchen? Brauchst du denn einen Fernseher, fragt Goranek. Irgendwie muss es doch mit dem Haus weitergehen, ich hab immer noch die Schlüssel, sagt Pinscher. Der hat gerade ganz andere Sorgen, sagt Goranek. Welche denn, fragt Pinscher und wird nervös. Hast du schon mal eine Mutter verloren, sagt Goranek und schaut Pinscher scharf an. Nein, sagt Pinscher, zum Glück nicht. Also, sagt Goranek, das meine ich mit Sorgen. Die Umstände sind ungeklärt, sagt Pinscher. Du verrennst dich, sagt Goranek ganz ruhig, da ist Ruhe und Frieden und Traurigkeit und sonst nichts. Komisch war Kurti immer, wieso sollte er jetzt anders sein? Ich dachte ja nur, sagt Pinscher, wäre doch schön gewesen, seine Position zu kennen. Seine Position zu was, sagt Goranek. Schon gut, sagt Pinscher. Lass die Scheiße einfach sein, sagt Goranek übertrieben sanft, du siehst Gespenster, die keiner brauchen kann. Lass gut sein, sagt Pinscher routiniert. Mein Bester, sagt Goranek, guck doch mal da runter, denk an die ganzen Einsamen, ob sie Kurti, Klausi oder sonst wie heißen. Lassen wir sie ihr Leben leben, freuen wir uns, dass wir nicht so sind. Und mit diesen Worten umarmt er Pinscher und gibt ihm einen trockenen Kuss auf die Wange: Schön, dass du hier bist. Pinscher, so verlegen wie geschmeichelt, wischt sich über die Wange, geh nicht weg, warte kurz hier, ich hab doch noch was für dich.

Während Pinscher eine weitere Zigarette ansteckt und sich Beschwörungen zuflüstert, du kennst die Statistik, mittelalte und stämmige Männer werden in Mündendorf weder Opfer von Raubstraftaten, noch ermordet man sie einfach kontextlos, du gehst einfach langsam und unauffällig und atmest ruhig ein und atmest ruhig aus, und wenn du dann im Bett liegst, dann wirst du über deine Angst lachen.

Er hört schon die Bescherung, als Goranek aus dem Schuppen gewankt kommt. Mein Freund, schreit er quer über den Hof, mein lieber Freund! Dein Einzugsgeschenk! Und dann überreicht er Pinscher mit feierlicher Geste einen rostigen Käfig mit zwei Wellensittichen. Ist das dein Ernst, fragt Pinscher. Keine Umstände, keine Sorge, ich habe dir zwei schöne Exemplare rausgesucht. Hansi-Bubis nur, aber die kriegst du besser zahm als die Standards, wenn du mich fragst. Und jetzt komm gut nach Hause, lallt Goranek, stellt den Käfig ab, umarmt Pinscher und küsst seine Stirn, und wenn einer fragt, du weißt nichts von Wellensittichen und Wettbewerben und ich hab dich nie hierher eingeladen, in Ordnung? In Ordnung, sagt Pinscher, kannst dich drauf verlassen. Ich hol die Vögel morgen ab, will Pinscher noch sagen, aber Goranek hat ihm schon den Rücken zugedreht und torkelt auf das Hauptgebäude zu, mit erhobener Hand wüst winkend. Nachtinachti, Kommissar, ruft Goranek. So ein Arsch, flüstert Pinscher, schnappt sich den Käfig und macht sich auf den Weg.

Es wird ein schlimmer Gang. Niemand begegnet ihm, kein Mensch, kein Tier, kein Auto weit und breit. Nur er und diese Scheißviecher, die beschlossen haben, die Nacht zum Tag zu machen: Sie zetern und schimpfen und zwitschern den ganzen langen Weg zurück in die Stadt, während Pinscher sich im Falle eines Angriffs vollkommen wehrlos fühlen würde, muss er doch zu allem Überfluss auch noch darauf achten, den Käfig möglichst ruhig zu tragen, damit die Wellensittiche nicht zu viel Stress abbekommen, damit sie nicht schon tot im kalkhaltigen Sand ihres Käfigs liegen, bevor er überhaupt mit ihnen ankommt. Zwischendurch, das hat er als Kind zuletzt gemacht, wenn er an einem Winternachmittag aus dem Schützenheim durchs Waldstück musste und es schon dunkel war, schließt er einfach für ein paar Meter die Augen: Wenn ich euch nicht sehe, dann seht ihr mich auch nicht. Als er endlich am Alten Markt und bei der Stadtbücherei ankommt, klebt alles an ihm. Er muss fürchterlich stinken, wenn seine Angstschweißtheorie stimmt, aber nichts ist passiert, gar nichts. Er hat gewonnen, er hatte keine Wahl, und Goranek hat auch gewonnen, denn er weiß, dass diese Tiere Pinscher an Mündendorf binden, dass man zwar mit Leichtigkeit einen Käfig mitnehmen kann im Zug, man sich das aber besonders gut überlegt, wenn es sich um ein persönliches Geschenk des eigenen Chefs handelt.

6 Elsbeths Geheimnis

Elisabeth Seifert, geboren 1941. Laut Obduktion, wenigstens die ist bei unklarer Todesursache selbst hier Standard, Nierenkrebs im fortgeschrittenen Stadium. Todesursächlich war vermutlich eine ventrikuläre Fibrillation mit anschließendem Herzstillstand, ausgelöst durch eine bewusst herbeigeführte Überdosierung mit Sotalol, einem Mittel zur Behandlung von Herzrhythmusstörungen.

Je mehr Ruhe einkehrt, desto besser für uns. Irgendwas stimmt nicht, davon ist Pinscher nach wie vor überzeugt, also wird er so lange suchen, bis er die Wahrheit kennt. Das hat er noch nie getan. Aber es geht hier auch um sein Leben. Ein Leben, in dem eine fremde Frau gelebt hat und in dem sie gestorben ist. Du musst unauffällig sein. Du darfst nicht zu viel gleichzeitig wollen. Du wirst die Ergebnisse deiner Nachforschungen sammeln und Goranek erst involvieren, wenn alles wasserdicht ist. Du weißt, dass das zu schön klingt, um wahr zu sein. Als könntest du selbstsicher deinen Mantelkragen hochschlagen und den echten Ermittler spielen. Aber du bist hier in keinem Fernsehkrimi, dir fehlt die Erfahrung, dir fehlt der Mut, dir fehlt eigentlich alles, doch du hast dich an der Sache festgebissen, also wirst du tun, was in deiner Macht steht. Wenigstens diesmal nicht alles wegschieben, wenigstens diesmal alles abklopfen, und wenn du Gespenster siehst, dann willst du das selbst merken und nicht von tiersüchtigen Chefs gesagt bekommen.

Mit dem Obduktionsbericht können wir doch schon mal was anfangen: Wer verschreibt einer Frau mit Nierenkrebs dieses Medikament? Pinscher ruft den Gerichtsmediziner in der Kreisstadt an, nur eine kleine Frage, ich habe einen Praktikanten zum Üben an die Akte gesetzt und ihm ist dieses und jenes aufgefallen, na und, sagt der Gerichtsmediziner, sie liest in der Zeitung von dem Zeug, lässt es sich von irgendeinem Arzt verschreiben und verschweigt die Nierengeschichte. Glauben Sie, Sie wusste von dem Krebs? Muss sie eigentlich, sagt der Gerichtsmediziner, es sei denn, sie war ein Stein oder hatte einen sehr schlechten Arzt. Punkt für die Unschuldstheorie, aber warum hat Glotzen-Elsbeth so einen Aufwand betrieben bei der mutmaßlich schlechten Prognose, die sie hatte?

Der Frühling erleuchtet derweil die kleine Stadt. Das asbestverseuchte Kaufhaus ist fertig renoviert und ein Modepark zieht dort ein, Kleidung auf zwei Etagen, einen Tag nach der Eröffnung ist er mit seiner Mama da, sie kauft fünf Blusen, drei Hosen, eine Jacke, danach essen sie einen Amarenabecher und rauchen sich gegenseitig die Zigaretten weg. Seine Mama und er stehen am Straßenrand beim ersten Schützenfestumzug des Jahres, sie winken der Kapelle zu und dem frisch gekrönten König. Irgendwo im Hofstaat entdeckt Pinscher Kurt Seifert, aber der dreht sich weg, als er ihn sieht. Sie gehen auf die Kirmes vor der Schützenhalle, und Pinscher schießt seiner Mama eine Rose, er braucht dafür zehn Versuche, dann bekommt er die Blume geschenkt, ganz schlechter Schütze, ruft der Schießbudenbetreiber, aber ganz lieber Kerl, und Pinscher verschweigt ihm lieber seine Profession. Er richtet seinen Wellensittichen eine Ecke in der Gästewohnung her, besorgt Vogelfutter und Vogelspielzeug, er nennt die Vögel Bubi und Bubi. Das ist einfallslos, aber es wird die Wiederholung des Kindheitstraumas verhindern: Wenn einer von ihnen irgendwann von der Stange fällt, dann hält sein ähnlich aussehender Doppelgänger weiterhin die Stellung.

Wir haben keine Eile. Und doch telefoniert Pinscher die Ärzte von Mündendorf ab, mühsame alte Schule, aber es geht nicht anders, sonst müsste er Goranek fragen, er ist ja schon froh, dass er den Obduktionsbericht unauffällig hat ausdrucken können, ohne aufzufliegen. Das Resultat ist ernüchternd: Der uralte Doktor Scholl, Hausarzt von Elisabeth Seifert, ist seit knapp einem Jahr im Ruhestand. Am Tag nach der Praxisaufgabe wandert er nach Thailand aus, zwei Monate später verschwindet er bei einer Bergwanderung und gilt seither als verschollen. Die Akten, alle noch von Hand geschrieben, sind bei einem Feuer des Gebäudes, ausgelöst durch einen technischen Defekt, größtenteils vernichtet worden. Das heißt, zumindest von den Buchstaben M bis Z war nichts Verwertbares mehr übrig. Er findet den Namen einer ehemaligen Sprechstundenhilfe, vergessen wir mal die Schweigepflicht, es geht hier um eine polizeiliche Ermittlung. Immerhin, Frau Seifert ist ihr bekannt, immerhin, die Nierengeschichte sagt ihr was, wegen der war sie damals doch schon so gebrechlich, dass ihr Sohn immer in die Praxis kam für neue Rezepte, irgendwann wollte sie dann gar nichts mehr machen lassen, meinte ihr Sohn, sagt die Sprechstundenhilfe. Punkt für mich, irgendwas stimmt da ganz gehörig nicht, aber wir müssen es weiter ruhig angehen.

Die Schulen und Kindergärten hat Pinscher weitgehend abgeklappert, und auch die Leichen bleiben aus, doch das kommt ihm alles ganz gelegen: Vor Goranek täuscht er Geschäftigkeit vor, schreibt Seniorengruppen und Vereine an, um sie für seinen Vortrag über Einbruchsprävention zu gewinnen, und immerhin, die Schlange bei der wöchentlichen Bürgersprechstunde ist noch konstant lang. Viele ältere Leute kommen mittlerweile nur, um einen Kaffee mit Pinscher zu trinken, um ihm die Hand zu schütteln und für seinen Einsatz zu danken – war es nicht das, wovon er immer geträumt hatte? Manchmal steht Goranek morgens in seinem Büro, schließt verstohlen die Tür und fragt: Hilfst du mir beim Futter? Und Pinscher, der darauf überhaupt keine Lust hat, aber seine geheimen Ermittlungen nicht riskieren will, macht mit. So fahren sie zur Zoohandlung im Industriegebiet und laden den Kofferraum voll, Goranek erzählt und erzählt, Pinscher hört zu. Tatsache, ich bin sein einziger sozialer Kontakt jenseits seiner eintausendsiebenhundert Vögel.

Wir gehen den Dingen jetzt entschiedener nach. Natürlich, du bist überhaupt nicht objektiv: Eine Frau liegt tot im Haus deiner Kindheit, das du nicht mehr haben wolltest. Du kannst sie nicht mehr fragen, warum sie sich in euer Leben gesetzt und alles so gelassen hat, wie es war. Du kannst sie nicht mehr fragen, ob sie das alles hat kommen sehen, weil ihr Sohn ein unberechenbarer Psychopath ist. Du spinnst vielleicht nur rum, aber du bist doch auch nicht blind: An diesem einen Abend zum Beispiel, als du im Keller eigentlich nur nach der gerahmten Urkunde deines Papas stöberst, die er damals für dreißig Jahre Betriebszugehörigkeit bekommen hatte und mit der du deine Mama überraschen willst. Du ziehst etwas ungeschickt an einer Tüte ganz oben, und plötzlich reißt das morsche Regal aus der Verankerung und du wirst von Staub und Tüten und Kisten überschüttet, und plötzlich fällt dir ein Karton entgegen, weit nach hinten geschoben: lauter Packungen mit Herzmedikamenten verschiedener Art, die niemandem aus deiner Familie je gehört haben. Du liest dich ein, kein Arzt kann diese Medikamente sehenden Auges parallel zueinander verschrieben haben. Eins haben sie alle gemeinsam: In hoher Dosierung sind sie tödlich.

Er muss dabei an seine Mama denken, natürlich. Wie arglos sie morgens und abends ihre Tabletten nimmt, welche auch immer man ihr in die Hand gibt. Pinscher hat sich mal den Scherz erlaubt, ihr zwei Kaubonbons anstelle ihrer Medikamente zu geben. So große Dinger, wie soll ich die denn runterbekommen, hatte seine Mutter geklagt, er hatte es rechtzeitig aufgeklärt und sie hatten beide lachen müssen, bis ihnen die Tränen kamen. Überhaupt, das Lachen seiner Mutter trägt ihn durch dieses warme Frühjahr. Er hört es am Telefon, wenn er kleine Späße mit ihr treibt, er sieht es, wenn sie an der Eisdiele sitzen und seine Mutter ihn unvermittelt ins Bein kneift, und er spielt den Erschrockenen und schreit auf, während seine Mutter ebenso laut lacht. So selbstvergessen sind sie in diesen Momenten, so bei sich, so beieinander.

Und tatsächlich, der Sommer liegt langsam in der Luft. Pinscher unternimmt lange Spaziergänge mit Anna. Manchmal, für einige Sekunden nur, halten sie sich an den Händen, es wird verpackt in ein albernes Spiel, stell dir vor, wir gehen wieder zur Schule und jetzt nimmst du zum ersten Mal meine Hand, sie machen sich darüber lustig, sie prusten los, und manchmal sagt Anna dann doch etwas Unbedachtes wie: Zum Glück haben wir das damals nicht gemacht.

Und dann stecken sie sich gegenseitig eine Zigarette an und laufen schweigend nebeneinander her, minutenlang. Als sie an einem warmen Abend an der Lenne spazieren gehen und gerade ihre ehemalige Schule passieren, erzählt Pinscher ihr von Elsbeths Geheimnis. Das hat er bisher von ihr ferngehalten, nicht weil er ihr nicht traut, nur ist sie ab diesem Augenblick involviert, ob sie will oder nicht. Was meinst du, fragt er. Ich glaube, Doktor Seltsam war das. Wie kommst du darauf? Keine Ahnung, es ist nur so ein Bauchgefühl. Das habe ich ja auch, aber für ein Bauchgefühl kann ich niemanden ins Gefängnis stecken. Diese ganze Sache, sagt Anna, passt so gut zu dir. Auch wenn du nur durch Zufall mittendrin bist. Ich weiß, sagt Pinscher, das macht es ja so verzwickt. Ich würde mich reinhängen, sagt Anna, ich würde mit ihm sprechen. Aber wie, sagt Pinscher, ich habe ja kaum was in der Hand. Erinnerst du dich an die Abizeitung, sagt Anna. Er wollte damals Apotheker werden. Der wusste also, wie man das macht. Punkt für Anna, Punkt für Pinscher. Als er nach ihrem Spaziergang zurück in die Wohnung und zu den Wellensittichen kommt, blättert er hastig auf die entsprechende Seite: Kurt Seifert, Hobby: Fernsehen. Berufswunsch: Leute gesund machen. Seltsam, Doktor Seltsam, denkt Pinscher, es liest sich, als hätte ein Grundschüler das geschrieben.

Wir haben immer noch keine Eile, aber wir haben neue Theorien: Doktor Seltsam hat gut geplant. Er hat sich auf Eventualitäten vorbereitet und sehr genau überlegt, wer wann was tun wird. Nur konnte er nicht ahnen, dass ausgerechnet Pinscher, an den er vielleicht seit Jahrzehnten nicht mehr gedacht hat, plötzlich auftaucht und mitmischt. Dass er es tatsächlich wagt, im Keller zu stöbern. Dass er, allen Warnungen zum Trotz, in diesem Mündendorfer Sumpf herumwühlt. Klar, er hat ihm die Schlüssel gegeben, um Vertrauen zu stiften, das war ein kluger Schachzug. Und trotzdem sein größter Fehler. Noch bleiben zu viele offene Fragen: Wer war diese Elisabeth Seifert, die viel zu teuer ihre Fernseher samt Zubehör verkaufte und sich was Besseres hätte leisten können als ein schmales Mittelreihenhaus? Wie stand sie überhaupt zu ihrem Sohn? Und, das ist der größte Minuspunkt, das macht Pinschers ganzes Konstrukt im Augenblick ja so wackelig, wieso sollte Doktor Seltsam so dermaßen von allen guten Geistern verlassen sein, die eigene Mama umzubringen, obwohl sie sowieso an ihrem Krebs krepiert wäre? Die Sache mit den Medikamenten hin oder her: Das ist die schwache Stelle. Pinscher wird sich aus der Deckung wagen müssen. Der Immobilienmakler, der Apotheker, ganz zuletzt Kurt Seifert selbst: Es führt kein Weg vorbei an der direkten Konfrontation. Nur, damit setzt Pinscher alles aufs Spiel, was er liebgewonnen hat. Ja, tatsächlich liebgewonnen. Die Gänge durch die Stadt, bei deren Vorstellung ihm jahrelang ganz übel wurde, Die Leute, die er herzlich grüßt, die ihn herzlich grüßen, wenn er durch die Fußgängerzone geht. Bin ich etwa wirklich dabei, hier anzukommen? Es erschüttert Pinscher, wenn er sich diese Frage stellt, wenn er sie nach kurzem Überlegen bejahen muss. Die Umstände waren widrig, man kann sagen, man hat ihn mit brachialer Gewalt hierher gezwungen, andererseits ist Pinscher in solchen Dingen diffus abergläubisch, irgendein Schicksal wird es schon geben, und das hat ihm aus einer Laune heraus eben Mündendorf zugelost. Am Rhein hat er alles, was er braucht, um seine Unruhe zu pflegen: das unstete Schichtsystem, die Mischung aus Erregung und Ermattung, wenn er mal wieder Tote findet und Trauernachrichten überbringt, um sich danach mit frittierten Hühnerteilen den Schrecken von der Seele zu fressen, die schmuddeligen Eckkneipen, die niemals schließen und in denen die Wirte ihm sanft einen Hocker frei räumen, wenn er sich mitten in der Nacht mit dem Taxi drei Straßen weiter zum Lokal fahren lässt, weil er sich zu Fuß nicht traut, die immer anderen Schiffe auf dem Fluss, die immer anderen Ideen von einem Leben mit jemandem, und sei es nur ein Hund, die immerwährende Hoffnung, dass es ewig so weitergeht mit seiner Mama. Ein Ankommen ist in diesem Pinscherkonstrukt nicht vorgesehen, eigentlich. Er hält sich in Bewegung, er hält sich die Gespenster vom Leib. Rücken sie ihm zu sehr auf die Pelle, dann lenkt er sich ab, schreibt manisch potenzielle Partnerinnen auf Kontaktbörsen an, um sie dann doch nie zum Abendessen zu treffen, weil er mal wieder freiwillig die Spätschicht übernimmt. Das alles steht nun auf der Kippe, vollkommen überraschend. Ausgerechnet genau hier in dieser kleinen Stadt. Vielleicht ist ihm das alles noch nicht in voller Ausprägung klar, vielleicht ist das auch ganz gut so, eins aber weiß er: Er wird die Sache mit dem Haus klären müssen, endgültig. Er wird unerbittlich ermitteln, und wenn er Kurti, seinen Chef, den Schützenverein und die ganze Stadt damit gegen sich aufbringt. Irgendwas stimmt da nicht, und es muss alles stimmen, um zu bleiben. Aber was, wenn es schiefgeht, wenn er dann auch noch Mündendorf verliert? Andererseits: Jetzt kann er es nicht mehr auf sich beruhen lassen.

An einem Abend vergisst Pinscher alles, was mit Glotzen-Elsbeth zu tun hat: Er liest sich stattdessen in die Geheimnisse der Wellensittichzucht ein. Er hat ein Männchen und ein Weibchen, das könnte doch ein Anfang sein. Während er seine Pizza verschlingt und eine Flasche Wein dazu trinkt, während seine Vögel den Alten Markt in der Abendsonne beschallen, hält er plötzlich wirklich alles für möglich: Wenn die Ermittlungen in Sachen Kurti durch sind, dann könnte man doch, du bist total bescheuert, das ist der Kleinstadtkoller, aber spielen wir es mal durch, dann könnte man doch wirklich sagen: Wir kaufen das Haus zurück. Und dann lässt du es entkernen und von Grund auf renovieren. Und dann richtest du deiner Mama ein Zimmer im Parterre ein, mit ebenerdiger Dusche und Treppenlift und allem Pipapo. Und dann zeigst du es Anna, und dann gibt es kein Halten mehr.

Pinscher schüttelt sich und ist erschrocken, als würde er wieder aus einem schlimmen Traum aufwachen: Wir verhandeln immer noch nicht mit Kleinstädten. So jedenfalls nicht. Später am Abend bekommt er einen Anruf von Goranek. Er ist aufgeregt. Stell dir vor, sagt sein Chef, sie haben uns für Helsinki nominiert. Wir fahren zur Weltmeisterschaft. Das ist ja großartig, sagt Pinscher, gratuliere. Wann geht es los? Übernächste Woche. Wir bleiben gleich zwei Wochen, damit die Vögel sich akklimatisieren können, sonst fallen sie mir schon vorm Wettbewerb von der Stange. Mein Neffe kommt und kümmert sich um die Tiere.

Und dann merken wir, dass wir plötzlich doch Eile haben. Sobald Goranek die Stadt verlassen hat, wird Pinscher die Tage nutzen. Er wird alles auf den Kopf stellen, er wird tun, was er niemals getan hat, seit er bei der Polizei ist: Ermitteln ohne Angst. Elsbeths Geheimnis ist auch sein Geheimnis. Er wird denjenigen überführen, der sie umgebracht hat. Wenn sie denn jemand umgebracht hat. Aber mal ehrlich, wer will bei diesen Mündendorfer Verhältnissen daran noch ernsthaft zweifeln?

7 Pinschers Tanz

Ganz selten erdrückt sie ihn wie früher, die Mittelgebirgslandschaft. Dann ist er der alte Pinscher. Dann erinnert er sich, was er alles kann. Dann duscht er am Abend ein zweites Mal, putzt sich die Zähne, zieht eine frische Hose und ein gutes Hemd an und verlässt überstürzt seine Bleibe. Selbstbewusst geht er zum Geldautomaten der Sparkasse, mit zittrigen Fingern steckt er die Karte hinein und will alles abheben, was geht. Doch dann bleibt es bei einem überschaubaren Betrag, nein, die Zeit ist noch nicht reif für die absolute Perfektion. Er ruft sich ein Taxi und lässt sich in die Kreisstadt fahren. Seinen Polizeiausweis hat er zur Sicherheit griffbereit, falls die Türsteher vor dem einzigen Club weit und breit ihn nicht einlassen, aber er hat ihn bislang tatsächlich noch nicht gebraucht. Er stellt sich vor, wie er an der Bar steht und angesprochen wird. Es muss ja gar nichts passieren, eine innige Umarmung, ein rasch vertrautes Lächeln, maximal ein Kuss, andere Erwartungen gibt es nicht. Aber wer sollte ihn ansprechen, diesen unsicheren, krumm an der Bar stehenden Typen in weißem Hemd und mit zerschlissener Lederjacke, der unentwegt in das Glas vor sich starrt? So geht das mehrere Stunden lang. Einen Gin Tonic nach dem anderen trinkt Pinscher, schaut ab und zu auf die Tanzfläche, schämt sich dann aber schon wieder allein dafür und wippt leicht mit dem Kopf, sein kleiner privater Exzess. Erst bereut er es, nicht doch alles abgehoben und auf Farben gesetzt zu haben, aber spätestens nach dem fünften Drink, wenn es schon tiefe Nacht geworden ist, scheint alles möglich zu sein. Mit einer plötzlichen Bewegung reißt er sich die Lederjacke vom Leib, wirft sie auf den Barhocker, stürmt auf die Tanzfläche und bewegt sich wüst. Das kleinstädtische Publikum ist amüsiert, aber sie lassen ihn in Ruhe, so ganz geheuer ist ihnen dieser Ausbruch nicht, Pinscher bekommt davon kaum noch etwas mit. Er verausgabt sich vollkommen. Sein Hemd, seine Hose, selbst seine Socken, alles ist nach ein paar Minuten durchgeschwitzt. Dabei ist Pinscher nicht alles egal, im Gegenteil: Er muss so viel trinken, damit er tanzen kann. Und er muss so wild tanzen, damit er keine Gelegenheit hat, sich zu schämen. Nach solchen Nächten wird es draußen schon wieder hell, wenn Pinscher den Club der Kreisstadt verlässt. Niemand spricht ihn an, aber darum geht es in diesem Stadium schon lange nicht mehr. Meistens bittet er den Taxifahrer auf dem Rückweg, noch an der Tankstelle zu halten, wo er für sich und für ihn jeweils einen Kaffee und ein Croissant kauft. Wenn sie dann im Taxi sitzen, ihre Croissants in den Kaffee stippen und sich müde voneinander erzählen, dann ist die Enge ganz und gar verschwunden, ist da keine Zerrissenheit mehr, dann hat Pinscher nach durchtanzter Nacht wieder die Zuversicht, genau zur richtigen Zeit am richtigen Ort zu sein. Außerdem gibt es ja noch die Freitage.

8 Pinschers Rituale

Pinscher drückt einen zwei Zentimeter langen Streifen aus der Tube ins Waschbecken, genau nach Anleitung. Dann reibt er mit der Bürste in die neuralgischen Stellen seiner Kleidungsstücke mehr Reisewaschmittel, den Achselpartien der Oberbekleidung widmet er sich mit besonderer Hingabe.

Er hätte in diesem Frühjahr manchmal gern die Zeit angehalten. Nicht für immer und ewig, das wäre ja auch wieder furchtbar, aber wenigstens für einige Stunden. Die Fenster seiner Bleibe, die längst schon keine Gästewohnung mehr ist, stehen offen. Auf dem Alten Markt unter seinem Fenster spielt eine Altherrenband Dixieland-Jazz. Die Wellensittiche Bubi und Bubi haben sich längst eingelebt, könnten sie sprechen, würden sie steif und fest behaupten, nie woanders gewesen zu sein als hier. Sie springen aufgeregt im Käfig hin und her, sie zwitschern fröhlich und dissonant in die Musik hinein. Eine Bierbude ist aufgebaut, Pinscher beobachtet die ausgelassenen Menschen, was hier so viel heißt wie: Man wippt mit dem Fuß mit. Ein Freitagabend in der kleinen Stadt.

Es wird nichts Großartiges mehr passieren. Und genau deshalb wünscht Pinscher sich, die Zeit anzuhalten. Er hat seine Routinen, dazu gehört, dass er an jedem Freitag Kleidungsstück für Kleidungsstück im Waschbecken wäscht und auf einer provisorischen Leine aufhängt, die er quer durch das ganze Zimmer spannt. Dabei ist er penibel und es kann ihm nicht langsam genug gehen. Während er seine Hemden einweicht, einige davon Geschenke seiner Mutter aus dem neu eröffneten Modepark, die Pinscher hinter ihrem Rücken immer selbst bezahlt, denkt er darüber nach, warum er ausgerechnet an diesen Freitagen so glücklich ist. Er landet gleich bei seinem Papa. Die Erinnerungen an den Anfang des Wochenendes haben sich eingebrannt. Ganz früh schon. Wenn die Kiste Bier angebrochen und die Packung vermeintlich guter Marlboro-Zigaretten aufgemacht wurde, nicht das billige Kraut aus dem Globus, das er die Woche über rauchte. Sein Papa saß auf der Terrasse, jeden Freitag, er schaute aufs Mittelgebirge und schmiss manchmal den Grill an, er hörte den ereignislosesten Radiosender von allen, der tagsüber Schlager spielte und abends genau den altmodischen Dixieland-Jazz, der draußen geboten wurde. Pinscher weiß noch, wie er als kleiner Junge die feisten und zerschundenen Pfoten seines Vaters anstarrte, die nannte der Papa selbst so, obwohl er da noch ganz und gar lebendig war. Pinscher hatte keine Vorstellung davon, wie schwer eine Arbeit sein muss, um solche Hände zu bekommen. Der Freitagabend war das Versprechen auf ein feierliches Wochenende. Samstags kauften sie zusammen ein, Pinscher spekulierte auf einen Entenhausen-Comic und bekam ihn auch. Nachmittags hörte der Papa Fußball im Radio, während er zusammen mit der Mama den Garten machte. Diese Rituale, das wurde Pinscher erst später klar, als er beruflich mit hart arbeitenden Leuten dieses Kalibers zu tun hatte, hielten seinen Vater überhaupt über Wasser. Auch der Alkohol, natürlich. Eine bis anderthalb Kisten Bier von Freitagabend bis Sonntagmittag, eine Flasche Korn dazu, gewissermaßen *en passant*, und sonntags einen Liter Winzerschoppen aus dem Tetrapack, zum Runterkommen, wie sein Vater das nannte. Jeden Sonntag ein Ausflug mit Pinscher, zu einem Feuerwehrfest, zu einer Vogelausstellung, zu einem Bauernmarkt, wobei die Sache für Pinscher nur dann wirklich spannend war, wenn es eine Tombola gab, wenn er davon träumen konnte, mit dem richtigen Los den Hauptpreis zu gewinnen. Ein einziges Mal passierte es, der Hauptgewinn. Da war er schon fast ein Jugendlicher, und er brachte seiner Mama mit unendlichem Stolz einen kleinen Brotbackautomaten nach Hause, aus Familienperspektive ein kostbares Luxusgut. Manchmal gingen sie auch einfach nur in die Pilze, Wiesenchampignons und Hallimasche, die Pinscher nicht aß und denen er trotzdem mit Ehrgeiz nachjagte. Manchmal kannte sein Papa geheime Stellen, an denen sie nicht lange warten mussten und wo sie reihenweise Rehböcke beobachten konnten, ab und zu ein Wildschwein, mit viel Glück sogar mal eine Hirschkuh. Das alles schießt Pinscher durch den Kopf, während er seine Unterhosen und Socken auswringt, zwischendurch einen Schluck von seinem Weißwein nimmt, den er freitags trinkt, nie mehr als zwei Gläser, auch wenn ihm das kein Mensch glaubt. Die Wellensittiche zwitschern in die kurzzeitig eingetretene Stille hinein. Das Kleinstadtpublikum applaudiert, Pinscher geht zum Fenster und klatscht mit. Einige der Zuschauer winken ihm zu wie einem alten Bekannten, nein, er ist jetzt der alte Bekannte.

Anstatt über eine Terrasse samt Reihenhaus verfügt er über eine leidlich große Ein-Zimmer-Bleibe, immerhin auch mit Blick aufs Mittelgebirge. Wie sehr er seinem Papa eigentlich nacheifert. Der wusste zwar nichts von Angst, außer in den Nächten, wenn er im Traum wimmerte und am

Morgen darauf erzählte, er habe wieder von Bunkern und Bomben geträumt, die aufs Ruhrgebiet fielen, als er im Kindergartenalter war. Trotzdem ähnelten sie einander mehr, als Pinscher sich lange Jahre hatte eingestehen wollen. Kein einziger Fehltag wegen Krankheit, und das jahrzehntelang. Ein endloser Jähzorn, der ebenso schnell wieder in Mitleid umkippen konnte.

Während Pinscher die letzten T-Shirts auf die Leine hängt, findet er die Ähnlichkeit frappierend. Erst hier in Mündendorf fällt ihm das auf: Warum bringt er seine Wäsche nicht einfach in die Reinigung oder kauft sich eine kleine Waschmaschine, die man über Kleinanzeigen doch sofort wieder loswerden würde? Auch in der Stadt am Rhein hatte er Routinen, aber das kann man nicht vergleichen: Das indische Lokal, bei dem er jeden Freitag bestellte, wusste irgendwann, dass er eine Zusatzportion Panir in seinem Essen nimmt und eine doppelte Menge Brot, und sobald es draußen lange genug hell war, setzte Pinscher sich an den Fluss, sah den Möwen und Halsbandsittichen nach und verharrte rauchend und schweigend dort, bis er das erste Containerschiff in Richtung Rotterdam entdecken konnte. Und doch, dort hatte er sich das nie gewünscht: die Zeit in die Länge zu ziehen, obwohl nichts passiert, gar nichts.

Genau wie sein Vater hatte Pinscher also kein einziges Mal wegen Krankheit gefehlt, selbst schwer erkältet hatte er seine Schichten durchgezogen. In diesem Punkt war er sogar noch konsequenter als sein Papa: Hinter seinem Rücken, davon ist er überzeugt, hatte man sich darüber lustig gemacht, dass Pinscher Jahr für Jahr seine Urlaubstage verfallen ließ, maximal für den Besuch seiner Mama hatte er freigenommen. Ein einziges Mal, das ist schon einige Jahre her, hatte Pinscher es ja versucht: drei Wochen am Stück frei, eine opulent geplante Reise nach Irland, wie er sie sich als Jugendlicher immer erträumt hatte. Zuerst mit dem Zug nach Frankreich, dann mit der Fähre über Nacht auf die Insel, beim Ablegen hatte er wie ein Kind in seiner Kabine gestanden, sich wie ein Abenteurer gefühlt. Und obwohl er Abend für Abend durch die Vorstadt-Pubs zog und viel mehr Guinness trank als die Einheimischen, obwohl er Leute kennenlernte und sie spätestens ab dem dritten Abend sogar mit ihm rechneten, fühlte er sich von Tag zu Tag einsamer – genau dieser Einsamkeit hatte er mit der Reise etwas entgegensetzen wollen. Aber so ging das nicht. Spätestens in Belfast spürte Pinscher eine große Ermüdung: Während eines Tagesausflugs durch die nordirische Natur wurde er im Bus neben einem immens dicken amerikanischen Touristen platziert. Die beiden einzigen Alleinreisenden. Pinscher schämte sich fürchterlich. Da er nicht wesentlich weniger Platz brauchte als sein Nachbar, bot der Fahrer ihm den Sitz des Reiseführers direkt neben ihm an, was Pinscher noch Jahre später peinlich war. Am Abend nach der Rückkehr buchte er seine Fährfahrt um, war eine Woche zu früh wieder daheim, wurde auf der Stelle krank, hohes Fieber und schwerer Husten, und kam erst an seinem letzten Urlaubstag wieder richtig auf die Beine. Du brauchst eine Frau, riet ihm der nervige Achenbach in der Frühbesprechung. Nein, sagte Pinscher nur zu ihm, und bei sich dachte er: Vielleicht doch, aber das ist nicht das Thema.

Mittlerweile hat sich der Alte Markt geleert, Pinscher hängt den Vogelkäfig sachte an den Nagel neben der kleinen

Küchenzeile und legt eine Decke über die zeternden Wellensittiche. Sie verstummen und schlafen auf der Stelle ein. So ist das also mit den Ritualen, denkt Pinscher, und gießt sich sein zweites Glas randvoll ein.

Als alles aus den Fugen geriet, da konnte Pinscher endlich benennen, was vorher nur ein Gefühl gewesen war: Die Routinen fielen erst ins Gewicht, als es sie nicht mehr gab. Als die Mutter komatös im Krankenhaus lag, mehr tot als lebendig. Später dann, als der Vater binnen kürzester Zeit Tag für Tag weniger wurde, war es noch schlimmer. Das Leben zerbröselte ihnen zwischen den Fingern. Ein Schrecken ohne Ende, der Pinscher noch heute in den Knochen sitzt. Hätte er damals die Wahl gehabt, denkt er, während das letzte Licht über der Mittelgebirgslandschaft schwindet, er hätte das lieber mit einem Fingerschnips erledigt: Der Papa wird krank – der Papa ist weg. Die Mama wird krank – die Mama wacht im Seniorenheim wieder auf. Kein schmerzvoller Übergang, kein Leiden, kein Weg dahin. Denn der war schlimmer als das Resultat. Und deshalb, denkt Pinscher jetzt, fällt ihm seine Arbeit ja so leicht: Es gibt nur den Moment, du musst nichts durchleben, nicht das Vorher, nicht das Nachher. Du bist derjenige, der den Augenblick der stehenden Zeit abschöpft. Mit dem Rest hast du nichts zu tun.

Und plötzlich, Pinscher lässt fast die Flasche Wein fallen, deren Etikett er nervös abknibbelt, weiß er alles, sieht er alles, wie früher als Kind: Doktor Seltsam braucht gar kein weiteres Motiv, um die eigene Mutter über den Jordan zu schicken. Er hat sie nicht ihrer Qual wegen umgebracht, sondern ausschließlich wegen seiner eigenen. Er vergiftet die Mutter, beerdigt sie, fährt in den Urlaub, und alles geht weiter seinen Gang. Den Laden aufschließen, den Laden zuschließen, dienstags auf die Kegelbahn und freitags in den Schützenverein. Kein Leiden, kein gar nichts. Er hat die Kontrolle an sich gerissen.

Pinscher gießt sich entgegen seiner Freitagsgewohnheit ein drittes Glas Wein ein und stürzt es herunter: Diese Theorie ist ganz und gar stimmig. Kurti hat über seine Mutter entschieden, und zwar mit einem Fingerschnips über ihren Kopf hinweg.

9 Weiches Wasser

Er geht den Weg zurück aus dem Neubaugebiet. Er kommt durch die bessere Gegend, das Beverly Hills von Mündendorf, wie die Leute sagen. Er schaut nicht in die schmalen, dunklen Gassen mit den verglasten Wundern kleinstädtischer Neunziger-Architektur, er übersieht die bewundernswert makellosen Sportwagen, an denen er sich sonst festhält, das hier ist eine reiche Gegend, was soll dir schon passieren? Kein panischer Blick nach links oder rechts. Er beißt sich nicht mal die Innenseite seiner Unterlippe blutig. Auch nicht, als er den schwach beleuchteten Pfad an der Kleingartensiedlung entlang nimmt, wo ihn niemand hören würde. Er verweigert sich dem Film, den er schon hundertfach gesehen hat: Wie es gleich zur Begegnung kommt, die für ihn ein schlechtes Ende nimmt, zwangsläufig.

Was machen die Wellis, fragt Goranek, als er eines Morgens in Pinschers Büro kommt. Pinscher schafft es gerade noch, die Mappe mit den gesammelten Unterlagen zur Causa Seifert in die Schreibtischschublade zu schieben. Sie blühen richtig auf, sagt Pinscher, sie machen mir viel Freude. Das ist schön, mein Freund, sagt Goranek, der jünger aussieht als sonst: frisch frisiert, das Grau rausgefärbt aus den Haaren, das Hemd gebügelt, das Gesicht strahlend. Goranek schaut sich um, schließt die Tür und spricht im Flüsterton weiter: Morgen geht es nach Helsinki, vielleicht kommen wir als Weltmeister zurück. Pinscher nickt und lächelt: Verdient hättest du es. Was machst du mit deinen anderen Tieren? Mein Neffe kommt für die Woche. Das ist gut, sagt Pinscher. Ist denn sonst noch was? Wir müssen Futter kaufen, sagt Goranek. Wie selbstverständlich formuliert er sein Ansinnen. Aber vorher habe ich noch was für dich. Kannst du dich darum kümmern? Sein Chef reicht ihm einen dicken Schnellhefter, randvoll mit handgeschriebenen Briefen und Dokumenten. Das ist unser Sorgenkind, sagt Goranek. Der Erwin. Den haben wir seit Jahren an der Backe. Mal sind die Geheimdienste hinter ihm her, dann wird er über Mobilfunkmasten nach und nach frittiert, im Sommer beschießen ihn Gartenzwerge mit verseuchten Giftpfeilen. Gerade wieder ganz schlimm, diesmal ist es der Strom. Er ruft auf der Wache an und beim Bürgermeister, schreibt Briefe, schleicht durch die Stadt und macht den Leuten Angst. Was ist da los, sagt Pinscher. Die netten Leute sagen, leichte Altersdemenz. Die weniger netten Leute meinen, schwer bekloppt. Goranek lacht. Standard-Sachverhalt also. Jetzt hat er behauptet, sie vergasen ihn. Durch die Steckdosen. Bald bringt er sich um und nimmt noch ein paar mit, hat er gedroht. Aber das macht der nicht, das sagt der seit Jahren und kommt dann doch kleinlaut vorbei und entschuldigt sich. Und weiter, sagt Pinscher. Mach eine Gefährderansprache mit ihm, lass ihn das unterschreiben, keine Leute umbringen und auch nicht sich selbst, und dann tu irgendwas. Wie meinst du das, irgendwas? Keine Ahnung, du hast die Ahnung. Auf dich hören die Leute. Du bist für die der gute Bulle. Der soll sich beruhigen, und das kannst du, ihn beruhigen. Der Typ macht mir die Leute verrückt. Pinscher zögert. Okay, sagt er dann, mir ist schon was eingefallen. Danke dir, sagt Goranek, mach das später, jetzt fahren wir schön in den Baumarkt.

Nachdem Pinscher säckeweise Kaninchenfutter und Vogelsand in die Ställe seines Chefs geschleppt hat, sitzt er mit den Unterlagen zu seinem neuesten Fall vor der Eisdiele. Er trinkt einen Espresso, isst seinen Amarenabecher und blättert durch die schier endlosen Anzeigen von Erwin Gruber. Rentner mit recht gutem Auskommen, früher Lkw-Fahrer bei den Stahlwerken, alleinstehend. Scheinbar wie aus dem Nichts psychisch auffällig, irgendwo gibt er den Tod der ihm nahen Schwester als Urgrund allen Übels zu Protokoll, aber welche Rolle spielen schon noch Gründe, wenn einer der Welt abhandenkommt? Immer haarscharf an der Grenze zu Selbstgefährdung und Fremdgefährdung, ein armer Hund, das Resultat von tief sitzendem Aufmerksamkeitsdefizit und bodenloser Angst. Wie sollte Pinscher ihm das vorwerfen? Immerhin kein Nazi, immerhin keiner, der die Nachbarn bedroht, er läuft einfach durch die Stadt und verkündet das nahende Ende wie ein mittelalterlicher Prediger. Der normale Ablauf in solchen Situationen: Man fährt hin, erkundigt sich, stellt sachlich den Stand der Dinge fest, liegt hier ernsthaft Selbstgefährdung oder Fremdgefährdung vor, der Rettungswagen samt Notarzt wird gerufen und bestätigt die Vermutung, also Einlieferung in die Psychiatrie, bis zum nächsten Mal. Oft hat Pinscher erlebt, dass das nächste Mal irgendwann ausbleibt, gerade solche Grubers liegen einfach tot in der Bude in ihrer preiswerten Funktionskleidung, mal spielt das Herz nicht mehr mit, mal das Gehirn, mal alles gleichzeitig. Und so stellt sich am Ende heraus, dass ihre Angst berechtigt war, denn der Tod, so natürlich er auch kommt, wird zum allerletzten Triumph ihrer zu Lebzeiten vorgetragenen Panik. Selbst der im Sterben verkrümmte Leichnam scheint noch eine Hand in die Luft zu heben, den Zeigefinger gen Himmel zu recken, seht her, ich habe nicht gelogen, jetzt hat es mich erwischt.

Wie absurd diese Gedanken sind, während er die letzte Amarenakirsche mit dem Löffel aus dem Becher fischt, sich eine Zigarette ansteckt und noch einen Espresso bestellt. Absurd, weil er sich so sehr am Leben fühlt. Als er sein Telefon nimmt und mit Herrn Gruber sprechen will, leuchtet die Nummer seiner Mama auf dem Display auf: Sie ruft ihn heute schon zum siebten Mal an, und wieder wird er nicht rangehen. Pinscher hat sich mittlerweile klare Regeln verordnet, weil es sonst ausufert: ein Telefonat am Tag, alle zwei Tage ein Besuch, alle drei Tage ein Ausflug in den Modepark, an die Eisdiele oder zum Kleinstadtasiaten. Selbst wenn sie gerade erst telefoniert haben, ruft sie manchmal direkt wieder an, spielt entweder geschickt vor oder glaubt tatsächlich, dass sie sich längere Zeit nicht gehört hätten. Und immer der gleiche Wortlaut ihrer Nachrichten auf der Mailbox: Hallo Peterle, hier ist die Mama, kannst du mich nicht mal anrufen? Du weißt doch, dass ich gerade im Altersheim bin. Danke, mein Junge. Pinscher achtet sorgfältig darauf, die Nachrichten seiner Mama nicht mehr zu löschen. Mehr als achtzigmal hat er ihre Stimme schon konserviert. Mehr als achtzigmal hat es ihm ein schlechtes Gewissen gemacht.

Erwin Gruber geht ans Telefon und wirkt höflich und aufgeräumt. In größtmöglicher Sachlichkeit und mit präzisen Details bekräftigt er, was Pinscher schon den Akten entnommen hat: Vor einigen Wochen habe er Schabegeräusche in der Wand gehört und sich schon gedacht, dass es jetzt wieder losgehe. Dünne Schläuche seien über die Außenwand durch diverse Kabelschächte in seine Steckdosen gelegt worden. Seitdem besonders abends Bewusstseineintrübungen und zunehmende Migräneattacken, er werde, sagen wir es auf gut Deutsch, sagt Gruber, systematisch vergast. Aber warum sollte man das tun, hat man was gegen Sie in der Hand, fragt Pinscher. Gruber lacht mit seiner heiseren, alten Stimme: Ach, Herr Kommissar, das muss gar nicht sein. Ich wohne zur falschen Zeit am falschen Ort. Also ein Zufallsopfer, hakt Pinscher nach. Tut mir leid, das ist doch Ihre Aufgabe, das herauszufinden, sagt Gruber, immer noch von geradezu zuvorkommender Freundlichkeit. Und Pinscher hat ja eine Idee. Du bist der gute Bulle. Auf dich hören die Leute. Da müssen wir mit dem ganz großen Besteck ran, sagt Pinscher. Sag ich doch die ganze Zeit schon, ruft Gruber, mit Ihnen kann man reden. Ich spreche nachher mit dem LKA und leite alles in die Wege, sagt Pinscher. Sie sind meine Rettung, sagt Gruber. Ich werde bei Ihnen allerdings Spuren sichern müssen, selbstverständlich allein, wir wollen ja nicht auffliegen. Selbstverständlich nicht, sagt Gruber. Sind Sie gleich daheim? Schlecht, sagt Gruber, ganz schlecht, dann lassen wir das besser, will schon auflegen und entwischt Pinscher fast: Schlagen Sie was vor, wir brauchen nur ein bisschen Vorlauf bei so einer umfangreichen Ermittlung. Wenn Sie kommen wollen, raunt Gruber, dann spätabends. Sie leiten immer ab Sonnenuntergang ein, das geht zirka eine halbe Stunde so. Wenn die Sonne weg ist, wenn Sie unbeobachtet sind, dann kommen Sie. Ich will Sie nur nicht gefährden. Okay, sagt Pinscher, und kann selbst kaum glauben, was er da vorschlägt, dann bin ich am Abend bei Ihnen. Gegen halb zehn? Aber kommen Sie allein, sagt Gruber, wir wissen nie, was ihre nächsten Schritte gegen uns sind. Pinscher will ihn noch weiter in ein Gespräch verwickeln, herausfinden, was ihn erwartet, wenn er allein die Souterrainwohnung des verkommenen Neubaus am Rande der Kleinstadt betritt, aber Gruber hat schon aufgelegt.

Am Nachmittag sucht Pinscher auf der Dienststelle in den Metallschränken auf dem Flur nach dem passenden Material, findet aber nur mehrere Packungen Toilettenpapier anstelle von kriminaltechnischer Grundausstattung. Goranek hat schon Feierabend, und auch die drei Kollegen im Gemeinschaftsraum erweisen sich als keine Hilfe, wie immer: Auf seine Fragen reagieren sie mit Schulterzucken. Nimm dir einen Kaffee, wir geben einen aus, sagt einer der Uniformierten, der da hat sich nämlich ein neues Auto gekauft. Der Kollege mit dem neuen Auto nickt zufrieden vor sich hin, und Pinschers abermalige Frage nach der KT-Ausrüstung wird einfach ignoriert.

Dann eben zwei Fliegen mit einer Klappe, denkt Pinscher, und geht zu Fuß in die Himmelsapotheke an der alten Feuerwache. Hier war er, wenn er die Medikamente für seine Mama besorgen musste, die sie nach dem Eingriff am Gehirn regelmäßig brauchte. Und einmal holte er, verzweifelt und mit Tränen in den Augen, starke Schmerzmittel für seinen Papa, die man nicht mal mit dem normalen Rezept bekam. Daran denken wir jetzt nicht, wir haben dringende Fälle vor uns: zuerst der einfache Teil. Pinscher kauft zehn Reagenzgläser mit Stopfen, dazu Pipetten und Lackmuspapier, kurzum, die Teilausstattung eines Chemiebaukastens für Kinder. Danach erst kommt er zur Sache und fragt nach Elisabeth Seifert. Die habe man vor ihrem Tod jahrelang nicht mehr gesehen. Der Sohn sei immer gekommen und habe regelmäßig Grüße ausgerichtet. Der Apotheker kramt in alten Unterlagen und findet Kopien von Rezepten, die man routinemäßig anfertigte, als mal ein ganzer Schwung roter Scheine auf dem Transportweg zur Abrechnungsstelle verloren gegangen war. Auch einige Elisabeth Seifert zuzuordnende Kopien sind noch da. Allesamt mit zwei schmalen Strichen unterschrieben, die dem verschollenen Hausarzt nach Aussage des Apothekers zu eigen waren. Halten Sie das denn für fälschungssicher, fragt Pinscher, aber der alte Apotheker hebt nur die Arme und lacht, was meinen denn Sie? Wer Böses will, wird Böses tun. Haben Sie etwa einen Verdacht? Um Gottes willen, sagt Pinscher, absolute Routinebefragung, furchtbar langweilig. Der Apotheker nickt. Na dann, viel Freude mit Ihren Experimenten, sagt er und deutet auf die Reagenzgläser. Und sagen Sie mal, wie geht es eigentlich Ihrer Mutter?

Zurück in seinem Büro, das zuerst als Gewahrsam und dann als Rumpelkammer diente, muss er nicht mehr lang suchen. Er zieht einen kleinen staubigen Koffer vom Metallregal in der Ecke, auf dem in altmodischen Klebebuchstaben »Kriminaltechnik« steht. Er pustet den Staub vom Koffer und muss husten, öffnet ihn und ist wenig überrascht: ein Versteck. Fünf leere Wodkaflaschen, sonst nichts. Er stellt das Leergut sichtbar neben seinen Schreibtisch, die Vorstellung, einer der Kollegen könnte ins Büro kommen und falsche Schlüsse daraus ziehen, macht ihm Freude. Dann packt er die in der Apotheke gekaufte Grundausstattung des Kinderchemiebaukastens in den Koffer. Dazu noch einen viel zu kleinen Overall, mittlerweile eher gelblich als weiß, der ebenfalls zusammengeknüllt im Regal liegt.

Goranek hat sich jetzt schon längst in Richtung Helsinki verabschiedet, aber heute wird Pinscher nichts weiter unternehmen in Sachen Glotzen-Elsbeth, die Beweisaufnahme läuft ihm nicht weg, und außerdem hat er gerade eine andere Mission. Bis zum Abend sitzt er im Büro, durchstöbert nach vielen Monaten wieder einschlägige Tierheimseiten, will Anna einen Link zu einer besonders hübschen Hündin aus einem moldawischen Tierheim schicken, lässt es aber lieber bleiben. Nichts überstürzen, er hat im Gefühl, dass sich die Dinge in dieser Hinsicht von allein fügen werden. Später holt er sich im *Cefalù* noch eine Pizza, isst sie vor dem Computer, löscht seine Profile bei diversen Datingportalen und macht sich zufrieden auf den Weg zu Erwin Gruber. Seine Waffe vergisst er, das ist ärgerlich, denn er fürchtet sich weniger vor Gruber als vielmehr vor dem Weg zurück: Was treibt ihn eigentlich dazu, nach Einbruch der Dunkelheit zu

Fuß zu gehen? Macht er das nur, um Anna zu beeindrucken, wenn er in der nächsten Sitzung davon erzählen kann? Der Hinweg ist kein Problem. Auch in Mündendorf schließen die großen Läden erst nach acht. Ein milder Frühlingsabend, noch genug Autos auf der Straße und Leute in den Gärten. Pünktlich um halb zehn steht er vor der Tür des Hochhauses. Noch bevor Pinscher klingelt, geht der Türsummer.

Hier unten, flüstert die heisere Stimme, die er schon vom Telefon her kennt und die ihn im direkten Kontakt noch mehr rührt. Sie erinnert ihn an Väter, obwohl Erwin Gruber kinderlos ist. Sind Sie allein? Selbstverständlich. Ein kleiner und zerbrechlich wirkender Mann. Gruber drückt ihm fest und verbindlich die Hand, zieht ihn zu sich herein. Starker Aftershave-Geruch schlägt Pinscher entgegen, Sie können gern Erwin sagen, Gruber muss sich kurz vor Pinschers Ankunft frisch rasiert und ein gutes Hemd angezogen haben. Sie müssen entschuldigen, sagt Gruber, die Sicherungen sind raus, Sie wissen ja warum. Und tatsächlich, Pinscher betritt den schummrigen Eingangsbereich, überall flackern Kerzen. Ansonsten ist die Wohnung das Gegenteil dessen, was Pinscher erwartet hätte – oder die exakte Bestätigung dessen. Keine Messiebude, ein akkurat aufgeräumter Flur. Mit exakt gleichem Abstand nebeneinander angebrachte, gerahmte Scherenschnitte. Szenen vom Leben auf dem Land, wie es sie früher im Versandhauskatalog gab (Pinscher kennt sie, die hatten sie auch daheim). Ein von allen überflüssigen Details befreites Wohnzimmer, ebenfalls nur von unzähligen Kerzen beleuchtet, das mehr an eine etwas in die Jahre gekommene Ferienwohnung erinnert kurz vor dem Eintreffen der Gäste. Warum wohnen Sie so weit unten, will Pinscher wissen. Könnte mir auch was anderes leisten, aber hier ist man schnell raus. Herr Kommissar, wir haben viel zu besprechen. Pinscher presst die Lippen zusammen, nickt, lässt sich auf das Sofa gleiten und legt sein präpariertes Köfferchen auf den Oberschenkeln ab. Er lässt es aufschnappen, wie man es sonst von Versicherungsvertretern kennt. Dann fangen wir mit dem unerfreulichen Teil an, Herr Gruber. Sagen Sie doch bitte Erwin. Sie müssen mir das hier unterschreiben. Und Sie müssen versprechen, weder sich noch andere Leute umzubringen. Haben Sie das verstanden? Gruber schaut mit trübem Blick auf einen Punkt über dem Sofa. Ich hab schon wieder Kopfschmerzen, sagt Gruber. Und Sie sind auch nicht besser als der Rest. Unterschreiben und versprechen Sie mir das, sagt Pinscher, sonst geht der Koffer wieder zu, Erwin. Nein, bitte nicht, sagt Gruber, geben Sie her. Und dann kneift er die Augen zusammen, liest im flackerigen Kerzenschein die Bestätigung der polizeilichen Gefährderansprache und unterschreibt mit erstaunlich geschulter Handschrift. Ach so, haben Sie zufällig Ihren Ausweis für mich da, fragt Pinscher. Natürlich, sagt Gruber, das müssen Sie ja machen, ich kenne doch das Geschäft, und wirkt wieder so kooperativ wie am Telefon. Gruber kommt zurückgeschlurft, er hat zwei Plastikflaschen Bier dabei und stellt sie auf den Tisch: Nur wenn Sie wollen, ist ja schon spät. Ich bin im Dienst, Erwin, sagt Pinscher. Dienst ist Dienst und Schnaps ist Schnaps, sagt Gruber und schiebt Pinscher seinen Ausweis hin: So ruhig bin ich normalerweise nicht. Ich auch nicht, Erwin, sagt Pinscher. Gruber lächelt wieder verlegen, verdammt noch mal, denkt Pinscher, es macht mich verrückt, wenn sie immer so sind wie Mama oder Papa. Ich werde Ihnen jetzt einige Fragen stellen, Sie müssen nicht darauf antworten. Sie sind also achtundsiebzig Jahre alt? Ja. Nehmen Sie Hilfe in Anspruch, Pflegedienste oder sonst was? Nein. Nehmen Sie Tabletten? Ja. Helfen die? Ja. Nehmen Sie die regelmäßig? Nein. Vergessen Sie die Tabletten also öfters? Ja. Sind Sie viel allein? Gruber dreht den Kopf zur Seite, damit Pinscher ihm nicht in die Augen sehen kann. Er antwortet nicht.

Na gut, sagt Pinscher, stellt den Koffer neben sich und klatscht in die Hände, dann wollen wir mal. Von wo kommt das Gas? Aus den Steckdosen hier im Wohnzimmer. Nur von hier? Ja, nur von hier. Dann passen Sie jetzt bitte auf und halten Sie ausreichend Abstand, das Ganze ist nicht ungefährlich. Und hätten Sie wohl noch ein Wasserglas für mich? Was dann folgt, ist Pinschers größter Auftritt. Er übertrifft jedes Puppenspiel im Kindergarten, jeden Vortrag in der Schule, ja, sogar seine Trauerrede für die unbekannte Bürgerin. Ein Jammer, denkt Pinscher, dass niemand das sieht außer Herr Gruber. Zuerst zwängt er sich in den viel zu engen Kriminaltechnik-Overall und muss aufpassen, dass Gruber sein Lächeln nicht sieht. Mit viel Kraft gelingt es ihm, den Reißverschluss zuzuziehen. Noch ein paar blaue Plastikhandschuhe, und er ist einsatzbereit. Mit dem Reagenzglas in der Hand kniet Pinscher sich hin. Hält es dicht an die Steckdose in der Wand. Fächert ein wenig hinein ins Gefäß. Simuliert geschäftige Eile, pipettiert ein wenig Wasser auf das vermeintlich aufgefangene Gas und verschließt das Gefäß mit einem Stopfen. Durch das schummerige Licht hat der ganze Vorgang etwas von einem geheimen Ritual. So geht er Steckdose für Steckdose ab, bis zehn Reagenzgläser verschlossen auf dem Tisch liegen, nicht mehr enthaltend als Wasser und Luft. Mit dem Lackmuspapier wird er gleich unter dem staunenden Blick des Erwin Gruber die Härte seines Leitungswassers bestimmen. Aber zuerst, während der Wartezeit des aufwendigen chemischen Prozesses, wie Pinscher es nennt, erklärt er dem erstaunten Herrn sein Vorgehen. Das hier, Erwin, ist die hohe Kunst der Kriminaltechnik. Darüber dürfen Sie nicht reden, so neu ist das. Damit können wir alle Arten von Gas erkennen, und auch im Krieg, sagt Pinscher und spricht absichtlich leiser, weisen sie so heutzutage Giftgaseinsatz nach. Was auch immer sie hier einleiten, sagt Pinscher, wir werden es finden. Das ist wirklich großes Besteck, sagt Gruber, aber sagen Sie, was kostet das denn alles? Muss ich das nachher bezahlen? Pinscher winkt ab: Hier liegen ja wohl ausreichend Verdachtsmomente vor. Sollte ich was finden, dann rücken die Kollegen an und bringen uns in Sicherheit. Um jedes Risiko auszuschließen, schicken wir die Proben gleich morgen auch noch ans LKA. Gruber schluckt. So ein Aufwand. Gewissenhaft taucht Pinscher einen Lackmuspapierstreifen nach dem anderen in die Reagenzgläser. Das Resultat ist ein pH-Wert, der den guten Ruf des weichen Mündendorfer Trinkwassers bestätigt. Negativ, sagt Pinscher, negativ, negativ, negativ, negativ, negativ, negativ, negativ, negativ – und negativ. Zehnmal kein Gas, Erwin. Und bevor Sie fragen, wir würden auch Restbestände finden. Gruber nickt resigniert, Pinscher kann nicht einschätzen, ob gespielt oder nicht, ob und welche Tabletten er möglicherweise früh genug vor Pinschers Ankunft genommen hat.

Im Zweifelsfall gar keine, denkt Pinscher, im Zweifelsfall

braucht es diesen einen Abend, um ihn zu kurieren. Gruber ist derweil im Flur, dreht die Sicherungen wieder rein, die ganze Wohnung ist jetzt hell erleuchtet, der Zauber ist vorbei. Wie ein geschlagener Hund hinkt er zurück ins Wohnzimmer. Er sagt nichts mehr, hat sein Bier aufgemacht und auch den Verschluss von Pinschers Plastikflasche gedreht. Was soll's, die Show ist durch, denkt Pinscher und nimmt einen kräftigen Schluck. Gruber fängt an zu weinen. Nicht das selbstmitleidige Flennen derer, die manchmal vor dir sitzen, weil sie Scheiße gebaut haben. Eher so wütend und verzweifelt und stumm laufen Gruber die Tränen über die Wangen. Und dann singt der alte Mann das hohe Lied der Einsamkeit, die er so lange liebte, bis seine Schwester nicht mehr da war, denn ab da kam das Alleinsein dazu. Und er erzählt, wie er zwischendurch wirklich anfing, die Sache mit den Geheimdiensten zu glauben, man liest ja allerhand, wenn man einen Computer hat, und wie die Migräneanfälle wirklich über ihn kommen Abend für Abend, und wie die Furcht vor der Nacht wirklich echt ist. Wie er manchmal schon anfängt, selbstverständliche Dinge zu vergessen, wie er sich davor fürchtet, dass es irgendwann nicht mehr geht allein. Pinscher könnte jetzt Dienst nach Vorschrift machen und gehen. Er könnte ihm auch den Kopf waschen. Aber was würde das bringen? Bestenfalls wäre für zwei, drei Wochen Ruhe, und dann würde Gruber wieder loslegen. Machen Sie was damit, sagt Pinscher jetzt streng. Ändern Sie was. Wollen Sie woandershin? Betreutes Wohnen? Soll ich mich erkundigen? Ich kenne die Leute vom Krankenhaus ziemlich gut, Herr Gruber. Und es kommt nicht die erwartbare Gegenwehr, Gruber nickt müde, sagen Sie doch ruhig weiter Erwin, und Pinscher klappt den Koffer zufrieden zu wie ein Versicherungsvertreter, der gerade das Geschäft seines Lebens gemacht hat. Schicken Sie die Proben trotzdem noch ein, fragt Gruber. Wollen wir das denn, fragt Pinscher zurück.

Pinscher verlässt das Hochhaus und winkt Gruber zu, der ihm von seinem hell erleuchteten Souterrainfenster aus nachschaut. Er geht beschwingt durch die mittlerweile tiefe Nacht. Seine Angst: zweikommafünf auf einer Skala von eins bis zehn. Das kennt er nicht. Etwas hat sich verändert. Und es ist genau hier passiert. Als hätte Pinscher probeweise auch seine eigenen Kanäle angezapft, sich selbst übers Ohr gehauen mit weichem Wasser und Lackmuspapier. Restbestände von Panik? Negativ, negativ, negativ. Das Beverly Hills von Mündendorf muss ihn heute nicht beruhigen wie früher. Er läuft einfach weiter mit der für ihn so unverschämten Selbstsicherheit, dass nichts passieren wird. Und dann, auf dem schmalen Weg an den Schrebergärten vorbei, taucht sie auf, die übliche Gestalt. Du kommst hier nicht durch, scheint sie sagen zu wollen, das Messer möglicherweise schon im Anschlag, aber so wird hier nicht mehr gespielt: Pinscher schiebt die Gestalt mit einer nachdrücklichen und doch sanften Geste zur Seite. Er geht weiter und blickt sich gar nicht mehr nach ihr um.

Wieder daheim findet er die verhalten zwitschernden Wellensittiche, hängt ihnen zur Feier des Abends trotz der späten Stunde zwei frische Stangen Kolbenhirse in den Käfig und schaut ihnen eine Weile beim Knabbern zu. Nachdem er ihnen die Decke zur Nacht auf den Käfig gelegt hat und es still geworden ist in seiner Unterkunft über der Stadtbücherei, legt er sich ohne Reagenzgläser auf den Fußboden und schaut in die Steckdosen. Nur sicherheitshalber, denkt er, und muss kichern. Auch seine Steckdosen sind sauber. Du bist jetzt frei, denkt er, als er im Bett liegt und vor lauter Überschwang nicht einschlafen kann, du bist einfach frei.

10 Das Kinderzimmer

Und plötzlich weht dir der Wind ins Gesicht. Und du bist in deinem Kinderzimmer. Geh rein, trau dich, schau dir alles ganz genau an, dann wird es nicht besser, aber anders. Das Jugendbett steht immer noch da, wo es stand. Es ist klein und durchgelegen, und die Latten sind hier und da gebrochen. Leg dich nicht hin, das trägt dich nicht mehr. Weißt du noch? Wenn du nicht da warst, eine Tante im Ruhrgebiet für einen Tag besuchen oder auf Klassenfahrt, dann hatte dein Papa tapeziert. Auf die Clowntapete kam die Weltraumtapete, über die Weltraumtapete ein dezentes Gelb. In dem Kleiderschrank, ein Modell vom Möbeldiscounter, das du dir selbst ausgesucht hast, liegen sogar noch eine Handvoll Sachen aus deiner Erwachsenenzeit. Dünn warst du nie. Über dem Schreibtisch die gewellten Postkarten, die du dir selbst von überall geschickt hast, weil du die Marken mit Stempeln wolltest, Boppard am Rhein, Bochum, immerhin auch eine Karte aus Wien und sogar eine aus Amerika, aber die hattest du dir nur zum Angeben bestellt, wenn Besuch kam. Läuft man durch das Zimmerchen, dann hat es nichts von der Panik der frühen Jahre. Hier lagst du auf dem Bett, aufs Schlimmste wartend, hier war dir angst und bange vor den Geräuschen in den Heizungsrohren, dabei schlug überhaupt niemand im Keller auf die Leitung, damit du es oben hörtest und fürchtetest, einfach nur die Kombination aus Luft und einer veralteten Technik. Aber da ist es wieder, und wieder zittern dir die Knochen. Nicht auch das noch: Die Mutter sitzt da und singt dich in den Schlaf, *Hänschen klein, ging allein in die weite Welt hinein. Heile heile Gänschen,* du hältst dir die Ohren zu, du könntest etwas dagegen tun, oben auf dem Regal steht noch deine Stereoanlage, die CDs liegen verteilt und verstaubt drumherum, Posaunenkonzerte, Beethovens »Pastorale«, Bachchoräle. Zuletzt hast du hier geschlafen, bevor dein Papa verschwand. Und danach nie wieder. Deshalb sieht es so aus, als wäre jemand Hals über Kopf abgereist, aus diesem Haus, aus diesem Zimmer, aus dieser Jugend. Mach einfach, entlüfte die Heizung für niemanden, zieh das Laken ein wenig gerade, lass ansonsten alles, wie es ist, schließ leise die Tür, bevor du schlafende Hunde weckst, hör endlich auf, die Vergangenheit zu stören, dann stört sie dich auch nicht mehr, es gibt schon Gründe, warum alles so bleiben soll.

11 Beweisaufnahme

Und der hier im Angebot hat vierundzwanzig Zoll? Ich glaube, das würde reichen, sie sitzt sowieso viel zu nah davor, alle anderen Dinger passen nicht in die Schrankwand. Ach so, und kann ich mit Karte zahlen? Kannst du, sagt der stark schwitzende Kurt Seifert, zerrt den angestoßenen Karton mit dem No-Name-Fernseher zur Kasse und lässt sein Gegenüber dabei nicht aus den Augen. Pinscher bezahlt das immer noch viel zu teure Fernsehgerät und stopft die EC-Karte und den Kassenzettel in sein Portemonnaie. Dann bleibt er stehen und sieht sich um. Sonst noch was, sagt Kurt Seifert. Ich weiß nicht so recht, sagt Pinscher, vielleicht schaue ich mich noch ein wenig um. Und dann steht er einfach da und wartet. Hast dich gut wieder eingelebt, hört man, sagt Kurt Seifert, und vertieft sich in sein altertümliches Kassenbuch. Kann mich nicht beklagen, das stimmt. Soll ich dir noch beim Tragen helfen? Geht schon, sagt Pinscher. Ach so, und wegen der Schlüssel, sagt Seifert, klappt das Kassenbuch zu und sieht Pinscher zum ersten Mal direkt in die Augen, lass dir einfach Zeit, nimm, was du brauchst, der Kasten muss eh weg, kann man nichts mit anfangen. Das ist nett, sagt Pinscher. Also dann, sagt Seifert, geht zur Ladentür und hält sie auf, aber Pinscher macht keine Anstalten, den Karton zu nehmen und sich auch nur einen Schritt aus dem Laden heraus zu bewegen. Darauf hat er gewartet. Doktor Seltsam verliert die Nerven, zumindest ein bisschen, knallt die Tür, schließt ab und macht einige Schritte auf Pinscher zu. Was willst du? Vorsicht, sagt Pinscher, Abstand halten. Sag einfach, was du willst. Nichts Bestimmtes, sagt Pinscher, ich will nur wissen, was da bei euch los war. Doktor Seltsam fängt sich wieder, tritt hinter die Ladentheke, öffnet erneut das Kassenbuch und setzt sich umständlich eine Damen-Lesebrille auf, die mit Sicherheit seiner Mutter gehört hat: Du bist ein Arsch. Paul wird das nicht gefallen, wenn er das hört. Man kann ihn ja einfach mal anrufen. Kannst du machen, sagt Pinscher, und grüß ihn von mir. Man verliert seine Mutter nur ein einziges Mal, sagt Seifert, klappt die Lesebrille zusammen und legt sie neben das Kassenbuch. Er blinzelt jetzt nicht mehr, die ganz alte Schule, keine halbe Minute später tränen ihm die Augen, damit kann er Pinscher nicht beeindrucken. Woher hatte sie die Tabletten, fragt Pinscher. Vom Arzt, aus der Apotheke, im Müll gefunden, sie hat es nicht erzählt. War sie oft beim Arzt? Keine Ahnung, das hat sie alles allein gemacht. Sag mal ganz ehrlich, Kurti, hast du sie überhaupt gemocht? Oder hat sie dich in Wahrheit so sehr genervt, dass du eigentlich ganz froh warst? Und wenn, sagt Seifert mit hochrotem Kopf und hoher Stimme, und wenn? Raus jetzt hier. Das kennt Pinscher noch aus Schulzeiten, Doktor Seltsam tritt gegen den ohnehin schon lädierten Karton des preisreduzierten Fernsehers und Pinscher bleibt gelassen, alles nach Plan, er klemmt sich den Karton unter den Arm, schließt mit der freien Hand die Tür auf und bekommt sie heftig in den Rücken. Er widersteht dem kurzzeitig aufflammenden Bedürfnis, Kurti hier und jetzt eine reinzuhauen, aber nein, du bist der Sieger, du hast einen neuen Fernseher für deine Mama und einen hochnervösen Beschuldigten, der nicht mal gleich abstreitet, das ist mehr als erhofft.

Und das Grüne da ist überm alten Freibad, die kleine Straße darüber, oder? Ist denn noch viel zu machen? Du kannst ruhig ehrlich sein. Na ja, weißt doch selbst, wie das hier läuft, die Eltern haben vierzig Jahre fast nichts dran getan, die Kinder wiederum wollen es nicht, verkaufen lieber und machen sich vom Hof. An die Heizung müsste man ran, also, komplett. Dach ist in Ordnung. Die Elektrik? Kannste nix sagen, nicht mehr der allerneueste Stand, aber viel müsstest du dafür nicht in die Hand nehmen. Nur schnell sein musst du, gibt noch drei, vier andere Interessenten, aber wenn du wirklich sofort zuschlägst, dann sage ich denen ab und wir sind im Geschäft. Nett von dir, sagt Pinscher, aber so weit bin ich noch nicht. Kein Problem, kein Problem, sagt der Mark, der in der Schule zwei Jahrgangsstufen unter ihm war, sie kennen sich flüchtig aus der Raucherecke, und Pinscher kann sich immer noch nicht daran gewöhnen, dass ausgerechnet der ewige Fußballtrikotjunge von damals jetzt gut sitzende Anzüge teurer Marken trägt. Wie läuft es so allgemein mit den Häusern, fragt Pinscher. Mark wiegt den Kopf hin und her: Beschissen. Sagen wir jedenfalls, wenn irgendwer fragt. In Wahrheit ganz okay. Weißt du doch selber, Leute ziehen weg, Leute sterben weg, weniger Leute ziehen hin. Aber die haben wenigstens so ihre eigenen Ideen, wenn sie aus Berlin oder Hamburg plötzlich doch wieder nach Mündendorf wollen. Gut für uns, Altbau, Dielen und Landschaft haben wir genug. Unter uns, du kannst dir gar nicht vorstellen, was wir manchmal für gammelige Bruchbuden loskriegen. Und bei unserem Haus, fragt Pinscher. Sah mau aus mit der Marge, sagt Mark, hab das ja damals vor allem dir zuliebe gemacht, Mittelreihenhaus medium kommt nicht so gut an. Mark lacht, und sogar Pinscher muss jetzt lachen. Dachte schon, das Ding steht leer für Jahre, und dann kam die Seifert rein und wollte es unbedingt, gekauft wie gesehen, so schnell konntest du gar nicht gucken, da war alles in trockenen Tüchern. Wenn ich ehrlich sein soll, sagt Pinscher, deshalb bin ich eigentlich hier. Willst du das Ding zurück, fragt Mark, tu's bloß nicht. Und wieder lachen beide. Das Telefon klingelt, mach ruhig, sagt Pinscher, und während der Mann im Anzug telefoniert, an dessen Bürowand ein von Kinderhand gemaltes Bild hängt, unter dem mit krakeliger Kinderschrift »Immobilienmark« steht, schaut Pinscher sich um: Diese Büros der Mündendorfer Sparkasse lagen damals schon im ersten Stock, noch vor der großen Renovierung, nachdem man Asbest im Mauerwerk gefunden hatte. Er erinnert sich an die Zeiten, als seine Mama und sein Papa nervös auf den Stühlen saßen, während sie zusammen mit ihrem Berater eine Zigarette rauchten, die man in einem riesigen, schweren Aschenbecher aus Glas auf dem Schreibtisch ausdrückte, während sie feilschten, weil das Geld mal wieder hinten und vorne nicht reichte. Weil dieses oder jenes Darlehen verlängert und erneuert werden musste um den Preis immer höherer Zinsen und Zinseszinsen. Haben das deine Kinder gemacht, fragt Pinscher, nachdem der Immobilienberater aufgelegt hat. Mark winkt ab, ewig her, die seh ich kaum noch, das waren die guten Zeiten. Hast du Kinder? Noch nicht, sagt Pinscher. Die guten Zeiten kommen noch. Wie geht es eigentlich deiner Mutter, fragt Mark, und Pinscher will gerade eine seiner in letzter Zeit eingeübten Standardantworten geben, da spricht er zum Glück schon weiter, und was genau kann ich für dich tun, wenn du nicht zuschlagen willst. Wie war die Seifert, sagt Pinscher, als sie bei dir saß. Ich verstehe das einfach noch nicht so ganz. Ist das jetzt dienstlich, fragt Mark, dann muss ich mit meinem Chef sprechen. Privat, sagt Pinscher. Okay, aber von mir weißt du es nicht. Irgendwie unter Druck. Bloß dem Sohn nichts sagen, soll es denn eine Überraschung werden, nein, das nicht, ich will einfach meine Ruhe. Das hat sie gesagt, fragt Pinscher, dass sie ihre Ruhe will? Vor wem, vor was? Keine Ahnung, sagt Mark, auf jeden Fall hatte ich ein komisches Gefühl. Habt ihr denn einen Verdacht, was da los war? Wieso sie das gemacht hat? Weißt ja, wie das hier geht, am nächsten Tag kannten alle die Geschichte. Aber nein, sagt Pinscher, kein Verdacht, alles reine Routine, wir sind ja nicht im »Tatort«. Nur die Bürokratie, du kannst leichter ein Haus verticken als einen Suizid abheften. Hätte ich mir spannender vorgestellt bei euch, sagt Mark. Mich hat fast der Schlag getroffen, sagt Pinscher, als ich in die Bude rein bin. Sie hat alles so gelassen, wie es war. Unsere Fotos. Unsere Möbel. Sogar die Kaffeetassen standen noch da, wo sie vorher waren. Und das hat dich schockiert, sagt Mark und winkt ab, alles schon gesehen. Stell dir vor, du suchst ein warmes Nest und willst nichts dafür tun. Oder du hast keine Kraft. Oder du hast keine Zeit. Mir wär das nichts, aber ich kann das schon verstehen. Ein Second-Hand-Leben? Komm, das ist übertrieben. Du fändest es nicht mehr übertrieben, wenn es dein Haus wäre. Kann sein, sagt Mark und lacht. Soll ich dir das Exposé zum Häuschen am Freibad eigentlich noch ausdrucken? Der Preis ist zwar fix, aber ich kann für dich ein gutes Wort einlegen, fragen kostet ja noch nichts.

Geben Sie mir noch ein Käse-Schinken-Croissant, gleich für hier. Soll ich Ihnen das ein bisschen warm machen? Und wenn ich das mal sagen darf, ich hab mich richtig an Sie gewöhnt, Herr Kommissar, sagt Frau Schneider und tippt mit langsamen Bewegungen den Preis in die Kasse, ist alles sonst trist genug. Ich mich auch an Sie, sagt Pinscher, wie soll ich sonst morgens auf die Beine kommen? Immer am Übertreiben, sagt die ältere Dame hinter dem Tresen der

Bäckerei und wird ein bisschen rot. Schmeckt es Ihnen denn? Ganz toll wie immer, sagt Pinscher. Sie sind ein feiner Kerl, sagt Frau Schneider. Ich muss Ihnen was gestehen, sagt Pinscher, während er sein Croissant kaut und mit einem großen Schluck Kaffee nachspült, ich bin heute nicht nur wegen dem Frühstück da. Frau Schneider stemmt die Arme in die Hüfte, dann erzählen Sie mal, was Sie auf dem Herzen haben, mein Junge. Pinscher lacht, isst sein Gebäck auf und überlegt: Sie kannten Frau Seifert ganz gut, oder? Frau Schneider seufzt tief, schüttelt sachte den Kopf, ach, das ist ja das Traurige mit der Elsbeth. Die war so lange schon meine Freundin, aber woher wissen Sie das denn? Wir mussten noch einige Unterlagen suchen im Haus, da hab ich das Foto von Ihrer Kegeltour ins Emsland gesehen. Sie fehlt mir furchtbar, sagt Frau Schneider, lange wäre die ja eh nicht mehr gewesen, aber dass das einfach so ausgeht, so von jetzt auf gleich, hätte sie doch mal was gesagt, aber nichts, gar nichts, am Tag davor waren wir doch noch am Kaffeetrinken, müde war sie, trotzdem fröhlich, und dann ist sie einfach weg, hätte mir viel vorstellen können, aber das nicht, so doch nicht. Tschuldigung, Herr Kommissar, ich hab nie darüber gesprochen, tut mir zu weh. Frau Schneider tupft sich mit einem Taschentuch die Tränen aus den Augen. Wussten Sie, dass das Haus meinen Eltern gehört hat, fragt Pinscher. Dann sind Sie der stabile Junge auf den Bildern, sagt Frau Schneider, im Leben hätte ich Sie da nicht erkannt. Haben Sie eine Ahnung, warum Ihre Freundin alles so gelassen hat? Die war so froh, sagt Frau Schneider, die war einfach nur froh, die wollte ihren Frieden haben, die ist abgehauen. Abgehauen? Frieden? Na, vor dem Kurti. Da können Sie sagen, was Sie wollen, der ist schon lange nicht mehr ganz richtig in der Birne. Die Elsbeth wollte weg von dem, raus aus der Bude, sich was gönnen, jeden Tag war der am Theatermachen, hat sie nicht in Ruhe gelassen. Ach, tatsächlich? Jetzt aber mal Butter bei die Fische, Herr Kommissar, ist das hier ein Verhör? Zwischendurch kommt Kundschaft und kauft Brötchen, das Schweigen ist gut, so fallen Frau Schneider immer neue Details ein, die Pinscher kaum glauben kann, die ihm wiederum keiner glauben wird: Sie hatte die Schnauze voll nach dem Missverständnis, also, Missverständnis in Anführungszeichen, Herr Kommissar. Schlaftabletten hat er ihr gegeben, angeblich ein Versehen, angeblich sein eigenes Glas, angeblich gar nicht so viele, wenn Sie mich fragen, der wollte die außer Gefecht setzen und Geld klauen, aber Elsbethchen hat sofort die Kotzerei gekriegt, und der Kurti hat ihr hinterher einreden wollen, dass die das selber war, als sie ihm das mit dem Glas nicht glauben wollte. Der hat sie nicht ins Krankenhaus geschafft, nur ins Bett gesteckt, das ist doch nicht normal, Herr Kommissar, ich hab jedenfalls zu ihr gesagt, Bethchen, du blöde Kuh, warum lässt du dir das gefallen, und dann war ja auch Ruhe und die hat sich das Haus gekauft und ist da rein. Einen Koffer hat sie sich noch geholt, mehr nicht. Wie hat sie es denn überhaupt gemacht am Ende? Man hat ja nur was vom Strick im Keller gehört, das arme, arme Bethchen. Das darf ich Ihnen nicht sagen, sagt Pinscher. Der Kurti jedenfalls war sich am Freuen, den hätten Sie sehen sollen in den Tagen danach, von wegen Trauer und so, nix, mit so einer blöden Fresse ist der rumgelaufen, der wusste ja, jetzt gehört alles ihm, ich glaube, Elsbeth hätte lieber alles fürs Tierheim gespendet, hat sie nämlich immer gesagt, der Kurti dreht am Rad, dem gönn ich das nicht, aber jetzt ist es zu spät, warum hat sie das nur gemacht, warum hab ich das denn nicht gemerkt, können Sie mir das nicht sagen? Das darf ich eigentlich nicht, raunt Pinscher Frau Schneider zu, aber Ihnen zuliebe: Wir glauben, das war ein Unfall. Gott bewahre, sagt Frau Schneider, ist das traurig. Aber besser als das, was getratscht wird. Der Haken ist ausgeworfen, von der Bäckerei aus wird es nicht lange dauern, bis die Sache mit dem Unfall bei Doktor Seltsam ankommt, das ist es, was Pinscher bezweckt. Er hat genug gehört für den Augenblick, ich muss leider los, Sie haben mir sehr geholfen. Kommen Sie morgen wieder, mein Junge, sagt Frau Schneider, und wenn ich Sie auch mal was fragen darf, so unter uns, was macht eigentlich Ihre Mama, die ist doch da oben im Altersheim, oder?

12 Pinschers Frieden

Es beginnt damit, dass du die Waffen streckst. Einfach so. Niemand fordert dich dazu auf. Niemand zwingt dich. Der Krieg ist vorbei, endlich vorbei. Dein Krieg.

Du bist Peter Pinscher, den nur die eigene Mama Peterle nennen darf. Du bist über den Daumen hundertdreißig Kilo schwer bei einer Körpergröße von eins siebzig, die fünf Zentimeter mehr hast du dir irgendwann auf dem Amt ermogelt, als du einen neuen Personalausweis brauchtest, danach bist du dabei geblieben. Du wäschst einmal die Woche deine Kleidung, ja, sie ist ein bisschen altmodisch, das weißt du selbst, du bist in Wahrheit nie von hier weggekommen, aber was ist daran schlimm?

Dein Krieg war lang und unerbittlich, der Gegner so unsichtbar wie die Schlacht selbst. Du hast gesoffen, du hast gefressen, du hast gezockt, es hat alles, alles nichts geholfen. So richtig hat dir das doch kein Mensch geglaubt: Ich bin Kommissar bei der Großstadtpolizei, ich trage eine Waffe, ich weiß, wie man auftritt, aber glauben Sie mir, ich bin ein Schisser vor dem Herrn, ein Angsthase, ein Niemand, es reicht, dass Sie nachts von hinten an mich herantreten und sich räuspern und ich zucke zusammen, lege mich auf den Rücken, strecke Arme und Beine von mir und ergebe mich wie ein Hund.

Du hast probiert, Gründe dafür zu finden, du hast die großen Philosophen und Psychologen gewälzt, als du noch Nachtschichten machtest und dich ablenken wolltest von der Panik, das Telefon könnte jeden Augenblick klingeln und du müsstest raus in die Dunkelheit, aber auch bei denen gab es wenig Erklärung und erst recht keine Heilung, die Traumata der Eltern, die emotionale Verschiebung im Hinblick auf die Mutter, der Verlust des Vaters, blablabla, du hast dich irgendwann damit arrangiert, ein Kompensierer, ein Verdränger, ein Wegrenner zu sein, dein Widerstand war niemals so offensichtlich wie der Kampf von Engelbert am Schwarzenberg im Bauernkrieg, die Kämpfe tobten nur in deinem Kopf.

Und jetzt ist es vorbei und du findest dafür genau so wenig Gründe. Du hast möglicherweise wirklich einen Schuss in die Höhe gemacht, seit du wieder hier bist, du bist mächtig gewachsen, das erklärt deinen Ischias in letzter Zeit, du hast verstanden, dass du den Tatsachen ins Auge sehen musst und es nicht hilft, sich auf Dauer über die Toten und ihre Angehörigen zu erheben, die du zwischen zwei Aktendeckeln Tag für Tag, Monat für Monat, Jahr für Jahr aus dem Fegefeuer der Ungewissheit in die Hölle des endgültigen Archivs geschickt hast, du bist doch gar nicht so klein, du bist doch gar kein Zwerg, du bist nicht derjenige, der mit seiner Angst hausieren gehen muss, du bist für die Angst der anderen zuständig, und das machst du verdammt gut. Das weißt du jetzt.

Irgendwann zwischen hier und damals spannt sich ein Faden, der kleine dickliche Junge hält ihn ganz fest, und hält damit auch die Kämpfe am Laufen, aber dann, an einem Abend im Frühsommer, ziehst du kräftig, und mit einem humorlosen Geräusch reißt der Faden, der sich eher wie ein Tau anfühlt, ihr erschreckt beide, der Junge und du, aber anders geht es nicht, denn jetzt bist du frei, das sagst du dir, und es fühlt sich zum ersten Mal so an, du streckst deine Waffe, die hast du sowieso vergessen, du bist Peter Pinscher und kapitulierst nicht, sondern erklärst den Frieden mit dir selbst.

In den Tagen nach dem Besuch bei Herrn Gruber hält Pinschers Euphorie an. Tagsüber ermittelt er im Mordfall Glotzen-Elsbeth (niemand weiß es bis jetzt, aber es ist ja wirklich deine erste echte Mordermittlung), abends lässt er seine Wellensittiche in der Wohnung fliegen, erledigt akribisch seine Hausaufgaben für Anna und hört auf, Alkohol zu trinken. Das fällt ihm nicht so schwer wie erwartet, es ist Teil des neuen Friedensvertrags. Selbstverständlich traut er dem Braten nicht, dafür ist er zu lang schon bei der Polizei, also fordert Pinscher das Schicksal heraus: Wenn es dunkel ist, immer so gegen zehn, legt er die Decke über den Wellensittichkäfig, zieht seine Jacke an und geht Streife. Rein privat. Manchmal holt er sich noch Weingummi und eine Schachtel Zigaretten am Kiosk, manchmal eine Flasche Wasser, denn seine Wege sind weit: über die noch viel befahrene Straße in Richtung Schulzentrum, dann auf dem einsamen Fahrradweg am Spaßbad vorbei bis zum alten Viadukt. Oft begegnet ihm niemand, das macht die Sache schwieriger, und dann bleibt er stehen und raucht in aller Seelenruhe eine Zigarette, während die verrostete ehemalige Eisenbahnbrücke vom Vollmond angeschienen wird. Ab und zu geht er zum ebenso einsamen Bahnhof und wartet auf die Güterzüge. Er hat sich eine neue App auf sein Handy geladen, er kann nachverfolgen, wann welche Bahnen durch Mündendorf rauschen und wohin sie fahren. Ganz selten nur, und das bringt ihn an die Grenze, aber er hält es aus, läuft er von der Stadt in die Reihenhaussiedlung. Macht ein paar Schritte in Richtung Wald, in den er sich dann nicht traut, aber bitte, da sind wir nicht im kriegerischen Bereich, das ist doch normal, wer will denn nachts in den Wald, kommt wieder zurück, bleibt vor dem Reihenhaus stehen, sieht die verschlossenen Gardinen im ehemaligen Schlafzimmer seiner Eltern, geht ums Haus und blickt in den Garten und auf die Terrasse, von der er heute noch manchmal träumt, es würde jemand dort stehen und an den schweren Jalousien zerren und einbrechen wollen, irgendwo schlägt mitunter ein Hund an, irgendwo macht jemand Licht im Bad und löscht es gleich wieder, nur das Reihenhaus bleibt dunkel, und Pinscher verbietet sich, es nachts zu betreten. Wenn er nach diesen Spaziergängen durch Mündendorf nach Hause kommt, fühlt er sich wie ein Held. Muss er nichts mehr trinken, weil er vom Spaziergang ganz trunken ist. Schläft er so tief und traumlos wie selten und wird manchmal erst vom Gezwitscher der Sittiche am frühen Morgen geweckt.

Schreib es auf, und lies es mir vor. Das hatte Anna vor einer Weile zu ihm gesagt. Und Pinscher hatte sich hingesetzt und alles aufgeschrieben, was ihm zu diesem Krieg und Frieden eingefallen war. Mal erzählte er von seiner Mama, mal von sich selbst, er war das Schreiben nicht gewohnt, aber irgendwann ging es ihm besser von der Hand. Jetzt, nachdem er die letzte Seite beendet hat, schreibt er Anna abends eine Nachricht: Ich habe alles beisammen und will es dir vorlesen. Und Anna, als hätte sie nur darauf gewartet, antwortet ihm kaum eine Minute später: Komm vorbei, ich freu mich.

So steht Pinscher an einem lauen Frühlingsabend vor der Tür ihrer Praxis, aufgerichteter und größer als zuvor. Letzte Sitzung, sagt er, als Anna die Tür öffnet und ihn zur Begrüßung vertraut umarmt. Sie trinken Whisky wie immer, ich habe seit Wochen nicht mehr getrunken, sagt Pinscher, und Anna lacht ihn aus, aber er schüttelt den Kopf, das ist mein Ernst. Machst du heute eine Ausnahme, sagt Anna, wartet seine Antwort gar nicht erst ab und stößt mit ihm an. Und Pinscher liest vor, anfangs etwas unsicher, dann immer selbstbewusster. Dann ist er fertig und Anna lächelt und nickt und lächelt und sagt nichts und Pinscher fragt: Können wir wohl eine Zigarette rauchen? Noch nicht, sagt Anna, steht auf und füllt ihre Gläser. Dann geht sie zur Stereoanlage und macht Musik an. Lass uns tanzen, sagt sie, und Pinscher vergisst seine Zweifel, seine Scham, sein Ungeschick, und sie tanzen wild und lang und irgendwann langsam und eng, zwischendurch noch mehr Whisky und noch mehr Musik, sie sind ganz verschwitzt, als Anna sich zu Pinscher beugt, ist das noch Kassenleistung, will Pinscher fragen, aber zum Glück lässt er es sein, *Wouldn't it be nice*, singen die Beach Boys, und jetzt, endlich, küssen sie sich, nein, noch nicht, aber Anna legt Pinscher den Kopf auf die Schulter, und Pinscher hält sie ganz fest, unglaublich, wie warm sich der Mensch doch anfühlt, wenn er so sehr am Leben ist. Doch dann löst Anna sich von ihm, wir sind fast fertig, hab vielen Dank für deine Offenheit, und Pinscher nimmt es als Spiel und lacht, hab du vielen Dank für dein offenes Ohr, können wir jetzt eine rauchen, ich bin doch jetzt austherapiert. Noch nicht, sagt Anna. Setz dich. Sie atmet durch. Pinscher riecht ihren Whiskyatem, während sie sich in den Sessel fallen lässt. Erinnerst du dich an unser Wiedersehen auf dem Markt? Klar, sagt Pinscher, das werde ich so schnell nicht vergessen. Damals habe ich dich angelogen, sagt Anna, und Pinscher ist kurz erschrocken, jetzt kommt also doch noch das große Geständnis, denkt er, in Wahrheit hat sie Hundkinderfamilie, alles nur ein Spiel, er denkt es wieder vom Ende her, aber er liegt falsch. Ich habe dich angelogen, sagt Anna, als ich meinte: Ich hab das sofort verstanden mit der Polizei. Pinscher ist froh, nimmt einen großen Schluck von seinem Getränk und nickt. Ganz verschwitzt ist er, aber damit ist er jetzt wenigstens nicht allein. Dabei ist das die große Leerstelle, sagt Anna, warum geht jemand wie du zur Polizei, ich hätte gedacht, du wirst Schauspieler, ich hätte gedacht, du machst was bei der Zeitung, ich hätte gedacht, du wirst reich an der Börse oder sonst was, Polizei, das passt zu Goranek, das passt zu so vielen, aber warum ausgerechnet du? Pinscher zuckt mit den Schultern. War halt so. Das gilt nicht, sagt Anna, sag mir ganz genau warum. Die Antwort ist lang, sagt er, und niemand kennt sie bis jetzt. Willst du überhaupt davon erzählen, sagt Anna. Pinscher macht sich klein in seinem Stuhl, ich weiß nicht, sagt er, andererseits, wenn nicht dir, wem dann? Okay, sagt Anna und legt ihre Hand auf Pinschers Hand, die ganz verschwitzt ist vor Nervosität. Damit hat sie ihn. Er sammelt sich kurz, und dann erzählt er.

13 Nie wieder

Es fängt im Herbst an. Das ist gar nicht so lange her, und trotzdem kommt es mir so vor wie eine Geschichte von vor hundert Jahren. Damals habe ich gerade angefangen zu studieren, damals habe ich meine erste eigene Bude im Ruhrpott, ich komme aber fast jedes Wochenende nach Hause, ich mache Spaziergänge mit meiner Mama und sitze mit meinem Papa samstags in der Küche. Ich sehe zu, wie er sich eine Flasche Schnaps einverleibt und eine Schachtel Zigaretten raucht, so viel schaffe nicht mal ich, damals trinke ich auch noch nicht, höchstens eine Pulle von seinem billigen Bier, von dem er sich immer freitags eine ganze Kiste holt, ich muss das Gesöff mit Cola mischen, dann geht es. Meine Mutter sitzt nebenan im Wohnzimmer und guckt Actionfilme oder was weiß ich, sie ist selig, weil sie weiß, dass wir nebenan sind. Dass wir ihr Eis bringen oder Süßigkeiten oder Zigaretten, wenn sie nur kurz ruft. Mehr passiert auch gar nicht. Es ist vielleicht wenig für einen Samstag, aber trotzdem ist er immer gut. Mein Papa bereitet die Rouladen für den Sonntag vor, erklärt mir seine Schritte haarklein, wie er es immer schon macht, ich kenne das alles noch auswendig, dann den Speck schneiden, genau so, dann eine saure Gurke nehmen, dann klopfst du das Fleisch, nimm bloß nicht so Fettiges, und mach nie zu wenig Senf dran. Und dann, während das Essen köchelt, schweigt er eisern, den Kopf auf die Hand gestützt, und trinkt. Wenn er irgendwann genug intus hat und schon ein bisschen lallt, kriegt er doch noch die Zähne auseinander, erzählt mir von früher, als er noch Bergmann war und wie er Angst gehabt hat als kleiner Junge im Krieg. Damals, das gebe ich zu, kommt es mir manchmal vor, als würde ich was verpassen. Andere gehen samstags aus. Andere sitzen in Autos und plaudern und rauchen und Hände berühren sich und an genau diesem Abend fängt etwas an, was ich nicht kenne. Damals komme ich mir vor wie ein Vogeljunges, das nicht von seinen Alten loskommt, das sich nicht aus dem Nest schmeißen lässt, nein, anders, das manchmal versucht wegzukommen, aber dann doch immer am Schlafittchen festgehalten wird, bevor es rausfällt. Jedenfalls, irgendwann an einem dieser Abende in jenem Herbst macht mein Vater etwas Merkwürdiges. Er geht spät in der Nacht in den Keller, wühlt in Kisten, kommt triumphierend zurück und schenkt mir die alte Küchenuhr, die ein Onkel aus dem Schwarzwald vor Ewigkeiten für uns gemacht hat. Für deine Wohnung, sagt er, und ich lache ein bisschen und bedanke mich und frage nichts weiter und packe die Uhr ein und lasse sie irgendwo liegen in meiner Studentenbude und denke nicht mehr an sie. Dabei fängt an diesem Abend alles an, nein, eben nicht, an diesem Abend fängt alles an, wirklich aufzuhören. Hinterher kann man das sagen, hinterher kann man sich vorstellen, was man den Papa noch alles hätte fragen wollen, hinterher bereut man es, sich nicht viel mehr gefreut zu haben, aber was hilft es jetzt? Als ich eine Woche später wieder mit meinem Papa in der Küche sitze, ist er müder als sonst. Schweigsamer. Er pflegt die kranke Mama, und das seit fast zehn Jahren, sage ich mir, aber er gibt ja nicht auf. Doch seine Kiste Bier kriegt er längst nicht weg, obwohl er sie sonst immer an einem Wochenende schafft, und beim dritten Schnäpschen schüttelt er sich, stellt die Flasche Korn wieder in den Kühlschrank, reibt sich die Augen und geht ins Bett. Ich sehe alles, ich weiß alles, damals schon. Ruhig Blut, sage ich mir, das heißt doch nichts, er wird langsam ein alter Mann und alte Männer sind manchmal müde. Als ich am nächsten Tag wieder wegfahre, mein Papa bringt mich ja wie immer zum Zug, fragt er mich auf dem Bahnsteig, ob ich die Uhr schon aufgehängt hätte. Nein, sage ich, ich suche noch den richtigen Platz dafür. Und mein Papa nickt und umarmt mich zum Abschied. Eigentlich nichts Besonderes, für uns aber schon. Denn dieser Papa ist kein Umarmer. Nicht aus Lieblosigkeit oder so, er macht es einfach nicht so gern, er hat damit aufgehört, seit ich ein Jugendlicher war, aber bei diesem Abschied macht er es eben doch, und ich sitze im Zug und habe einen Kloß im Hals und Tränen in den Augen und weiß damals verdammt noch mal genau warum. Wir werden uns so nie wiedersehen, denke ich, obwohl ich es nicht denken will. Die Küchenuhr habe ich nie aufgehängt, aber ich weiß, wo sie liegt. Manchmal, an einem bestimmten Tag im Jahr, auf den komme ich gleich noch, hole ich sie aus einem bestimmten Umzugskarton und schaue sie mir an, und dann habe ich wieder Tränen in den Augen, weil ich weiß, dass es das Paradies war. Das richtige Paradies. Danach ist nämlich alles anders. Mein Vater geht zum Hausarzt, weil er so schrecklich müde ist, weil er wegen der jahrzehntelangen Frühschicht doch immer um sechs Uhr auf den Beinen ist, doch plötzlich geht das einfach nicht mehr. Und der Doktor Pehle, so ein gelassener und uralter Mediziner mit grauem Bart, legt diesmal die Stirn in Falten und schickt ihn zum Röntgen, nur sicherheitshalber. Und vom Röntgen schicken sie ihn weiter ins Kreiskrankenhaus, nur sicherheitshalber. Und es dauert keine zwei Tage und die Karten liegen auf dem Tisch, ich hab Krebs, sagt er zu mir am Telefon, in der Lunge, und das Vieh hat schon gestreut. Ich lasse sofort alles stehen und liegen und fahre hin, und obwohl doch nur so wenig Zeit seit unserer Umarmung vergangen ist, erkenne ich meinen Papa kaum wieder. Dunkle Schatten unter den Augen, wie ich sie noch nie bei ihm gesehen habe. Ich weiß genau, er wird nicht mehr lange da sein. Wir sagen es bald der Mama mit der Krankheit, und die lässt nicht mit sich reden, der Papa wird wieder gesund, ganz sicher wird er wieder gesund, und ich spreche mit meinem Vater, und der lässt auch nicht mit sich reden, ich werde wieder gesund, ganz sicher werde ich wieder gesund. Du wirst nicht mehr lange da sein, denke ich, ich deute es an, und da wird er fuchsteufelswild, er schlägt sogar nach mir, aber ich weiß nicht, was ich hätte besser machen sollen damals. Sie fangen noch eine

Therapie mit ihm an, aber es ist hoffnungslos, die Behandlung gibt ihm den Rest, und dann kommt er ins Kreiskrankenhaus, als er zu schwach ist, sie stellen die Therapie ein. An einem Samstagabend im November, während draußen so ein schlimmer Nieselregen ist, den ich seitdem hasse wie die Pest, sehe ich ihn zum letzten Mal lebendig, nicht mal zwei Wochen nach der Diagnose liegt er da, tief schlafend und röchelnd, immerhin geben sie ihm genug Morphine, ich will nur nicht ersticken, hat er der Schwester vorher gesagt, sie kümmern sich darum, und die Schwester verspricht mir, bei ihm zu sein, wenn es passiert.

Pinscher atmet hörbar ein und aus, Anna nimmt ihre Hand wieder zu sich und sieht ihn an. Das ist aber doch nicht der Grund, sagt sie, Eltern sind da, Eltern sterben, du bist vielleicht ein bisschen jünger als normal, aber so ist die Welt, so ist der Gang der Dinge, oder nicht? Ich weiß, ich weiß, sagt Pinscher, es geht ja noch weiter.

Ich bin in meinem alten Kinderzimmer auf dem viel zu kleinen Bett und mache kein Auge zu, meine Mutter liegt nebenan im Schlafzimmer mit den damals schon verschossenen Gardinen, sie weiß ja von nichts, sie denkt, es wird alles wieder gut. Irgendwann um kurz nach Mitternacht habe ich einen Hustenanfall, ein Zeichen, das habe ich nämlich sonst nie, und das klingt jetzt total esoterisch, ich kann es mir ja selbst nicht erklären, wahrscheinlich ist es nur der Hausstaub, und zwar zufällig nur in dieser einen Nacht, jedenfalls, als sich mein Husten gerade beruhigt und ich denke, es könnte mit dem Einschlafen klappen, ruft das Krankenhaus an. Ich zucke zusammen, als ich die Nummer im Display sehe, ich denke, ruhig Blut, vielleicht habe ich was vergessen, vielleicht braucht mein Papa ja noch neues Duschgel oder neue Zigaretten oder Schokolade mitten in der Nacht, was für ein Unsinn. Die Nachtschwester ruft an, und sie macht es genau wie aus dem Lehrbuch, erst später weiß ich, dass es klare Vorschriften dafür gibt, dass man es den Angehörigen nie am Telefon mitteilt, damit sie nicht im Schock vor den nächsten Baum fahren und auch hinüber sind. Sie sagt mir also nicht, dass er tot ist. Sie sagt nur: Sie müssen kommen. Reicht es denn nicht morgen früh, frage ich, nichts begreifend, alles begreifend, aber das kennen sie auf den Sterbestationen natürlich, nein, sagt sie, Sie müssen jetzt sofort kommen. Und ich lege auf und nehme den alten Opel meines Vaters und hoffe, dass meine Mutter nicht aufwacht und nach mir sucht und fahre durch die Nacht zum Kreiskrankenhaus, das ich erst Stunden vorher verlassen habe, und im Radio bringen sie Nachrichten und Jazz und ich habe sogar zärtliche Gefühle für diesen Moderator, der jetzt zu mir spricht, weil er mich nicht allein lässt. Ich weine nicht, ich bin nicht aufgebracht, ich bin taub. Klar, der Schock, damals weiß ich davon noch nichts, als würde dir jemand die Hand abschlagen, und zuerst blutet es nicht mal richtig und zuerst denkst du nur, ist ein kleiner Kratzer. Auf der Station erwartet mich der diensthabende Arzt und spricht mir sein Beileid aus, es kommt mir lächerlich vor, nicht wegen der Professionalität, sondern, weil er unmöglich mich meinen kann. Und dann stehe ich vor meinem toten Vater und sehe das erste Mal in diese Augen kurz nach dem Ende, fasse seine schon minimal kälter gewordene Hand an, streiche ihm über den Arm, da ist noch gar keine große Abweichung vom Lebendzustand in der Körpertemperatur, und trotzdem kommt es mir so vor wie eisige Kälte, so fremd irgendwie, als wäre sie direkt aus dem All herangeweht.

Und dann packe ich seine Tasche, Zahnbürste, Rasierpinsel, Zigaretten, die wenigen Dinge von ihm, die er mitgenommen hat, weil er annahm, es sei nur vorübergehend. Das Zimmer muss gleich wieder leer sein, die nächsten Kandidaten warten schon in dieser Nacht. Ich setze mich in seinen Opel, fahre auf die Autobahn, nehme den nächsten 24-Stunden-McDonald's und esse. Vier Cheeseburger und eine große Portion Pommes, dazu eine Cola. Ob das wichtig ist oder nicht, ich sitze da und bin ganz selig, weil ich weiß, dass das der Moment dazwischen ist, der Schrecken sitzt mir in den Knochen, aber das Schlimmste ist für diese Nacht vorbei und kommt zugleich am Morgen auf mich zu. Als ich wieder zu Hause bin, lege ich mich so leise wie möglich ins Bett, damit meine Mama nicht aufwacht, ich muss irgendwann wenigstens kurz eingeschlafen sein, dann schrecke ich hoch und es wird draußen langsam schon hell. Ich schleiche aus dem Haus, setze mich wieder ins Auto, fahre in die Stadt, parke vor der Stadtbücherei und steige aus. Es wird ein verflucht sonniger und kalter Novembertag, keine Spur mehr vom Nieselregen, ich spaziere durch die Mündendorfer Fußgängerzone und hoffe, irgendwen zu treffen, dem ich von letzter Nacht erzählen kann, aber es ist ja Sonntag und wahrscheinlich schlafen alle noch, denen nicht in der Nacht davor der Vater gestorben ist und die es jetzt gleich der dementen Mutter sagen müssen. In der Bäckerei kaufe ich Frühstück für meine Mama und mich. Ich kann nicht noch eine und noch eine Zigarette rauchen, ich darf es nicht unendlich hinauszögern. Also setze ich mich ins Auto und fahre zurück. Ich parke nicht vor dem Haus, lieber ein Stück abseits, sie soll mich nicht gleich vom Fenster aus sehen, sollte sie schon in der Küche sein. Ich lasse mir Zeit und qualme noch eine letzte Mutzigarette, dann gehe ich zu diesem beschissenen Reihenhaus an diesem beschissenen Morgen und schließe die beschissene Tür auf, dann sehe ich sie schon, meine Mama, das passt zu ihr, anstelle in Ruhe Kaffee zu trinken, hat sie Koteletts aufgetaut und paniert und brät sie in der Pfanne, ein alter Reflex, sich um alles zu kümmern, wo sie sich ja nicht mal mehr um sich kümmern kann. Und dann sieht sie mich und lacht ihr Mein-Junge-Lachen, aber ich lächele nicht, und dann hört auch sie auf, was ist los, was ist mit dem Papa, ist der Papa tot, ist der Papa tot? Und ich kann nur nicken und mir kommen selbst die Tränen, Nein, schreit sie jetzt, immer nur: Nein, nein, nein, das ist doch nicht wahr, das ist doch einfach nicht wahr, und ich bin wie erstarrt und kann nichts tun, nur schauen, wie sie sich zum Küchentisch schleppt, auf den Stuhl sinkt und ihr Gesicht in den Händen vergräbt, sie weint. Ich setze mich stumm zu ihr und stecke mir eine Zigarette an, und dann bin ich fast erleichtert, als sie mit zittrigen Händen nach der Schachtel grabscht, sich auch eine anzündet und fragt, was in der Brötchentüte ist.

Das ist der Moment. Ich bin doch nur ein Sohn, nicht mehr, nicht weniger, und der Vater ist tot, nicht mehr, nicht weniger, und ausgerechnet du musst es der eigenen Mutter sagen. Es hängt mir nach, tagelang, wochenlang, monatelang, ich werde ihn nicht los, diesen einen Augenblick. Ich weiß nicht, was schlimmer ist, ihr Lachen oder ihr Weinen, jedenfalls ahne ich schon in diesem Augenblick in der

Küche, dass ich nicht mehr so weiterleben werde. Denn ich will das nie mehr erleben, nicht die Hilflosigkeit, nicht die Ohnmacht, nicht den Schmerz. Nie, nie, nie, nie, nie, nie, nie wieder. Also gehe ich zur Polizei. Also mache ich das jeden Tag. Ihre Frau ist tot. Ihr Mann ist tot. Ihr Sohn ist tot. Ihr Bruder ist tot. Mein Beileid, mein Beileid, mein Beileid. Irgendwann, wenn ich alt bin, wird es nicht mehr schrecklich sein. Ich arbeite daran.

Das ist eine tolle Geschichte, sagt Anna, als habe Pinscher sie sich ausgedacht, und plötzlich scheint sie ganz nüchtern zu sein. Und weiter, sagt Pinscher. Nichts, sagt Anna, wir sind fertig. Für heute, fragt Pinscher, oder bin ich austherapiert, aber Anna geht gar nicht auf ihn ein. Entschuldige, ich bin so müde, ich glaube, ich muss ins Bett. Wollen wir nicht noch eine rauchen, sagt Pinscher. Anna presst die Lippen zusammen und schüttelt den Kopf, rauch doch auf dem Weg. Pinscher versteht die Welt nicht mehr, aber ja, auch er ist müde, müde vom Trinken, müde vom Reden, müde von der Erinnerung. Sehen wir uns morgen, sagt er, als sie an der Tür stehen, lass gut sein, sagt Anna. Sie winkt Pinscher trostlos zum Abschied, keine Umarmung mehr, und dann schließt sie die Tür ab und Pinscher schwankt durch die Nacht, vielleicht wird er morgen nach langer Zeit wieder einen Kater haben, wahrscheinlich war sie einfach wirklich nur müde, das denkt er, während er nach Hause schlendert, allein durch die Dunkelheit, allein ohne Angst.

14 Der perfekte Tag, erster Teil

Manchmal gibt es keine Erklärung für das, was du fühlst. Aber du weißt immerhin mittlerweile, wer du bist, vor allem aber, warum du so bist: Kriminalkommissar Peter Pinscher, den nur die Mutter Peterle nennen darf. Du hättest dir schon längst den Oberkommissar oder gar den Hauptkommissar verdient, wenn du nicht mit dem Allerwertesten immer einreißen würdest, was du dir mit den zugegebenermaßen ungeschickten Händen vorher so mühsam aufgebaut hast. Du bist jetzt seit einiger Zeit wieder in Mündendorf, und du fühlst dich gut. Du willst es hinausschreien in die Welt, direkt nach dem Aufwachen, aus dem offenen Fenster heraus, bis sich sogar die Mitarbeiterinnen der Stadtbücherei wundern und vor die Tür treten, zu dir nach oben schauen und rufen: Sie sind aber fröhlich heute, Herr Kommissar! Ja, würdest du antworten, ich bin in Mündendorf und fühle mich pudelwohl. Wie gesagt, manchmal gibt es keine plausiblen Gründe für das, was wir fühlen. Und Pinscher erwacht ohne Kater und mit einer Euphorie nach der viel zu kurzen Nacht. Die Wellensittiche im Käfig, emotionale Opportunisten sondergleichen, nehmen seine Stimmung auf und singen ebenfalls ihr manisches Tirili. Dabei hat Anna dich, machen wir uns nichts vor, gestern schlecht behandelt, ja, wir können sogar sagen, sie hat dich so richtig vor den Kopf gestoßen, aber das hängt dir nicht nach, nicht heute. Denn du hast frei und wirst gleich deine Mama abholen und einen ganzen Tag mit ihr verbringen. Es wird, du spürst es schon beim Aufwachen, der perfekte Tag. Vergessen wir die Erinnerung an den Vater, vergessen wir das Reihenhaus, vergessen wir die Küche, vergessen wir Glotzen-Elsbeth und ihren schäbigen Sohn, vergessen wir Annas brüske Abweisung, vergessen wir Goranek, der mit seinen Sittichen mittlerweile vielleicht schon Weltmeister ist, vergessen wir die ganzen Grubers da draußen, vergessen wir die Kollegen, die ihre neuen Autos mit viel zu bitterem Kaffee für alle feiern, kurzum, machen wir es anders, denken wir nicht mit Schrecken an die alten Zeiten und mit Unbehagen an das, was kommt, wir beschließen es so, es gibt heute deine Mama, und es gibt heute dich, und es gibt heute euer Mündendorf, der Rest ist egal.

Pinscher hängt den Vögeln zur Belohnung für ihre gute Laune Kolbenhirse in den Käfig, putzt sich die Zähne, springt unter die Dusche und singt schief das Lied der Beach Boys, das er am Abend zuvor mit Anna gehört hat. Er zieht sich seine ordentliche Stoffhose an und sein dunkelblaues Hemd. Pfeifend verlässt er die Unterkunft, in der er ganz und gar lebt, die längst schon nicht mehr provisorisch ist. Er hat es bis jetzt hinausgezögert, weil er damit rechnet, dass sie sich sicher gemeldet hat, aber als er auf sein Handy schaut, ist da keine Nachricht von Anna. Wir sind doch alle nicht die, für die wir uns halten. Na und? Das tippt er in sein Handy und schickt ihr die Nachricht. Es wird nicht lange dauern, und ihre freundliche Antwort wird auf dem Display aufleuchten, und spätestens am Abend werden sie sich wiedersehen und rumalbern und vielleicht sogar tanzen und sich küssen, nichts wird heute vom Ende her gedacht, heute wird auf die Pauke gehauen, das denkt Pinscher, als er zu seinem Auto geht. Beim Einsteigen entdeckt er die Taube unter dem Vorderrad. Er will sie verscheuchen, um sie nicht zu überfahren, doch sie fliegt nicht weg, humpelt nur von einem Reifen zum nächsten. Sie versteckt sich. Pinscher versucht es mit allen Mitteln, er schnalzt und klatscht in die Hände, aber die Taube verlässt ihr Refugium nicht, sondern setzt sich hin, sobald Pinscher seine Nötigungen unterlässt, sie stiert ihn mit glasigen Augen an. Ein sterbender Vogel. Kann man spüren, dass etwas in der Luft liegt? Nein, nein, das ist Blödsinn, damit fangen wir gar nicht erst an und erst recht nicht heute.

Er schaut ein letztes Mal nach der Taube, dann rollt er langsam vom Parkplatz und sieht, dass sie in Kauerstellung verharrt, dass sie nicht mal mehr die Kraft hat, sich ein neues Versteck zu suchen. Später wird sie verschwunden sein.

Jaaaaaaa, ruft seine Mutter, die gerade im Gemeinschaftsraum sitzt und Zeitung liest, mein Junge ist da! Und sie springt auf und humpelt ihm entgegen und fällt ihm um den Hals. Wie geht es dir, sagt Pinscher. Hör mal, sagt seine Mama, wie soll es mir denn schon gehen, gut geht es mir, Hauptsache, ich kann irgendwann wieder nach Hause. Bald, sagt Pinscher und wechselt schnell genug das Thema, kommst du mit auf die Terrasse, trinken wir einen Kaffee? Und was machen wir dann, fragt seine Mutter, die alte Strategin, und diesmal enttäuscht Pinscher sie nicht, diesmal muss er nicht zur Arbeit: Dann fahren wir auf den Markt, wenn du willst. Und dann? Dann können wir zur Talsperre. Und danach? Du hast aber viel vor, sagt Pinscher. Na und, sagt seine Mutter und streckt ihm die Zunge raus. Dann ist es bestimmt abends. Wenn du willst, holen wir uns was vom Chinesen. Los jetzt, komm doch, trödel nicht so, wie sollen wir das denn sonst alles schaffen? Die Mutter eilt voraus,

Pinscher kann so gerade noch ihren Rollstuhl und eine Jacke aus dem Zimmer holen, während seine emsige Mama schon an der Ausgangstür steht und ihn antreibt, nun komm doch endlich, du fauler Hund.

Dann stehen sie auf der Terrasse der Cafeteria und schauen ins Tal. Ihr Tag beginnt. Seine Mama hat sich bei Pinscher untergehakt und raucht und trinkt ihren Kaffee in einem Zug aus. Dann zeigt sie ihrem Sohn den kleinen Vogel auf dem Vordach weiter unten, direkt vor ihrem Zimmer. Ein Amselmännchen. Siehst du das Mistvieh, sagt sie. Warum Mistvieh, fragt er. Guck doch mal, wie doof der Vogel ist. Fliegt den ganzen Tag gegen meine Scheibe und hackt aufs eigene Spiegelbild ein. Kerl, bist du blöd, ruft seine Mutter und macht Zischgeräusche, lass das doch sein. Pinscher muss lachen, es macht ihm Freude, seine Mutter so zu sehen. Sie erblüht, seit er wieder da ist, das merkt er, das merken die Pflegerinnen. Der Vogel ist jetzt auf dem Geländer der Dachterrasse gelandet und tschilpt Pinscher und seine Mutter an: Guck, jetzt will das doofe Vieh uns vertreiben, aber wir gehen nicht weg, Freundchen.

Mündendorf. Verheben wir uns nicht. Hier ist nicht alles möglich. Aber doch sehr viel mehr, als wir dachten. Während seine Mutter immer noch mit der Amsel beschäftigt ist, träumt Pinscher vor sich hin. Du wachst auf und weißt, das ist der perfekte Tag. Und so fühlt er sich auch an. Alles wird passieren, und es wird sich immer weiter steigern, und am Abend, du hast es im Gefühl, wirst du mit geröteten Wangen aufgeregt irgendwo sitzen, mit Anna irgendwo sitzen. Als Pinscher sich umguckt, ist seine Mutter schon weg. In ihrem Rollstuhl hat sie sich zu den Aufzügen gerollt und pfeift und ruft nach ihrem Sohn. Die Angestellte der Cafeteria lacht, und Pinscher lächelt zurück. Dein Gefühl täuscht dich heute nicht.

Etwas später dann schlendern sie über den Wochenmarkt, seine Mutter kauft kiloweise Klamotten vom Ramschhändler, und Pinscher lässt sie einfach machen. Sie holen sich eine warme Bockwurst von jenem Metzger, der schon auf dem Markt steht, seit Pinscher denken kann – und das Brötchen dazu ist so hart wie eh und je. Später treffen sie noch Pinschers Kindergärtnerin, die er seit Jahren nicht mehr gesehen hat. Sie unterhalten sich kurz, sehen Sie mal, was der für ein großer Junge geworden ist, hätten Sie das gedacht, wirft seine Mutter ein, alle lachen, und dann fragt die Frau: Darf ich ein Foto von euch machen? Ihr strahlt beide so. Pinscher lässt es zu, schicken Sie es mir doch, wenn Sie daran denken, das mache ich, sagt die Frau, und Pinscher gibt ihr seine Nummer. Auf dem Weg zurück zum Auto, Pinscher schiebt den Rollstuhl und trägt die vollgepackten grünen Plastikbeutel mit der geblümten Kleinstadtmode, sieht er, dass seine Mama den Kopf plötzlich unnatürlich schräg hält. Sofort bleibt er stehen, geht um den Rollstuhl herum, aber sie streckt ihm nur wieder die Zunge heraus. Ein Glück, es bleibt der Tag, den er sich so sehr wünscht. Warum das denn jetzt, fragt er, was mache ich denn, fragt seine Mutter aufgebracht, schon gut, sagt Pinscher, ist schon gut.

Sie sind unterwegs zur Talsperre und Pinscher stellt den Schlagersender für seine Mutter ein. Aus Reflex nimmt er zuerst den längeren und schöneren Weg oben an den Windrädern entlang, aber dann kämen sie am Reihenhaus vorbei. Irgendwann wird Pinscher dieses Problem lösen müssen, aber auch das nicht jetzt, also biegt er scharf nach rechts ab zur Tankstelle, wo er als Kind immer die überzuckerten Kirschlutscher bekommen hat, wenn er das Benzin für den Vater bezahlte. Er tankt nur wenig, es ist ja eher ein Verlegenheitshalt, und er lenkt die Mutter weiter ab, indem er ihr ein Überraschungsei mitbringt und sie gar nicht auf die Idee kommt, nach ihrem Häuschen zu fragen, das schließlich ganz in der Nähe ist. Seine Mutter kaut die Schokolade und sie fahren schweigend durch die Mittelgebirgslandschaft, Rehe, ruft seine Mutter irgendwann, da sind Rehe, und tatsächlich, auf einer Wiese stehen die Tiere Spalier und schauen sie an. Dass ich die noch mal sehen darf, sagt seine Mutter und schweigt gerührt, auch das wollen wir nicht überbewerten, ihre Emotionen sind ja die eines Kindes seit dem Hirnschlag, sie wechseln wie das Wetter im April, und wenn sie in der einen Sekunde noch an ihr nahendes Ende denkt, schmiedet sie in der nächsten schon wieder Pläne für große Reisen, in denen sie sogar endlich, endlich mit einem Flugzeug fliegt.

Kann man spüren, dass etwas in der Luft liegt? Pinscher denkt darüber auf dem Weg zur Talsperre nach. Er erinnert sich an diesen Tag in Belfast, als er schon wusste, dass er nie wieder allein in den Urlaub fahren wird, weil das für ihn weder Erlösung noch Erholung bedeutet, sondern nur noch mehr Stress. Er hatte sich eine Pension gebucht, die mit ihrer Nähe zur Innenstadt warb. Doch das war nicht der Fall, er war an einem der heißesten Sommertage seit Beginn der Wetteraufzeichnung in Belfast angekommen und seine schmuddelige Unterkunft lag in einem protestantischen Arbeiterviertel, wo die vorbeilaufenden, kräftigen

Nordiren mit nacktem Oberkörper ihn mit angespannten Muskeln angriffslustig beäugten. Aber das war nicht das Schlimmste, die Pension grenzte an ein Industriegebiet, von seinem Fenster aus blickte er auf den Parkplatz einer verlassenen Autowerkstatt. Als er sich aufs Bett legte und darüber nachdachte, die Reise auf der Stelle abzubrechen, hörte er die Schreie zum ersten Mal. Vögel, aber was für welche? Er konnte es nicht zuordnen. Jedenfalls ging es ihm durch Mark und Bein, ein anklagendes und schrilles Kreischen, Totenvögel, dachte er gleich, möglicherweise irische Aasgeier, er fürchtete sich so sehr vor ihren Lauten, dass er sich nicht ans Fenster traute. Hier wirst du umkommen, das liegt wirklich in der Luft, dachte er sich, die Männer von der Straße werden dich treten und verprügeln, weil du sie einen Moment lang zu schief angeschaut hast, und selbst dein Polizeisprech wird dir nichts nutzen, weil du auf Englisch radebrechen würdest und sie dein Beruf höchstens dazu anstachelt, doppelt hart zuzuschlagen. Oder aber, das ganze Haus wird niederbrennen, du hast es gleich gesehen, sie haben hier keine Rauchmelder, irgendeine schlecht abgesicherte Steckdose in der uralten Pantryküche, irgendeine undichte Leitung, eins kommt zum anderen, das Wasser läuft direkt in die Elektrik, die Sicherung kommt nicht, da schwelt es schon und innerhalb von Minuten brennt das Haus und du krepierst mit der Geräuschkulisse der todbringenden Tiere im Ohr. Hals über Kopf verließ er damals die Pension und nahm sich das teuerste Hotel im Zentrum der Stadt mit den dicksten Türen, es hatte was in der Luft gelegen, aber er war der Gefahr mit Bravour entgangen. In seinem sterilen Hotelzimmer hatte er sich besser gefühlt, aber sein schwerer Koffer war in der

Pension geblieben, weil er so schnell wie möglich aufgebrochen war. Also ging er am nächsten Tag zurück dorthin. Nichts hatte gebrannt, niemand war eingebrochen, aber die Schreie drangen immer noch zu ihm heran, selbst durchs geschlossene Fenster. Diesmal traute er sich, auf den Parkplatz zu schauen. Möwenbrut. Es waren einfach nur kleine und putzige Möwenjunge, die von ihren Eltern zum Fliegen animiert wurden. Immer, wenn die Möwenmutter eins ihrer Kinder über die Schwelle des Werkstattdachs geschoben und zum Flattern gebracht hatte, stießen sie dieses Juchzen aus, dieses Schreien, das nichts Tödliches hatte, im Gegenteil, da draußen war doch das Leben. Und wenn etwas in der Luft lag, dann höchstens die Freiheit, der Sprung ins Bodenlose, der allererste Flügelschlag. Pinscher hatte noch zwei weitere Nächte in der Pension verbracht, natürlich ganz verzückt vom Geschrei der flügge werdenden Möwen, an denen er sich fortan nicht mehr sattsehen konnte.

All das geht ihm durch den Kopf, während er das Auto auf dem Parkplatz des Talsperrenrestaurants abstellt, an die Taube vor der Stadtbücherei denkt, den Rollstuhl auslädt und ihn seiner Mutter auf die Beifahrerseite schiebt. Sie sieht aus, als würde sie schlafen, ihr Kopf liegt auf der Brust, ihr Mund steht offen, kurz bekommt Pinscher es mit der Angst zu tun, aber sie lässt sich wecken, schaut sich um, sieht die Talsperre und sagt: Ach, hier sind wir jetzt, ich will aber nicht wieder heiraten! Musst du auch nicht, sagt Pinscher, hilft ihr in den Rollstuhl und schiebt sie auf den Rundweg um die Oestertalsperre. Es ist so warm wie früher, als die Schulferien angefangen hatten und sich Pinscher mit seinen Freunden verabredete. Nie ist er hier schwimmen gewesen, nie hat er sein T-Shirt vor den anderen ausgezogen, das hat er sich nicht getraut. Nie hat er sich von der Mauer der Talsperre ins Wasser fallen lassen. Er hat so viel nicht erlebt, aber, denkt er, es ist doch noch nicht zu spät. Die Mama ist selig und zeigt hierhin und dorthin, sie war seit Ewigkeiten nicht mehr da, dem Papa war es irgendwann zu beschwerlich mit Ausflügen, und nach seinem Tod hatte Pinscher schlichtweg nie die Zeit gehabt, war höchstens mit einem der ersten Züge gekommen und mit einem der späteren wieder zurück an den Rhein gefahren. Warst du auch so lange nicht mehr hier, fragt die Mama ihn jetzt. Ein halbes Leben, sagt Pinscher, zum Glück fragt sie nicht nach dem vermeintlichen Schlauchboot, das er neulich aus dem Wasser ziehen musste, er wüsste nicht, ob er sie heute anlügen könnte.

Als sie den halben Weg um die Talsperre geschafft haben, fängt seine Mutter mit der Geschichte an, auf die er die ganze Zeit gewartet hat. Weshalb sie eigentlich hier sind. Wie sie damals geheiratet haben. Sein Papa und sie. Wie sie nichts hatten, eher noch weniger als nichts, sie nähte für den Quelle-Versand, er hatte gerade die Bergmannskluft gegen den Blaumann getauscht und stand jeden Morgen zur Frühschicht in der Gluthitze der Industrieschmiede, formte Teil um Teil für fabrikneue Automobile, die er sich im Leben nie hätte leisten können. Sie erzählt, wie sie es gar nicht glauben konnten, als Herr Weber von der Sparkasse meinte, dass es hinhaut mit dem Darlehen für das Reihenhaus, wie es keine Extras gab und sie nicht mal eine richtige Treppe hatten am Anfang, wie sie trotzdem kurz vor der Hochzeit eingezogen waren in ihr Häuschen, und wie für ein opulentes Fest kein Pfennig Geld mehr übrig war, weshalb es nur Kaffee bei ihnen im noch nicht gestrichenen Wohnzimmer gab und aufgetauten Kuchen, ihre Augen leuchten, als sie sich daran erinnert, wie der Vater sie am Ende des Hochzeitstags, als die Verwandtschaft wieder ins Ruhrgebiet aufgebrochen war, mit der Einladung zum Essen überraschte ins *Restaurant zur Oestertalsperre,* damals eines der besten Lokale am Platz. Sie hatten dort gesessen, die Mutter längst nicht mehr in ihrem Hochzeitskleid, sondern in einem festlichen Kostüm auf Pump aus dem Katalog, das sie später noch zu Weihnachten und Silvester trug, er mit einem Jackett, das später nur für Beerdigungen herhalten musste und das Pinscher kürzlich aus dem Haus rettete, sie weiß noch genau, wie sie gerechnet hatten, was sie sich leisten können und was nicht, wie Pinschers Vater nach dem Essen dann aber doch neugierig wurde auf den Nachtisch, der durfte keinesfalls mehr als vier Mark kosten, aber einen gab es, den sie sich erlauben konnten, ein Dessert namens Birne Helene, sie bestellten es mit zwei Löffeln, der Kellner verzog keine Miene, als er den Wunsch höflich notierte, und dann stell dir mal vor, was dann passiert, sagt Pinschers Mutter und hat schon wieder Tränen in den Augen vor Lachen, dann bringt der Kerl uns eine zur Hälfte durchgeschnittene Birne auf einem Teller und ein Messer und zwei Löffelchen. Mein Gott, haben wir doof geguckt, mein Gott, war das schön. Es dauerte damals noch ein knappes Jahr, bis Pinscher auf die Welt kam. Sie hatten vorher schon Kinder gewollt und nachher auch, aber es war dabei geblieben. Pinscher war ihr einziger Junge. Sollen wir da gleich mal hin, schlägt Pinscher jetzt vor, denn er hat einen Plan. Bist du denn verrückt, haben wir denn überhaupt so viel Geld? Ich bin doch bei der Polizei, sagt Pinscher, wir können uns alles erlauben. Du blöder Hund, sagt seine Mutter, komm, lass mich mal ein Stück laufen. Pinscher hilft ihr beim Aufstehen, mit Trippelschritten geht sie mit ihm am Wasser entlang, und vielleicht sollten wir die Zeit jetzt anhalten, denn das ist der Höhepunkt, bis hierher ist es ja wirklich der perfekte Tag, dafür braucht es nicht mal eine Antwort von Anna. Pinscher weiß es selbst, er ist in diesem Moment so unübertreffbar glücklich, wie er es seit Jahren nicht mehr war. Dabei ist es wie an jenem Samstag in der Küche, es passiert doch gar nichts, und vielleicht verpasst er das Leben woanders, vielleicht könnte er jetzt mit Anna im Bett liegen, wenn er nur morgens bei ihr geklingelt hätte, vielleicht hätte er Doktor Seltsam ausgerechnet an diesem Vormittag nur durch eine ehrliche Frage zu einem Geständnis bewogen und er würde jetzt schon auf die Verlegung in die Justizvollzugsanstalt der Kreisstadt warten, während die Kollegen aus diesem Grund ausnahmsweise mal ohne ein neues Auto ihren viel zu bitteren Kaffee spendieren und Pinscher damit feiern würden. Aber nein, glücklicher als jetzt kann er gar nicht sein, während die Welt wie angehalten ist, während sie sich ganz langsam am Ufer der Talsperre bewegen, deren Wasser still ist an diesem Vormittag. Aber jetzt gibt es plötzlich einen Windstoß, der die Idylle stört, irgendwo kracht ein nach dem letzten Orkan ohnehin schon gelockerter Ast auf den Wanderweg, und auch der kleine Spaziergang der Pinschers gerät aus dem Takt: Seine Mutter entgleitet ihm beinahe, unvermittelt kippt ihr Kopf zur Seite, wie Sekundenschlaf, doch Pinscher fängt sie auf, schüttelt sie sacht, was ist los, Mama, was ist los, er zerrt sie zum Rollstuhl und setzt sie hinein und da kommt sie wieder zu sich, schüttelt sich kurz und scheint ausgerechnet das größte Glück der letzten Minuten vergessen zu haben: Kerl, haben wir doof geguckt, sagt sie, Kerl, war das schön. Du warst ohnmächtig, sagt Pinscher. Hast du heute überhaupt schon was getrunken? Du bist ja bekloppt, brüskiert sich seine Mutter, ich und ohnmächtig, ich mach dich gleich ohnmächtig, schieb gefälligst weiter, und Pinscher gehorcht und lässt es auf sich beruhen. Ein Schwächeanfall, ein kurzes Abkippen des Kreislaufs, weil sie das Laufen einfach nicht gewohnt ist.

Woran Pinscher jetzt gerade nicht denken will, während der Wind sich rasch wieder gelegt hat und sie die letzten Meter zum Talsperrenrestaurant gehen, das nicht mehr nobel ist, aber immer noch eine gut besuchte Ausflugsgaststätte, was er wegschiebt, weil er lieber an diese Birne Helene denkt und dass damit eigentlich alles anfing und dass genau dieser Moment, als die nicht mal mehr ganz frische Frucht auf einem Tellerchen gebracht wurde, der Anfang von allem ist, der Beginn ihres winzigen Königreichs in der Vier-Täler-Stadt Mündendorf, wogegen er sich also gedanklich mit allen Mitteln wehrt, weil es die Vergangenheit angeht und nichts, aber auch gar nichts mit der Zukunft zu tun haben soll:

Eine vernichtende Hirnblutung kündigt sich zu einem hohen Prozentsatz der Fälle an, kommt also nicht ganz unvermittelt. Bei seiner Mutter waren es Kopfschmerzen gewesen, damals, als Pinscher noch zur Schule ging und sie irgendwann umfiel und mehr tot als lebendig in der Küche lag. Sie hatte das Kopfweh auf den Wetterumschwung geschoben, auf eine Betäubung beim Zahnarzt oder auf die anschließende Wurzelbehandlung, darauf reagiert man nun mal empfindlich, sie hatte ihrem Sohn am Abend vor dem Zusammenbruch sogar noch davon erzählt, aber wer wäre damals darauf gekommen, dass es sich um sogenannte Warnblutungen handelte? Gewissermaßen ein letzter Hilferuf des kollabierenden Gehirns, eine nicht ganz dicht haltende Ader, die bei der kleinsten Belastung endgültig reißen wird, und sei es nur, wie am Nachmittag danach, durch die Anstrengung beim Öffnen einer noch versiegelten Colaflasche. Ein wenig Schwindel hatte es auch noch vorher gegeben, keine richtige Ohnmacht, möglicherweise hatte sie das auch verschwiegen, später konnte man sie nicht mehr fragen, weil ganze Wochen, ganze Monate, ganze Jahre aus ihrem Gedächtnis verschwunden waren. Auf alle Fälle war sie nicht zum Arzt gegangen, doch auch der hätte aller Wahrscheinlichkeit nach den Ernst der Lage nicht gleich erkannt und Migräne vermutet. Eine vernichtende Hirnblutung eines solchen Ausmaßes überleben mehr als drei Viertel aller Betroffenen nicht. Sie versterben in unmittelbarer Folge des Ereignisses. Pinschers Mutter hingegen überlebte damals. Viele Wochen lag sie im Koma, viele Wochen machte kein Arzt mehr Hoffnung, viele Wochen stellten sich Vater und Sohn darauf ein, sie zu verlieren, aber dann schlug sie doch die Augen wieder auf. Und es war, als wäre sie in diesen wenigen Wochen um Jahrzehnte gealtert und zugleich um ebenso viele Jahrzehnte jünger geworden, eine Frau in der körperlichen wie geistigen Verfassung einer Hundertjährigen, zugleich eine Mama mit dem Gemüt eines Kindes. Seit zwanzig Jahren trug diese Paradoxie Pinschers Mutter durchs Leben, allen Prognosen zum Trotz. Eine vernichtende Hirnblutung, machen wir uns nichts vor, ist meist in den folgenden Jahren irgendwann doch noch todesursächlich, es grenzt an ein Wunder, dass Frau Pinscher seit so langer Zeit dem endgültigen Verfall trotzt. Seit sie im Altersheim lebt, kommt der Wald-und-Wiesen-Neurologe aus dem Nachbardorf, misst Hirnströme, wiegt den Kopf hin und her und beendet seine stümperhafte Visite immer wieder mit einem: Geht doch noch. Aber, und wir erinnern ungern genau jetzt daran, an Pinschers perfektem Tag, man ist nach einer vernichtenden Hirnblutung nie vor Rückfällen gefeit. Auch die kündigen sich an, und auch über die reden wir besser nicht mehr als nötig, obwohl es hier ausnahmsweise mal stimmt, eine Betrachtung vom Ende her ist so pragmatisch wie ehrlich, weil danach nichts mehr kommen wird, schlichtweg nichts mehr kommen kann, weil der Körper alles an Reserve schon längst verbraucht hat und seit einer halben Ewigkeit nur noch auf Notstrom fährt, von einer kruden Mischung aus Süßigkeiten, Nikotin und Cola am Laufen gehalten.

Sie sitzen im Biergarten des Restaurants, Pinscher zwingt seine Mutter dazu, ein großes Glas Wasser zu trinken, was sie mit viel Widerwillen und aufreizend langsam ihrem Sohn zuliebe auch tut. Dann kommt die Überraschung, die Pinscher sich schon zurechtgelegt hat, bevor er mit der Mutter aufgebrochen ist. Der ergraute Kellner, es kann eigentlich nicht mehr derselbe sein wie vor etlichen Jahrzehnten, andererseits ist die Vorstellung schön und heute ist ja alles erlaubt, sagen wir also, derselbe Kellner wie damals bringt jetzt, ohne eine Miene zu verziehen, zwei große Schokoladeneisbecher mit Sahne, und dann dreht er sich um, kehrt nach einer Weile zurück und serviert mit einem verschmitzten Lächeln die zusätzlich bestellte Birne Helene, in der Mitte durchgeschnitten und mit zwei Löffelchen versehen. Das alles unter den Ahs und Ohs von Pinschers Mutter, die keinerlei Anzeichen von Schwächung mehr zeigt und gleichzeitig von der Birne probiert, ihr Eis isst und an ihrer Zigarette zieht. Hattest du es eigentlich gut, mein Junge, fragt sie jetzt mit vollem Mund, fast beiläufig. Wie meinst du das, sagt Pinscher. Naja, hattest du es eigentlich gut mit uns? Hör mal, sagt Pinscher und muss lachen, weil er genau wie seine eigene Mutter klingt, was ist das denn für eine Frage? Natürlich hatte ich es gut. Ja, sagt sie, der Papa und du und ich, wir haben es uns schön gemacht, oder? Aber ja, sagt Pinscher, während seine Stimme bricht. Er dreht sich weg und schnäuzt sich, damit seine Mutter nicht die Tränen in den Augen sieht. Bin an der Oester, sollen wir nachher auch mal hin, schreibt Pinscher in sein Handy und schickt die Nachricht an Anna. Sie reagiert nicht.

Später sitzen sie in Pinschers Auto, ein Glück, dass er die rostige Dienstkarre einfach so für alles benutzen darf, und Pinschers Mutter ist müde und gähnt und lehnt ihren Kopf an die Stütze vom Sitz, aber auch das heißt nichts, schließlich hat sie an diesem Tag so viel erlebt wie seit langer Zeit nicht mehr. Wollen wir noch zum Chinesen? Ach, lass mal, mein Junge, das machen wir morgen. Wirklich nicht? Wir könnten dir auch die Ente und Pommes zum Mitnehmen bestellen. Nääääää, sagt sie, ich hab keinen Hunger mehr, was sollen wir denn noch alles essen? In Ordnung, sagt Pinscher, dann machen wir das aber wirklich morgen. Sie kommen pünktlich zum Abendbrot auf die Station. Sie strahlen aber,

Frau Pinscher, sagt die Pflegerin, und die Mama nickt und zählt haarklein alles auf, was sie in den vergangenen Stunden erlebt haben. Pinscher rollt sie in den Gemeinschaftsraum, wo an ihrem Platz schon jeweils eine Scheibe Graubrot mit Wurst und Käse liegen und ein Glas Cola steht. Es beruhigt ihn sehr, dass offenbar nicht mehr gilt, was sie noch Minuten zuvor im Auto gesagt hat, sie schiebt sich zuerst die Brotscheibe mit der Wurst in den Mund, kaut und spült mit einem Schluck Cola nach. Mach's gut, mein Junge, ruft sie, als Pinscher sich verabschiedet, sie dreht sich zu ihm um und lächelt, so gut es eben geht, es ist ein schon etwas schiefes Lächeln und ihr Augenlid zuckt seltsam entrückt, aber sie winkt ihm nach wie ein Kind, und Pinscher läuft rückwärts und strauchelt und fällt fast hin, aber auch er winkt ihr nach wie ein Kind, bis er die Aufzüge erreicht hat und außer Sichtweite ist.

Natürlich ist die Taube nicht verschwunden, als Pinscher am frühen Abend sein Auto vor der Stadtbücherei parkt. Ihre Federn sind über den Alten Markt verteilt, irgendwo beim Lederwarenladen erkennt er aus der Ferne ihren übel zugerichteten Kadaver. Die Kleinstadtkrähen haben ganze Arbeit geleistet. Aber er bleibt dabei, noch mehr als zuvor, das ist verflucht noch mal der perfekte Tag, also sieh einfach mal nicht hin, geh einfach rein. Auf dem Weg nach oben in seine Bleibe nimmt er zwei Treppenstufen gleichzeitig, sein Puls rast, als er die Wohnung erreicht. Blick aufs Telefon: nichts. Die Wellensittiche empfangen ihn übellauniger als am Morgen, ihre Kolbenhirse ist abgefressen und sie haben so lange an den Haken ihres Futterbehälters gezogen, bis er irgendwann zu Boden gefallen ist. Ruhig Blut, der Tag war bis hierher perfekt und du gehst als Sieger vom Platz, egal, was passiert, du wirst noch lange von diesem Tag sprechen, weil ihn dir nichts und niemand madig machen kann, du hast schon eine glückliche Mama zurückgelassen, dann wird es auch noch für einen glücklichen Pinscher reichen. Er beruhigt sich etwas, als er das Malheur der Vögel beseitigt, ihren Vogelsand gewechselt und ihnen frisches Futter in den Käfig gehängt hat, und auch die Wellensittiche sind wieder gelassen. Das Beste wäre, denkt Pinscher, der spürt, dass es ihn sonst überrollt, dir jetzt eine Familienpizza vom *Cefalù* zu holen und mit dem Wirt ein Bier zu trinken und auf die Sportübertragung zu schauen und Anna allerhöchstens noch eine Nachricht zu schreiben und früh ins Bett zu gehen und wieder mit dem Gefühl des heutigen Morgens aufzuwachen und früher als üblich bei der Arbeit zu sein und über den Vorgängen gebeugt zu sitzen, eine Zufriedenheit ausstrahlend, die sogar den Kollegen auffällt und die dich fragen, was dich so fröhlich macht. Ja, das ist ein Plan, das kommt der Perfektion doch nah, ein ganz ruhiger und ereignisloser Abend wie ein Samstag mit deinem Papa in der Küche, damit wirst du durchhalten, das wird deinen Puls beruhigen. Pinscher trägt also Deo auf, wäscht sich die Hände ungewöhnlich lang, putzt sich die Zähne, kämmt sich das Haar, legt die Decke über den Wellensittichkäfig, obwohl er doch nach der Pizza und dem kleinen Bier wieder zurück sein will.

15 Der perfekte Tag, zweiter Teil

Alles wird passieren, und es wird sich immer weiter steigern.

Die Sonne geht gerade unter, kaum ein Mensch ist mehr unterwegs in der Fußgängerzone von Mündendorf. Es ist ein Dienstag oder ein Mittwoch, so genau weißt du es gar nicht, du musst einfach nur in die Pizzeria und dein Essen und dein Bier bestellen und der perfekte Tag ist perfekt. Der Abschied, ihr Mund, ihr Auge, warum hast du den Pflegerinnen nichts gesagt, nein, sie kennen deine Mama mittlerweile besser als du, und es wird nichts passieren, es kann gar nichts passieren. Der Wirt vom *Cefalù* schaut ein Fußballspiel und hat Pinscher vor dem Ladenfenster noch nicht bemerkt, er hadert mit sich, seine Hände sind schweißnass, er weiß genau, was jetzt passieren wird, es ist ihm schon mal so ergangen und der Ausgang ist klar, er will Perfektion mit Gewalt erzwingen, er will sich später eine Geschichte von diesem Tag erzählen, die genau so geht: Und dann wollte ich eigentlich nur noch eine Pizza essen und ein Bier trinken und ins Bett, es war ein Dienstag oder Mittwoch, das spielt gar keine Rolle, und ihr glaubt gar nicht, was ich dann getan habe, wie alles gekommen ist.

Pinscher atmet durch, steckt sich mit zittrigen Fingern eine Zigarette an und geht links durch die schmale Gasse vorbei an der Zoohandlung in Richtung Mündendorfer Sparkasse. Er kennt sie gut. Hier haben seine Eltern in einem anderen Leben die Zusage von Herrn Weber für die Finanzierung ihres Mittelreihenhauses bekommen, hier hat er als Kind sein Kupfergeld säckeweise abgegeben, hier hat er als Jugendlicher im winzigen Rahmen über seine Verhältnisse gelebt. Und das wird er jetzt wieder tun. Er hebt fünfhundert Euro ab, das ist nicht nichts, aber er braucht ein gewisses Kapital zur Perfektion. Danach geht alles so wie im Film, endlich gelingt ihm, wovon er doch den ganzen Tag geträumt hat, er schaltet sein Denken ab. Gestern. Morgen. Nichts. Nur das pure Jetzt.

Er bestellt ein Taxi aus dem Nachbarort, damit der Fahrer ihn bloß nicht erkennt, damit er bloß nicht mit ihm reden muss, wenn er nicht will. Es dauert zehn Minuten, bis der Mercedes auftaucht, ein junger Typ, dessen Nachtschicht gerade angefangen hat und der sowieso eine Krimiserie auf seinem Tabletfernseher glotzt und sich nicht für den schwitzenden Pinscher interessiert. Fahren Sie bitte nicht so schnell, sagt er vorweg, ich zahle Ihnen hundert Euro pauschal und brauche keine Quittung, ich zahle im Voraus, und der Typ guckt ihn im Rückspiegel komisch an, aber als er das Geld sieht, lächelt er nur kurz, steckt die Scheine ein und konzentriert sich wieder auf seine Serie. Hundert Euro hin, hundert Euro zurück, dann hast du noch dreihundert Euro zur Perfektion, das wird reichen, denn das ist es doch, was in der Luft liegt, dein längst verdienter und hart erkämpfter Triumph, der deinen Eltern verwehrt geblieben ist. Zuerst lässt er sich zum Haus fahren, warten Sie bitte kurz hier, ich brauche nur eine Minute, und dann zerrt er, immer noch mit zittrigen Händen und hungrig, jetzt merkt er seinen leeren Magen, das Jackett seines Vaters aus dem Schlafzimmerschrank, das selbst ihm viel zu große Ding mit den viel zu langen Ärmeln. Er ist richtig wütend, als er die Treppe des Reihenhauses wieder nach unten stapft, er würdigt die Bilder an den Wänden diesmal keines Blickes, dieser Scheißschlüssel zu diesem Scheißhaus, sie hätten ihm das alles ersparen sollen, andererseits, später in der Nacht wird ja alles gut sein.

Die Rehe bei den Windrädern. Die Freude über die Birne Helene. Ihr Blick zum Abschied. Ihr zuckender Mund –

Die Fahrt dauert eine knappe halbe Stunde. Pinscher weiß, dass er viel zu viel dafür bezahlt. Aber selbst wenn es das Dreifache wäre, es wird ihm ganz bald schon so egal sein. Im Foyer des in die Jahre gekommenen Baus ist wenig los, wie sollte es anders sein an einem Tag mitten in der Woche, niemand hebt fiebrig frische Scheine an den Geldautomaten ab, niemand kommt mit glänzenden Augen aus dem Rouletteraum, die Kassiererin langweilt sich hinter Panzerglas und lächelt Pinscher an, Punkt für ihn, das wird ihm später noch helfen. Auf den Schildern weisen sie auf die Kleidungsetikette hin, Jackettpflicht, zum Glück ist ihm die Jacke seines Papas noch eingefallen. Mit dem Betreten des Casinos fällt eine Last von ihm ab, Nervosität und Hunger sind schlagartig verschwunden, das ist doch sein Tag, und er ist ganz und gar perfekt und wenn er seiner Mama morgen diese Geschichte erzählt, dann wird sie jubeln vor Freude.

Er tauscht dreihundert Euro in Jetons und steckt sich einen Hunderter tief in die Hosentasche, damit er auf jeden Fall noch zurück nach Mündendorf kommt. Das erste Getränk geht aufs Haus. Er nimmt einen Gin Tonic und zieht ihn weg, bevor er überhaupt an den Spieltisch tritt, der aufmerksame Kellner erkennt Chance und Ernst der Lage und bringt ihm sogleich das nächste Getränk. Abgerechnet wird über eine Magnetkarte, seine hundert Euro für die Rückfahrt lässt er unangerührt. Pinscher setzt sich nicht an den heiß umkämpften Tisch, das Klappern der Jetons und die fiebrigen Gesichter sind ihm noch suspekt, lieber klein anfangen, bei ihm hocken nur zwei weitere müde Gestalten, irgendwas zwischen Gelegenheitszocker und Gewohnheitsspieler. Eine allerletzte Nachricht an Anna: Alles auf Schwarz? Und diesmal dauert es keine Minute, bis die Antwort kommt: Alles auf Schwarz. So soll es sein, denkt Pinscher, und schiebt sämtliche Jetons auf das schwarze Feld. Die Kugel rollt. Nichts geht mehr. Schwarz. Jetzt hat er sechshundert Euro. Belässt sie gleich auf Schwarz. Und wieder gewinnt er. Tausendzweihundert. Zweitausendvierhundert. Ihm wird schwindelig. Nein, nicht auf Schwarz, jetzt mal alles auf Rot, und es kommt Rot. In der kurzen Zeit ist er bei seinem dritten Drink angelangt, das Geraune der vorher noch so gelangweilten Mitspieler hat schon Schaulustige angezogen, doch Pinscher ist endlich ganz bei sich, Tunnelblick, das hatte er vor Jahren schon mal, es hat ewig gedauert, bis er wieder aus den Miesen raus war, doch heute wird alles anders sein. Viertausendachthundert auf Schwarz. Wenn du jetzt gewinnst, dann kannst du nicht mehr alles setzen, da haben sie ihre Limits, sonst räumst du den Laden nachher leer, aber das ist gut so, dann steckst du dir einen Teil in die Tasche und den Rest vertust du. Es kommt nicht Rot. Es kommt auch nicht Schwarz. Null. Die Bank gewinnt. Und diesmal kaum ein Raunen, eher ein verlegenes Wegschauen, ein angedeutetes Schulterzucken des Croupiers, Pinscher klopft mit der Hand auf den Tisch, das war es dann wohl.

Ihre Augen. Ihr Mund. Wie schön ihr es hattet. Er hat den Klamottenplunder vom Wochenmarkt im Auto vergessen, hoffentlich sucht sie jetzt nicht danach.

Erst macht Pinscher sein Konto leer. Und diesmal gewinnt er wieder furios. Und dann verliert er doch wieder alles. Als er mit seiner Kreditkarte in der Hand, das Glück des Beamtentums, sein Limit ist knapp fünfstellig, schon wieder am Schalter im Foyer steht, räuspert sich die Dame hinter dem Schalter. Sie müssten mich bitte kurz begleiten, Herr Binscher. Pinscher, sagt Pinscher, aber was habe ich denn Unrechtes getan? Nur eine Formalität, Herr Binscher. Und dann wird er in ein kleines Büro geführt, eine schmale Kammer voller Aktenordner mit einem altertümlichen Computer, ein klassisches Vernehmungszimmer wie auf dem Revier. Es zieht ihn zurück an den Spieltisch, wo er sein Glück perfekt machen will, aber einstweilen muss er sich auf einen Stuhl setzen, ein Herr mit Fliege kommt herein, setzt sich auf den Drehstuhl auf der anderen Seite des Schreibtischs, der Chef des Abends. Herr Binscher, Sie haben schon sehr viel verloren heute. Ich müsste mit Ihnen leider darüber sprechen, sagt der hagere Herr, der sein Vater sein könnte, und schiebt ihm ein abgegriffenes Faltblatt über den Tisch, Hinweise zum verantwortungsvollen Spielen. Und Pinscher wiederum, der sich nicht aufhalten will damit und gar nicht richtig zuhört, spielt jetzt auch, nämlich die Polizeikarte, er nimmt seinen Dienstausweis aus dem Portemonnaie, hält ihn dem Casinochef hin, lassen Sie das bitte meine Sorge sein, was ich gewinne und verliere, die Angelegenheit ist heikel. Verstehen wir uns? Der Herr richtet seine Fliege, kneift die Augen zusammen, atmet gepresst aus: Also schön, trotzdem müssen wir Sie auch unter diesen Umständen bitten, diesen Zettel zu unterschreiben, eine reine Formalie, Sie wissen ja, wie das mit Gesetzen ist.

Ein Papier voller Kleingedrucktem, Abtrittsvereinbarungen im Falle von, erteilen uns hiermit die Erlaubnis, Ihre Daten an, bestätigen mit der Unterschrift, dass die Geschäftsfähigkeit, Pinscher überfliegt es nur, und seine Hand zittert beim Abzeichnen der Selbsterklärung, war es das? Ja, haben Sie noch einen angenehmen Abend, weiterhin viel Erfolg, Herr Binscher.

Ihre Freude, wenn du sie besuchst. Ihr Strahlen. Ihr ersterbendes Lächeln, als du es ihr in der Küche gesagt hast an diesem Morgen mit blauem Himmel, dass sie ausgerechnet Koteletts für euch alle machte, obwohl da schon gar nicht mehr alle da waren –

Jetzt will er es, bestärkt durch die überstandene Belehrung, so richtig wissen. Zehntausend Euro in Jetons, restlos alles, was die Kreditkarte hergibt. Es versetzt ihn in noch größere Euphorie, als ihm der Jetonberg über den Tisch hingeschoben wird. Für die Getränke muss er ab jetzt nichts mehr zahlen, ein Service des Hauses, hier ist er jetzt schon der perfekte Kunde, der Premiumgast dieses Abends, was für ein erhebendes Gefühl.

Und dann sind alle Augen auf ihn gerichtet. Auf dich. Auf den Besoffenen, auf den Irren, auf den Dicken, auf den Schwitzenden. Du spürst die Blicke, aber das ist jetzt auch egal. Schwankend stehst du am Roulettetisch, einen kräftigen Schluck von deinem siebten, deinem achten Gin Tonic, und dann noch einen. Du bist in etwas geraten, du bist hineingeglitten, nein, Blödsinn, du hast dich vorsätzlich hineinfallen lassen, so wie damals, nur diesmal noch viel schlimmer, geht es schief, dann bist du ganz und gar verarmt, aber es kann ja gar nichts passieren, das ist in deiner

Geschichte dieses Tags schlichtweg nicht vorgesehen, hol dir das Glück, es steht dir doch endlich zu. Mehrere Runden setzt du aus, greifst immer wieder mit beiden Händen in die Jetons, du hast viel verloren und viel gewonnen, aber jetzt wird es Zeit, die Perfektion dieser Nacht herauszufordern, du hast nasse Finger, der Schweiß rinnt dir aus jeder Pore, die Umstehenden, eine traurige Gruppe aus Zockern mit und ohne Alkoholproblem, sehen das Unheil kommen, aber keiner greift ein. Mach es, was soll schon passieren, Erlösung gibt es nicht umsonst, die hat nun mal ihren Preis, deine fucking protestantische Erziehung, denkst du noch, aber dann stierst du konzentriert auf den Kessel.

Dein Pinscherleben. Manchmal wenig gewonnen. Oft viel verloren. Aber irgendwann bist du dran, das hast du von deinen Eltern gelernt. Irgendwann hast du keine Schulden und keine Bange mehr. Irgendwann spielt das Orchester auf und du kannst dich feiern lassen. Irgendwann wirst du aus dem Lachen gar nicht mehr rauskommen. Wenn das verdammte Glück nicht kommt, dann fordere ich es verdammt noch mal heraus.

Also restlos alles auf Schwarz. Fünfstellig, scheiß doch drauf. Jetzt rollt die Kugel, mach, was ich dir sage, du bist mein Glück, fifty-fifty minus der blöden Null, nichts geht mehr jetzt, es muss aber, es muss was gehen, es muss einfach was gehen. Das hier ist dein perfekter Tag. Rot. Rot, verdammter Scheißdreck, warum tust du mir das an, Pinscher muss lachen und schüttelt den Kopf, er sackt am Spieltisch in sich zusammen, irgendwer klopft ihm ermutigend auf die Schulter, irgendwer reicht ihm einen großen Schnaps, wie ein geschlagener Boxer in seiner Ringecke hockt er da, es hilft nichts, wie ein geprügelter Straßenköter schleicht er aus der Halle.

Warum hatte sie keinen Hunger mehr, sie hat Ente mit Pommes noch nie ausgeschlagen. Natürlich war die Taube nicht verschwunden, für wie blöd hältst du eigentlich die Welt –

Erst im Taxi zurück spürt Pinscher den Alkohol. Der Fahrer ist ein melancholischer, älterer Mann, jemand, der immer vor dem Casino wartet, der deshalb nicht spricht, wenn er nicht darum gebeten wird. Die ganze Rückfahrt über muss Pinscher würgen, um sich nicht in den Fußraum zu übergeben, aber er hält durch. Als sie gerade auf der Autobahn sind, öffnet der Fahrer wortlos alle Fenster, es ist eine der mildesten Nächte des Jahres, man kann den Sommer riechen. Ohne Pinscher zu fragen stellt er das Radio laut, und er lacht während des ganzen Stücks, ein irres, ein befreites Lachen, und auch Pinscher vergisst seine Übelkeit und lächelt, *Dies irae, dies illa/Solvet saeclum in favilla*, schreit das Requiem aus dem Radio, und mit diesem Gefühl erreichen sie Mündendorf, der perfekte Tag ist längst vorbei, der Zorn hat angefangen.

IV

RESIGNIEREN

1 Nur noch Gemüse

Pinscher schwankt und stolpert. Alles, was er noch an Geld besitzt, hat er in seiner Hosentasche. Sieben Euro vierzig und ein bisschen Kupfergeld, wie er es früher gesammelt und zur Sparkasse getragen hat. Die Vögel werden von Pinschers Würgen aufgeweckt, verschreckt zwitschern auch sie ein liebliches Requiem für einen Kommissar, er schafft es nicht mal mehr ins Bad, er kotzt mitten ins Zimmer, er kotzt auf sein schönes blaues Hemd, er kotzt auf das Beerdigungsjackett seines Vaters, und wieder muss er wie bescheuert lächeln. Im Dunkeln zieht er sich ganz aus und kriecht unter die Decke, er zittert wie im Fieber. Bevor er benommen einschläft, schreibt er eine letzte Nachricht an Anna: Alles ist verloren. Ihre Antwort ist ausführlich und kommt später in der Nacht. Mein lieber Pinscher. Wir hätten einfach Freunde bleiben sollen. Ich hätte ehrlich zu dir sein müssen. Wenn du nach mir suchst, wirst du mich nicht mehr finden. Ich bin jetzt immer woanders.

Doch den Nachrichtenton verpasst Pinscher, er wird Annas Worte erst am nächsten Morgen finden und nichts mehr antworten und ratlos sein. Doch jetzt träumt er, es ist tatsächlich ein Fiebertraum, er wird am nächsten Tag kurz denken, das alles sei wirklich passiert. Denn plötzlich steht er auf und ist im Zimmer seiner Mutter. Ein zweites

Bett muss für ihn aufgebaut worden sein, seine Mama wird schimpfen, denkt er, denn das Bett versperrt den Blick auf den großen Fernseher, den er ihr gerade neu gekauft hat. Die Mutter räuspert sich jetzt, wacht auf, streift die Decke zur Seite. Sie sieht Pinscher nicht, er macht sich bemerkbar, aber sie bekommt davon gar nichts mit, er muss unsichtbar für sie sein. Kurz sieht er im Mondlicht ihr Gesicht, tatsächlich ganz beseelt und glücklich von diesem perfekten Tag. Sie zieht ihre kleinen Hausschuhe an, ein bisschen schwindlig scheint ihr zu sein, sie hat natürlich wieder viel zu wenig getrunken. Sie will offenbar zur Toilette, aber so weit schafft sie es nicht mehr, ein unnatürlich kehliges Stöhnen entfährt ihr, sie fasst sich an die Stirn und klatscht der Länge nach auf den Boden, nicht mal mit den Händen stützt sie sich ab, ihr kleiner Körper verursacht einen mächtigen Knall beim Auftreffen auf das mattgelbe Linoleum. Pinscher will ihr helfen, aufspringen, sie aufrichten, er ist wie betäubt, wie gelähmt, er will strampeln und schreien und mit allen Mitteln hin zu seiner Mama, wütend schießen ihm die Tränen in die Augen, aber es geht nicht, er kann einfach nicht.

Feuer kannst du nicht mit Feuer bekämpfen, wann lernst du das endlich. Pinscher hat die Worte seines ersten Chefs im Kopf, als er vom Telefonklingeln geweckt wird. Es riecht übel in seiner Bude, wenigstens die Wellensittiche scheint das nicht zu stören, sie zwitschern der Sonne entgegen. Es wird ein warmer und makellos schöner Tag. Wie selbstverständlich nimmt er den Anruf an, als hätte er mit ihm gerechnet und die ganze letzte Nacht darauf gewartet. Das Mündendorfer Seniorenzentrum. Ich habe leider keine guten Nachrichten, sagt die Pflegerin. Das habe ich mir gedacht, sagt Pinscher.

Wir haben Ihre Mutter heute früh auf dem Boden liegend gefunden, der Notarzt war zum Glück sofort da. Lebt sie? Ja, sagt die Pflegerin, aber Sie sollten trotzdem kommen. Wir haben sie auf die Intensivstation gebracht. Was hat sie? Das wissen sie noch nicht so genau, sagt die Pflegerin, der Arzt vermutet einen Schlaganfall. Danke für Ihre Mühen, sagt Pinscher, ich komme gleich vorbei. Er legt auf und liest die Nachricht von Anna. Er registriert sie ganz sachlich, wie er auch seinen schier unerträglichen Kater registriert. Er duscht eiskalt, es ist sehr unangenehm, aber es muss sein. Dann nimmt er Eimer und Lappen und wischt seine Kotze weg. Und obwohl heute nicht der Tag dafür ist, lässt er Wasser ins Waschbecken laufen, drückt wie vorgeschrieben zwei Zentimeter aus der Tube mit dem Reisewaschmittel ins Becken und weicht seine Kleidung ein, die nach Erbrochenem riecht. Das Beerdigungsjackett seines Vaters stopft er in den Müllsack, zumindest das hat hier nichts mehr verloren.

Feuer kannst du nicht mit Feuer bekämpfen, verstehst du das denn nicht? Manchmal muss man das. Genau, den Helden spielen, ganz toll. Aber wenn es brennt, muss doch jemand da sein. Wenn du dabei draufgehst, dann ist niemandem geholfen, du Depp. So wütend hatte er seinen damaligen Chef nie erlebt. Das war einige Schichten nachdem er das erste Mal in Uniform unterwegs war und das volle Elend abbekam. In der ersten Nacht ein Autounfall mit tödlichem Ausgang, ein seit Tagen vom Baum hängender Selbstmörder und kurz vor Dienstende auch noch ein Kerl, der besoffen und grundlos auf offener Straße jemandem mit dem Messer in den Rücken gestochen hatte. Von Anfang an hatte Pinscher dem mannigfachen Schrecken ins Auge geblickt.

Er wurde sofort süchtig danach. Wollte dieses Gefühl wieder und wieder und wieder. Nahm diese unbequemen und schlimmen Aufträge an, wenn über Funk gefragt wurde, wer in der Nähe ist. Veränderte er sich dadurch? Nein, das kann man so nicht sagen. Alles, was ohnehin schon in ihm angelegt war, trat nur umso deutlicher hervor. Und ja, er arbeitete nicht, er ackerte. Bleib mal locker, sagten ihm die Kollegen. Du kriegst keinen Preis für die meisten Überstunden. Lass die anderen doch mal die Scheiße machen, drängel dich nicht vor, du kriegst es irgendwann noch im Kopf. Sein Chef meinte es nur gut, als er Pinscher zu sich holte, ihm einen Kaffee hinstellte, ihn dann zusammenstauchte und anschließend sogar für den Rest des Tages nach Hause schickte. Ein lieber Kerl, kurz vor der Pensionierung und ohne Alkoholproblem oder kaputte Ehe, das gab es damals nicht oft. Gerade deshalb wusste er genau, wovon er sprach. Alle fragen sich, warum du das machst, sagte er zu Pinscher. Ich mag das halt, sagte Pinscher. Wir müssen tun, was zu tun ist. Halt die Klappe, sagte sein Chef unvermittelt, ich will eine ordentliche Antwort, mir zuliebe und dir zuliebe. Trauerarbeit, hatte Pinscher gesagt, ein Wort, das er vorher wie nachher nie wieder den Kollegen gegenüber benutzt hatte. Sein Chef fragte nicht weiter nach, sondern nickte nur. Du musst auf dich aufpassen, das musst du mir versprechen. Das kann ich nicht, hatte Pinscher geantwortet. Sein Chef hatte milde gelächelt. Und dann hatte er ihn nach Hause geschickt, und Pinscher hatte nichts mit sich anzufangen gewusst, damals wohnte er schon in seinem Schuhkarton am Rhein, und damals wusste er schon, dass er seinen Chef über die Pensionierung hinaus enttäuschen würde. Ein wenig später landete er beim Kriminaldauerdienst und wurde gleich der mit den Leichen, und er rauchte noch mehr, und anstatt sich um seine Trauer zu bemühen, kümmerte er sich weiter jeden Tag um die Trauer der anderen.

Goranek ist immer noch mit seinen Wellensittichen in Finnland, im Grunde kann er also machen, was er will. Auf dem Papier braucht man ihn als Regionalbereichsbeamten ja sowieso nicht, denkt er, das ist nämlich in Wahrheit die Stelle für die Versehrten, die es weder ins Polizeiorchester noch zur Puppenbühne schaffen und die nur noch mehr saufen würden, setzte man sie zur Bearbeitung von Ladendiebstählen von morgens bis abends an den Schreibtisch. So ist er nicht, so sieht er sich nicht, aber mehr gibt seine Position im Augenblick nicht her. Das einzig Gute daran: Niemand vermisst ihn, es muss nur jemand einen Zettel an der Eingangstür aufhängen, der über den Ausfall der Bürgersprechstunde informiert, außerdem wird er sein Puppenspiel im Seniorenzentrum am Bahnhof absagen, davor hatte es ihm eh gegraust, die Zusage war auf Wunsch des Bürgermeisters erfolgt, um den alten Leuten was zu bieten und sie umfassend über die neuen Trickbetrugsmaschen aufzuklären, vor denen man selbst im kleinstädtischen Seniorenzentrum nicht mehr sicher war. Er lässt das Telefon im Gemeinschaftsraum klingeln und landet in der üblichen Kaffeerunde, erklärt sich, ich kann heute nicht kommen, jemand in der Familie ist schwer krank. Es kommt natürlich keine Nachfrage, ist notiert, dröhnt der Kollege, den er an der Stimme nicht erkennt, weil sie alle gleich klingen, und bevor Pinscher sich bedanken kann, ist schon aufgelegt worden. Er trinkt mehrere Gläser Wasser und lutscht zwei Minzbonbons gleichzeitig, er zieht sich eine schwarze Anzughose und ein schwarzes T-Shirt an, keine endgültige Trauerkleidung, aber der Lage angemessen.

Von seinem allerletzten Geld kauft er sich in der Bäckerei einen Milchkaffee und zwei Käse-Schinken-Croissants, er wird von einer Aushilfe bedient, die ihn nicht kennt, das ist gut. Einen Small Talk welcher Art auch immer würde er heute nicht verkraften – und erst recht keine neuen Erkenntnisse oder traurigen Details über Glotzen-Elsbeth. Morgen wird er sich wieder damit befassen, und dieses Gefühl erleichtert ihn fast, ja, er will unbedingt weitermachen.

Auf dem Weg zum Krankenhaus zieht der gestrige Abend an ihm vorbei, eigentlich war dieser ganze Tag ein klassischer Pinscher. Er wollte das perfekte Leben spüren, für ein paar Stunden nur, ganz und gar, und das Ende vom Lied: Er hat er einen Arsch voll Schulden, die Frau, in die er sich Hals über Kopf verliebte, hatte wahrscheinlich nie Interesse an ihm, und seine Mutter liegt halb tot in ihrem Zimmer, wobei die eine Sache auf seine Kappe geht, die anderen beiden aber nun wirklich nicht. Er kann sich nicht erklären, warum er heute so rational ist, so unangreifbar.

Können wir offen reden, sagt der Arzt, nachdem Pinscher sich Kittel und Mundschutz angelegt hat und vor dem Zimmer der Intensivstation steht, wo jetzt seine Mutter liegt. Klar, sagt Pinscher, ich bin Kummer gewohnt. Er sieht, wie der Arzt unter der Maske lächelt und seine Meinungsbildung abgeschlossen hat, der Sohn ist ein Typ Marke zynischer Angehöriger, er wird also kein Blatt vor den Mund nehmen müssen. Es sieht nicht gut aus, sagt der Arzt. Scheinbar ein schwerer Schlaganfall, heute früh hat sie dann gekrampft, jetzt schläft sie. Kriegt sie die Kurve noch, sagt Pinscher. Das weiß man ja nie, sagt der Arzt. Sie wissen doch, kotzende Pferde und Apotheken. Wenn sie es schafft, dann ist sie vielleicht nur noch Gemüse. Haben Sie das gerade wirklich gesagt, fragt Pinscher streng, warum Gemüse, und der Arzt hebt entschuldigend die Hände, Sie wollten es doch genau wissen, schon gut, sagt Pinscher, tut mir leid. Rufen Sie mich, wenn noch was ist, sagt der Arzt und öffnet ihm die Tür zum Zimmer der Mutter, ach so, die Besuchszeit können Sie ignorieren, kommen Sie einfach, wann Sie wollen. Damit überlässt er Pinscher das Zimmer, er geht mit einem unguten Gefühl hinein, dafür ist er Profi genug: Wenn sie schon die Besuchszeiten für null und nichtig erklären, dann rechnet keiner mehr mit einem Wunder.

Da liegt sie also wie am Tag zuvor, ein bisschen aufgedunsen von den starken Medikamenten, noch mehr wie ein Kind im dezent gepunkteten Krankenhausnachthemd. Ihre gerunzelte Sorgenstirn kennt er, er hat sie so oft schlafend angeschaut. Hallo Mama, sagt er und fühlt sich wie ein Laientheaterdarsteller, der den Sohn der hinfälligen Mutter spielt, da bin ich schon wieder. Und dann erzählt er ihr von dem Mist, den er tags zuvor noch verzapft hat, aber du musst dir keine Sorgen machen, das Geld vom Haus ist sicher für ihr Seniorenheimzimmer, das ist eingefroren, ach ja, jetzt kann ich es dir ja endlich sagen, ich habe das Haus verkauft, du hättest es nicht mehr alleine geschafft, seit Jahr und Tag habe ich ein schlechtes Gewissen dir gegenüber, aber jetzt ist es raus. Das Piepsen der Geräte bleibt gleichmäßig, die Mama verzieht keine Miene, er weiß nicht, ob seine Worte sie erreichen, ganz ehrlich, er hofft es nicht, er muss grinsen. Na dann, sagt er, ich komme heute Abend wieder, Mama. Und lauf nicht weg. Er schließt die Tür so leise wie möglich hinter sich, nein, sie geht noch nicht fort, etwas sagt ihm, dass die Zeit noch nicht gekommen ist, jedenfalls nicht jetzt, aber an einer unumstößlichen Tatsache ändert auch dieser Aufschub nichts, den sie möglicherweise nochmals bekommen haben: Seine Mama stirbt.

2 Das Pinscherproletariat

Und dann passiert etwas, das alle bisherigen Ereignisse in den Schatten stellt: Pinscher joggt. Nach dem Besuch auf der Intensivstation wühlt er in seiner Reisetasche und findet ganz unten seine Ausstattung: ein Laufshirt in XXL, eine Hose in XL und selten benutzte unmodische Turnschuhe aus dem Schlussverkauf. Ausgerechnet seine Sportsachen hatte er zuerst eingepackt, als ihm klar wurde, dass Mündendorf unausweichlich ist, sein Ischias hatte ihn furchtbar gequält, und wenn selbst die Katadolon irgendwann versagen, hatte er sich gesagt, dann hilft vielleicht Physiotherapie, der alte Hausarzt seines Vaters hätte ihm sogar eine Kur verschrieben angesichts seiner Schmerzen, und so war er von Anfang an der Peinlichkeit entgangen, in einem solchen Fall in das Sportgeschäft im Ort gehen und nach den großen Größen fragen zu müssen. Er ist ganz stumpf aufgewacht vom Anruf aus dem Seniorenzentrum, genau so kann es in den nächsten Tagen weitergehen, es ist diese Taubheit, die er manchmal den Sachverhalten auf der Arbeit entgegenbringen musste, wenn er sich sagte, dass auch er die ganzen Hungers am Rhein nicht mehr lebendig machen kann, dass man die Dinge letztlich so lassen muss, wie sie sind.

Seine erste Runde ist kurz, sie reicht gerade mal auf die kleine Anhöhe in der Nähe vom Sportplatz und trotzdem fällt ihm das Atmen schwer. Rotköpfig hält er sich an einem Baum fest und hustet, seine Knie schmerzen, der Schweiß läuft ihm in Strömen über den Rücken. Wir müssen zu seiner Verteidigung sagen, dass es mittlerweile erstaunlich heiß ist für einen Frühsommertag. Nach dem Rennen duscht er und schläft zwei, drei Stunden tief und traumlos. Dann telefoniert er mit dem Kreditkarteninstitut und vereinbart eine Ratenzahlung für die zehntausend Euro Schulden, die er seit letzter Nacht hat, zehn Prozent im Monat, das ist eine Menge, aber dann muss er sich eben einschränken, in nicht mal einem Jahr ist die Angelegenheit vergessen. Auch die Sparkasse lässt mit sich reden, sie gewähren ihm ein paar hundert Euro Dispo mehr, er wird sich sein Geld penibel einteilen müssen, wenn es bis zum nächsten Lohn reichen soll. Von einer Nachricht an Anna lässt er heute die Finger, ebenso schiebt er den Mordfall, den er bei sich jetzt immer so nennt, weil er sich seiner Sache sicher ist, ein Stück weg, ein wenig Zeit hat er noch, bis Goranek zurück ist. Bevor er seine Mutter zum zweiten Mal an diesem Tag im Krankenhaus besucht, fährt er hoch zum Tanneneck und findet diese Wiese, über und über mit Blumen.

Er pflückt ihr einen Strauß, klein und bescheiden, doch als er im Kittel und mit Mundschutz an der Schiebetür zur Intensivstation steht, fällt ihm ein, dass Blumen dort natürlich verboten sind. Er lässt sich eine kleine Vase geben, stellt die Blümchen in den Warteraum und sieht Tag für Tag zu, wie sie kurz nochmals ihre volle Pracht entfalten, die Farben ein letztes Mal kräftiger werden, bevor die Blütenblätter auf den Tisch rieseln und alles verwelkt. Seine Mutter schläft noch immer mit besorgter Stirn, künstliches Koma, die Sterbequote auf Intensivstationen liegt im Bundesdurchschnitt um die zehn Prozent, hat er gelesen, das sollte sich doch wohl machen lassen.

Damit er nicht schweigt, während er bei ihr im Zimmer sitzt und ganz nervös wird vom Piepsen der Geräte, berichtet er ihr von seinen Joggingversuchen, er beschreibt ihr das Feld mit den Blumen, die orangefarbene, riesige Abendsonne über den Tälern von Mündendorf, dann lässt er sie allein. Er geht ins *Cefalù* und trinkt ein Bier und bestellt Pizza und redet mit dem Pizzabäcker, der beiläufig ein italienisches Fußballspiel im Fernsehen verfolgt. Pinscher spricht von der Arbeit und vom abgesagten Puppenspiel im Seniorenzentrum, bis der Pizzabäcker laut lacht und sich auf den Oberschenkel schlägt, er verschweigt, was seiner Mama passiert ist, er verschweigt auch das Casino, eigentlich wollte ich gestern schon kommen, sagt er nur, das wäre der perfekte Abend gewesen, aber das weiß man doch sowieso immer erst hinterher.

Und Pinscher joggt weiter. Früh am Morgen. Diesmal geht es etwas besser, aber er hat schon verstanden, es bringt ja nichts, wenn du dich übernimmst, also spaziert er Teile der Strecke, sein Telefon in den einen, seine Schachtel Zigaretten und das Feuerzeug in den anderen Socken gesteckt, wie er es mal als Kind bei einem Bundesligaspieler gesehen hat. Er schafft es bis zum Gehöft von Goranek, der hat ihm nämlich eine Nachricht geschrieben in der Nacht, wir sind Weltmeister, wir haben das Ding, und dann ganz viele Ausrufezeichen, bleiben noch sieben Tage, lauter Termine. Glückwunsch, antwortet Pinscher, war gerade bei deiner Ranch, sieht ordentlich aus, dein Neffe macht die Sache gut, musste ein bisschen spazieren, muss jetzt jeden Tag spazieren, wir reden darüber, wenn du wieder hier bist. Zurück kommt nur ein nach oben gerichteter Daumen. Wer weiß, welche gesellschaftlichen Verpflichtungen man als Besitzer von Wellensittichen mit Weltmeistertitel hat, bestimmt war das finnische Fernsehen sogar schon da, wahrscheinlich hat er sein Preisgeld auch gleich am ersten Abend so verzockt wie Pinscher seine ohnehin schmalen Rücklagen. Goranek würde es ihm anvertrauen, ganz bestimmt, denn wenn nicht ihm, wem dann? Bei der Arbeit sagt Pinscher alles nicht Notwendige ab, einerseits will er keine Termine haben, falls das Krankenhaus sich meldet, andererseits braucht er die Kapazitäten. Sieben Tage bis zur Rückkehr seines Chefs, alles muss bis dahin passiert sein. Nur wenn der Fall hieb- und stichfest ist und er Doktor Seltsam in Handschellen präsentiert, wird Goranek ihm glauben und dankbar sein und den Erfolg selbstverständlich auch für sich reklamieren.

Und Pinscher joggt. Und Anna lässt ihm eine unverbindliche Karte aus Amerika schicken, die Brooklyn Bridge im Winter, eine historische Aufnahme. Und Pinscher joggt. Und eines Abends ruft ihn ausgerechnet Kurt Seifert an, Pinscher wird leider nie davon erfahren, möglicherweise will er zu diesem Zeitpunkt gestehen, möglicherweise sind die Gerüchte über Pinschers Ermittlungen endlich bis zu ihm vorgedrungen, möglicherweise will er ihm deshalb eine Falle stellen, aber so weit kommt es gar nicht erst, er hat sich irgendwann Pinschers Nummer ins Handy gespeichert. Zahlendreher, und immer, wenn er versucht, ihn zu erreichen, klingelt es bei einem Düsseldorfer Sanitärnotdienst, dessen Mitarbeiter keinen Pinscher oder Binscher kennt.

Und Pinscher joggt. An einem Morgen bis zur Burgruine, das schafft er mit genug Ruhe und Pausen. Dann setzt er sich auf das Mäuerchen in schwindelerregender Höhe, raucht eine Zigarette und denkt nach: Wäre er glücklicher geworden, wenn er seine Bewerbung zum Polizeiorchester abgeschickt und den ganzen Tag geübt hätte? Warum fragt er sich nicht, was es mit Anna auf sich hat, wusste er von Anfang an, dass das alles nur ein Spiel zu Konditionen ist, die er niemals kennen wird? Warum ist er wieder hier, jetzt mal wirklich ehrlich, wir sind schließlich ganz allein hier oben auf der Burgruine, an dessen Fuße angeblich ein gewisser Engelbert eine ähnliche Schlacht schlug wie ein gewisser Pinscher: Warum bist du zurückgekommen? Die Frage der Fragen. Aber jetzt, vom Standpunkt der Gegenwart aus, kennt Pinscher die Antwort recht präzise: Ich bin zurückgekommen, um das Ende dieses Films zu sehen. Um das kleine Verschwinden dieser kleinen Familie, die meine eigene ist, aus nächster Nähe zu erleben. Hier komme ich her, hier bin ich aufgewachsen, von hier bin ich abgehauen, weil ich dachte, man kann diesen verfluchten Wurzeln entgehen, aber, alte Joggerweisheit, obwohl ich erst seit einigen Tagen laufe, man stolpert ja doch ständig über sie. Und ich habe sie verdammt noch mal nie verraten, diese Familie, deren Schicksal es von Generation zu Generation war, ständig hart zu malochen und ständig knapp bei Kasse zu sein und ständig zu sagen, dass das richtige Leben doch erst mit der Rente beginnt, nur hat niemand was davon gehabt, nicht der Ururgroßvater, nicht die Urgroßmutter, nicht Oma und Opa und auch nicht seine Eltern, denn immer dann, wenn das Glück hätte beginnen sollen, fielen sie halb tot oder tot um in ihren bescheidenen Behausungen, im Flur, im Wohnzimmer, im Bad, in der Küche, würde es dieses eine Haus geben, das alle Zeiten versammelt, dann läge es voller toter Pinschers, ein Fest für den Kriminaldauerdienst wäre das, die Schicksale sind einander so verdammt ähnlich, du kommst aus einer Dynastie der kleinen Leute, du gehörst in diese Kaste, du hast es bis an ihren oberen Rand geschafft, und weiter geht es nicht, und auch du wirst den Preis dafür bezahlen, du merkst es doch schon, deine Leberwerte können wir vielleicht noch retten, aber um deine Lunge ist es schlecht bestellt, da musst du noch viel laufen und endlich die Scheißqualmerei lassen, wenn du dich nicht auch einreihen willst in die Riege des stolzen und kurzlebigen Pinscherproletariats, aber zurück zur Ausgangsfrage: Warum bist du zurückgekommen? Weil meine Mutter verschwindet und ich es von Anfang an wusste.

In diesem Augenblick, Pinscher hat sich schon die dritte Zigarette angesteckt, klingelt sein Telefon: die Nummer vom Krankenhaus. Bitte nicht jetzt, fleht Pinscher leise, aber der Arzt klingt zu fröhlich für ernste Botschaften: Wir haben Ihre Mutter verlegt, sie ist jetzt auf der Geriatrie. Ist das gut oder schlecht, fragt Pinscher. Weder noch, sagt der Arzt, es ist eine medizinische Entscheidung. Ist gut, sagt Pinscher, haben Sie vielen Dank für Ihren Anruf, und dann steckt er sein Telefon und seine Zigaretten wieder in die Socken und trabt langsam zurück in Richtung Stadt.

3 Refugium

Manchmal überkommt ihn doch der Kummer. Dann kauft er sich eine Flasche Wodka und öffnet sie, wenn er abends nach einem langen Tag am Fenster steht und über den Alten Markt schaut. Immerhin, die arbeitsreichen Tage retten ihn auf gewisse Weise: Morgens läuft er, im Büro stapeln sich die Anliegen, mittlerweile fragen auch die Nachbargemeinden nach seinen Vorträgen zum Einbruchschutz, einem Puppenspiel zur Verkehrserziehung in der Vorschule oder schlichtweg nach einem Polizisten in Uniform, der einfach mal Präsenz zeigen soll. Pinscher sagt alles ab, fragen Sie bitte später nochmals nach, aktuelle Ermittlungen haben gerade Vorrang, sollte Goranek sich später daran stören, dann wird er auf seine Termindichte in den Wochen davor hinweisen und ihn an ihre ausgedehnten Ausflüge in den Baumarkt erinnern, wo für die Beschaffung des Tierfutters ganze Vormittage draufgingen. Sobald seine Schicht um ist, fährt er jeden Tag zu seiner Mutter ins Krankenhaus. Es ist traurig. Meistens schläft sie tief und fest oder sitzt mit offenen Augen in halb erhöhter Position. Sie atmet etwas schwerer als zuvor. Und sie spricht nicht mehr, höchstens in Halbsätzen und ohne jede Orientierung. Wie ein altertümlicher Kassettenrekorder, der nur noch zufällig aufgenommene Fetzen aus der

Vergangenheit reproduziert und meistens Bandsalat. Zurückspulen, kurz abspielen, stop, wieder zurück, noch ein Stück, kurz abspielen, stop.

Manchmal überkommt ihn also der Kummer, doch zumindest schafft er es, nicht mehr Feuer mit Schnaps zu bekämpfen. Ob ihn der Abend im Casino kuriert hat? Auf jeden Fall reicht es, einen Kurzen zu trinken, und er schüttelt sich und stellt die Flasche wieder zurück in den Kühlschrank. Wie sein Vater an diesem letzten Samstag im Paradies. Er geht nicht mehr so oft ins *Cefalù*, das Geld ist knapp, er meidet die Bäckerei mittlerweile, damit die Bäckersfrau seinen Ermittlungen nicht ins Gehege kommt, er trinkt jetzt den bitteren Kaffee der Kollegen, sitzt trotzdem nie mit ihnen im Gemeinschaftsraum, da ihre Gespräche nur aus Schweigen oder mit starkem Dialekt gebrummten Unmutsäußerungen bestehen. Nennen wir es endlich beim Namen: Sie sind ihm gegenüber feindselig.

Wenn er am Schreibtisch sitzt, dann lenkt er sich ab, so gut es geht. Dann setzt er Puzzleteil um Puzzleteil zusammen, das Bild bleibt zwar noch lückenhaft, aber Motiv und Komposition sind annähernd erkennbar. Für den Haftbefehl ist er allerdings nach wie vor auf Kurt Seiferts Unterstützung angewiesen, genau das ist der Knackpunkt: Im Leben wird er nicht gestehen, das ist so ein Typ, der weiß selbst nichts von seiner Schuld, der bringt sich eher um und nimmt noch welche mit. Er würde ihn gern packen und die Wahrheit aus ihm herausschütteln, aber das geht nicht, im Gegenteil, er muss Doktor Seltsam mit Samthandschuhen anfassen, vor allem aber muss er es bald tun. Was er bis jetzt in der Hand hat, wird Goranek nicht reichen. Ein Mündendorfer hackt dem anderen kein Auge aus, das gilt hier genau wie am Rhein oder sonst wo. Aber, denkt Pinscher, fassen wir zusammen:

Elisabeth Seifert, die teure Glotzen-Elsbeth, die den Spitznamen wegen ihrer Härte in Verhandlungen hat und wegen ihres überteuerten Ladens, der sie trotzdem mit den Jahren zu einer relativ wohlhabenden Frau macht, fühlt sich von ihrem Sohn genötigt. Das kennt sie anscheinend schon, doch die wahre Bedrohung kommt aus gänzlich anderer Richtung: Man stellt eine Krankheit bei ihr fest, die sie nicht überleben wird. Also, so schlussfolgert Pinscher, kauft sie sich ein Haus, um aus der mit dem Sohn geteilten Wohnung rauszukommen. Eine alte, kleine Familienbude, besser als nichts, warum soll sie da noch großartig renovieren lassen, sie braucht ein Refugium für sich allein. Und noch dazu, denkt sie sich, ist der Kurti abgesichert, denn wenn ich nicht mehr bin, dann hat er nicht nur den Laden, sondern auch noch ein kleines Häuschen in gar nicht so schlechter Lage. Und er kommt manchmal vorbei und isst Mittag mit ihr und fragt nicht nach, warum sie sich in das Leben einer fremden Familie gesetzt hat. Sie ist seltsam, er ist seltsam, es ergänzt sich zu einer Einheit. Doch dann verschwimmt die Sache leider. Doktor Seltsam kennt sich mit Medikamenten aus, ist manisch besessen von Chemie und Biologie, das hat Pinscher beim Durchblättern der Abiturzeitung herausgefunden und durch einen Anruf bei einer ehemaligen Lehrerin, deshalb ja überhaupt Doktor Seltsam, fällt ihm wieder ein, die Lehrerin bestätigt also, was er sich schon dachte, er wollte mal Apotheker werden, aber dann musste er im Laden antreten, als der Vater starb. Der Vater, noch so eine

Sache: ähnlicher Verlauf wie bei der Mutter, plötzlich vom Sofa gekippt, keine Anzeichen von Krankheit in den Tagen davor, damals stellte der Notarzt den Schein aus, natürliche Todesursache, was sollen wir euch jetzt den Tag mit der Polizei versauen. Schauen wir gar nicht so weit in die Vergangenheit, eins wird sich aus dem anderen ergeben, sicher ist jedenfalls, Kurt Seifert besorgt sich im Namen seiner Mutter Herzmedikamente, wahrscheinlich klaut er einfach einen Schwung Rezepte, weil er weiß, dass niemand ihm in den Apotheken etwas Schlechtes unterstellen würde, und so hortet er unterschiedliche Herzmittel und verschreibungspflichtige Schlaftabletten, manche davon ziemlich sicher tödlich bei hoher Dosierung. Und dann dringt er immer wieder in das Refugium der Mutter ein, obwohl er damals noch nicht mal einen eigenen Schlüssel hat, wie die Bäckereiverkäuferin Pinscher erzählte. Er bringt ihr Mittagessen vorbei oder die Abrechnungen aus dem Laden und manchmal eben eine Flasche Wein, die sie zusammen trinken. Und, allerletztes Argument, er wird nicht nervös, nachdem es passiert ist, der Urlaub mit den Schützenkumpels ist schon gebucht, die Beerdigung arrangiert, die Polizei erfolgreich abgewimmelt. Erst das Auftauchen von Pinscher versetzt ihn offenbar in helle Aufregung, erst seine Hartnäckigkeit bringt ihn auf die Palme, und das macht ihn also erst recht schwer verdächtig. So wird es gewesen sein, seine Mutter will einfach nur ihre Ruhe für die letzten Monate, die ihr bleiben, sie will verschwinden wie die Taube unter Pinschers Auto, aber das lässt ihr Sohn Kurti nicht zu. So richtig das ja alles ist, stellt Pinscher fest, nachdem er sich durch seine geheime Akte geblättert hat, sosehr ihm sein Bauchgefühl auch sagt, dass er sich nicht verrannt hat und dass er Doktor Seltsam in den Knast bringen kann: Das Tatmotiv kennt nur sein ehemaliger Klassenkamerad. Und der wird es Pinscher höchstwahrscheinlich nicht beim gemeinsamen Bier verraten.

4 Ein Tag in New York

Brandstiftung an einer Scheune, Holzstapel noch vor Eintreffen der Feuerwehr gelöscht. Zwei abgetretene Außenspiegel auf dem Sparkassenparkplatz. Einfache Körperverletzung nach einer Kneipentrinkerei. Kreditkartenbetrug. Pinscher will schon weiterklicken, während er die Meldungen der Nacht durchgeht. Aber diese eine Adresse und den Namen kennt er.

Er fragt die Kollegen, ob er übernehmen darf, er hätte da so eine Idee, übliches Schulterzucken, also gut, nur nicht so euphorisch, ich nehme euch gerne Arbeit ab. Er ruft an, die Geschädigte ist daheim, also setzt er sich in seine Rostlaube und fährt zu der angegebenen Adresse. Aus dem Auto schreibt er eine Nachricht an Anna, sein erstes Zeichen seit Tagen: Bist du immer noch in New York? O ja, es tut so gut, antwortet sie ihm direkt, hast du mir verziehen? Pinscher schreibt nicht zurück, sondern streckt seinem Telefon die Zunge raus, steckt es in die Tasche und fährt.

Eine rüstige Rentnerin öffnet ihm die Tür. Er kennt diese Gesichtszüge. Kommen Sie herein, Herr Kommissar, möchten Sie einen Kaffee? Gern, sagt Pinscher, und dann sitzt er inmitten dieser geschmackvollen Sofalandschaft in diesem penibel aufgeräumten Haus. Auf den Fotos an der Wand erkennt er sie, damals noch ein Mädchen, lächelnd. Heimelig haben Sie es hier. Ach, Herr Kommissar, nur wofür das alles? Lassen Sie uns kurz zu den persönlichen Angaben kommen, sagt Pinscher. Geburtsdatum, Adresse, Personalausweisabgleich.

Darstellung des Sachverhalts aus Sicht der Geschädigten: Ich habe vor einigen Tagen das Fehlen meiner Kreditkarte bemerkt, dies allerdings nicht angezeigt, da ich dachte, ich hätte sie nur verlegt. Gestern fiel mir auf, dass mehrere Verfügungen vorgenommen worden sind, unter anderem in Bekleidungsgeschäften und Hotels in Dortmund, Hamburg, Berlin und hier in Mündendorf. Ich habe diese Verfügungen nicht selbst getätigt und erstatte daher Anzeige. Pinscher notiert alles nachlässig in seinem Notizbuch, er ahnt schon, dass sich die Sache bald erledigen wird. Entschuldigen Sie die indiskrete Frage, sagt Pinscher nach dem aufgebrachten Vortrag der Frau, aber sind Sie und Ihr Mann pflegebedürftig? Natürlich nicht, sagt die Frau, ich nicht, und mein Mann schon gar nicht. Er macht gerade sogar eine lange Wanderung, ihn bringt das alles sehr auf, müssen Sie wissen. Wie kommen Sie denn überhaupt darauf? Ihre Tochter hat es mir so erzählt. Sie kennen Anna? Ziemlich gut, sagt Pinscher. Wir sind zusammen zur Schule gegangen. Ach, Peterle, entfährt es Annas Mutter jetzt, ich hab dich einfach nicht erkannt! Nicht schlimm, Frau Leid, die Schule ist ja auch schon lange her. Was hattest du denn mit Anna zu tun? Das ist eine lange Geschichte, sagt Pinscher, wir haben uns vor einer Weile auf dem Markt getroffen, ich bin noch nicht so lange zurück in Mündendorf. Sie hat mir angeboten, über bestimmte Dinge zu reden. Angeboten? Wissen Sie, die Arbeit bringt mich manchmal in extreme Situationen, und Anna ist schließlich vom Fach. Was soll das heißen, sagt Annas Mutter, sie ist vom Fach? Während Pinscher ihr berichtet, schlägt Edith Leid sich die Hand vor die Stirn, entschuldigt sich, wo es nichts zu entschuldigen gibt, erklärt sich, obwohl sie sicher nicht zuständig dafür ist. Eins ist nach kurzer Zeit klar: Wenn die Mutter nicht eine kapitale Lügnerin ist, wobei es für diese Annahme keinen Grund gibt, dann hat Anna zumindest in diesem Punkt die Wahrheit gesagt: Sie ist nicht die, für die Pinscher sie hielt. Von einem Studium in New York weiß die Mutter nichts, auch nicht von einem Forschungsprojekt in Berlin, diese ganze Psychologinnensache, da wird sie sich wieder reingesteigert haben, es stimmt schon, es hätten öfters mal Leute bei ihr geklingelt und nach der Praxis gefragt, aber sie hätte immer an den Hautarzt drei Häuser weiter oder an eine Verwechslung gedacht, mag sein, dass sie manche Dinge nicht hatte sehen wollen, sie war ja ewig nicht mehr im Souterrain, da sei Anna ganz eigen und empfindlich gewesen. Herr Pinscher, sagt Edith Leid sichtlich aufgeregt und wechselt versehentlich wieder ins Sie, meine Tochter ist gar nichts. Mal gibt sie sich als Professorin aus, mal behauptet sie, mit Prinz William verwandt zu sein, dann wieder sind wir, ihre Eltern, bei einem Schiffsunglück ums Leben gekommen. Sie ist besessen davon, jemand anderes zu sein. Und wenn der ganze Schwindel mal wieder auffliegt, macht sie sich aus dem Staub, bleibt wochenlang weg und kommt dann doch wieder angekrochen. Warum dieser ganze Zirkus, fragt Pinscher, ich verstehe das nicht. Sie selbst behauptet, sagt Annas Mutter, nicht rechtzeitig weggekommen zu sein von hier. Und schiebt es uns in die Schuhe, obwohl das doch Quatsch ist. Wir haben viel zusammen erlebt. Ich mag sie sehr. Und ich dachte, sie mag mich auch, sagt Pinscher und ist kurz selbst ganz angefasst. Mein Junge, sagt Annas Mutter, das ist bestimmt auch so, aber du kannst nicht auf sie zählen. Ist sie jetzt gerade wirklich in Amerika? Wer hat das denn gesagt? Sie selbst. Aber wovon denn, Herrgott?

Pinscher reißt sich zusammen, es bringt ja nichts, sich auch noch reinzusteigern: Lassen Sie uns wenigstens das mit der Kreditkarte klären: Hat Anna sie Ihnen geklaut? Wenn ich dir das jetzt sage, dann würde sie riesigen Ärger bekommen, oder? Ich denke schon, sagt Pinscher. Können wir nicht einfach behaupten, mir ist gerade plötzlich wieder eingefallen, dass ich sie doch selbst benutzt habe und alles so rechtens ist? Warum haben Sie es denn dann überhaupt angezeigt, Frau Leid? Wenn ich jetzt nicht hier wäre, dann würde die Sache ihren Gang gehen. Ich war so enttäuscht, sagt Annas Mutter, aber jetzt tut sie mir schon wieder leid. Pinscher nickt. Ich kümmere mich darum, dass es eingestellt wird, sagt er und steht auf, und lieben Dank für den Kaffee. Nimm es nicht so schwer, Junge, sagt Annas Mutter, sie meint doch gar nicht dich damit.

5 Ein Märchen aus alten Zeiten

Aber warum war er denn überhaupt losgegangen, fragten ihn die Menschen. Trieb ihn etwa nur die Sehnsucht? Gefiel es ihm denn nicht mehr da, wo er herkam?

Pinschers Tage haben einen festen Rhythmus. Endlich. Ausgerechnet jetzt. Als bräuchte es einen Ausnahmezustand dafür als Bedingung. Morgens läuft er eine halbe Stunde und selten länger, wobei das schon wieder eingerissen ist und er oft genug nur gemütlich spaziert in seinen Joggerklamotten und dabei zwei, drei Zigaretten raucht. Bis nachmittags sitzt er im Büro, dann besucht er die Mama im Krankenhaus. Übermorgen kommt Goranek zurück und er hat sich noch nicht dazu durchringen können, Doktor Seltsam in die Enge zu treiben. Abends kommt er müde nach Hause, die Krankenhausbesuche strengen ihn an, er käme nicht mehr auf die Idee, nachts zum Bahnhof zu marschieren. Aber das liegt ja nicht nur an der Müdigkeit, sondern vor allem daran, dass er sich langweilen würde. Null von zehn. Den Schrecken so oft wiederholen, bis er nicht mehr schrecklich ist. Zumindest bei seiner Angst im Dunkeln hatte das geholfen, zumindest hier in Mündendorf. Am Zustand seiner Mama hat sich nichts geändert. Die Pflegerinnen auf der Geriatrie sind lustlos und gleichgültig, das Sterben sind sie gewohnt, und Ausschläge nach oben gibt es nicht. Pinscher sitzt mindestens eine Stunde bei der Mama, die ihn erkennt oder nicht erkennt, er weiß es nicht, eine Ärztin meinte neulich, es läge am Fentanyl gegen die Schmerzen, sie können es nicht genau lokalisieren, aber der Sturz muss ihr bis jetzt zu schaffen machen, ohne die

Schmerzpflaster hält sie es nicht aus, sagt die Ärztin, mit dem Schmerzpflaster aber ist sie durch den Wind. Das kenne ich, will Pinscher sagen und von seinem Katadolon-Vorrat gegen den Ischias erzählen, aber er verkneift es sich. Bis zum Abend sitzt er einfach da, gibt ihr manchmal einen Schluck aus ihrer Schnabeltasse, füttert sie mit ein paar Löffeln Joghurt oder erzählt ihr, die jetzt weitgehend unbeweglich im Bett liegt, das Märchen, das er von ihr hat:

Wenn er Durst bekam, dann trank er in der Not das Wasser aus den Bächlein, wenn er Hunger hatte, dann aß er die Beeren von den Sträuchern.

Die Besuchszeit ist vorbei. Wie bitte? Hören Sie schlecht, die Besuchszeit ist vorbei. Aber ich bin doch jeden Tag bei meiner Mama. Ja, Sie haben auch jeden Tag die Besuchszeit überschritten. Sie schmeißen mich raus? Wenn Sie so wollen. Die Pflegerin hat ihre Hände in die Hüften gestemmt und glotzt ihn voller Verachtung an, der Herr Kommissar, der sich für was Besseres hält, hätte er sich mal früher um seine Alte gekümmert, dann läge sie jetzt nicht so da. Darüber reden wir noch, sagt Pinscher im Gehen, wenigstens bekommt seine Mutter nichts von der Szene mit, weil sie schon wieder schläft. Gern, beschweren Sie sich ruhig, sagt die Pflegerin. Sie sind verbittert, sagt Pinscher im Gehen, und so sehen Sie auch aus. Sie mich auch, sagt die Pflegerin, wie bitte, sagt Pinscher, Ihnen auch einen schönen Abend, sagt die Pflegerin.

Was, wenn jetzt Nacht wird? Werden mich die wilden Tiere fressen? Wird man meine Schreie hören?

Pinscher steht am Fenster und schaut über den Alten Markt. Er hat sich einen Schnaps eingegossen, aber er rührt ihn nicht an. Es schüttelt ihn, wenn er nur daran riecht. Er blickt auf die Wälder in der Ferne und erinnert sich: Dieses Märchen hatte er immer im Kopf, wenn etwas von ihnen verschwand. Unwiederbringlich. Wie lächerlich das aus heutiger Sicht ist. Es setzte ihm zu, als an diesem Sonntagabend vor Weihnachten sein erstes Haustier zur Tür hinaus in die Kälte floh. Hatte jemand vergessen, den Käfig zu schließen? Hatte er sich selbst befreit? War er auf der Suche nach dem, was wir bis zum Schluss Zuhause nennen? Damals jedenfalls wurde Pinscher von einer Melancholie erfasst, er dachte an das Märchen und lag im Bett wie ein kleines Kind, er weinte. Vielleicht weil er damals schon alles wusste und alles kommen sah. Drei Tage später wurde seine Mama eine ganz alte Frau. Wenige Jahre später war sein Papa tot. Und wieder einige Jahre später steht er nun also am Fenster dieser schlichten Ferienwohnung, die doch eigentlich nur für die Durchreise gedacht ist. Er steht da und wartet, dass auch seine Mama verschwindet. Und er fragt sich, wie lang dieses Märchen in Endlosschleife noch gehen soll. In diesem Moment bekommt er eine Nachricht: Seine Kindergärtnerin schickt ihm das Foto von der Mama und ihm. Sie strahlen. Inmitten des bescheidenen Wochenmarkttrubels. Er bedankt sich, betrachtet gerührt das Foto aus besseren Zeiten, die doch erst wenige Tage zurückliegen, und schreibt gleich zurück: Können wir vielleicht kurz telefonieren? Und dann klärt sich wenigstens das auf, wo sonst gerade alles im Argen liegt und Pinscher danebensteht wie ein unbeteiligter Beobachter, wie der Zeuge eines Unfalls, der vor lauter Schreck gar nicht weiß, was er tun soll.

Es war plötzlich Nacht geworden über ihm, sternenklar,

der Mond schien hell und er fröstelte, hatte er doch nicht damit gerechnet, bis in die Dunkelheit hinein zu laufen und nirgendwo anzukommen.

Pinscher, erzählt die Kindergärtnerin, sei ein schwerer Fall gewesen. Einer der schwierigsten überhaupt. Er habe sich standhaft geweigert, in den Kindergarten zu gehen ohne seine Mutter. Sich auf den Boden geworfen, geweint, eingenässt, nichts getrunken oder gar gegessen. Unter einer Bedingung zeigte er sich leidlich kooperativ: Er trotzte seiner Mutter das Versprechen ab, ständig in der Nähe zu sein. Ganz in der Nähe. Er fragte unentwegt nach, ob seine Mutter wirklich im Garten säße und auf ihn wartete. Und weil ihr irgendwann nichts Besseres mehr einfiel, sagt die Kindergärtnerin, man muss verstehen, die Zeiten waren anders, man wusste nicht so recht, was man noch tun sollte, fiel ihr dieses Märchen ein. Eine Geschichte, deren Ursprung sich nicht genau zurückverfolgen lässt, angeblich eine Überlieferung einer ostpreußischen Großmutter, auf jeden Fall schrieb sie es Pinschers Mutter auf der elektrischen Schreibmaschine auf und gab ihr die Blätter, eigentlich für sich und nicht für den Sohn, denn wir wissen ja heutzutage, dass der Abschiedsschmerz kleiner Kinder eng gekoppelt ist an das Leiden der Mütter, aber sie verstand es offenbar falsch und las Pinscher das Märchen Abend für Abend vor. Als würde es einem kleinen Kind Trost spenden, dass es nach langem Leiden am Ende des Tages doch irgendwie nach Hause käme.

Pinscher bedankt sich und legt auf. Was für ein Wendepunkt. Er hatte sich immer ein wenig gegruselt vor diesem Märchen, dabei sollte es ihn beruhigen. Egal wie schlimm es ist, am Schluss landest du ja doch wieder daheim, also geh ruhig fort ohne Sorge und ohne Not. Das hätten wir also geklärt, denkt er beim Einschlafen, diese Akte können wir schließen, abverfügt und weg, eigentlich ist das nicht seine Art, aber gerade ist es besser, sich für eine Weile zu schonen, so gut es eben geht. Der nächste Aufbruch steht bevor, und diesmal wird das Märchen kein gutes Ende nehmen.

Und wenn er nicht gestorben ist, dann bricht er immer noch jeden Morgen auf, kommt er immer noch am Ende aller Kräfte immer wieder dort an, von wo er doch so unbedingt hatte fliehen wollen.

6 Alle Zimmer

Du fröstelst ja schon wieder, nicht dass du auf den letzten Metern noch krank wirst von dem Haus, du gehst durch alle Zimmer, wirklich ein allerletztes Mal. Du schaust nicht weg. Nicht wie damals mit dem Makler, als du dir so sicher warst, dass das Haus dich in Ruhe lassen wird, weil du es so verkaufst, wie es ist. Der Kleiderschrank wird durch deine Träume geistern. Kölnisch Wasser wirst du nie mehr leiden können. Kleidermotten wirst du für immer mehr hassen als Schmeißfliegen. Du streichst die Decke des immer noch bezogenen Kinderzimmerbetts glatt, du streichst deiner singenden jungen Mutter durchs Haar. Du hörst auf das leise Knarren der Türen der massiven Schrankwand im Wohnzimmer. Ein halbseidener Onkel macht sich daran zu schaffen, lass das sein, rufst du, und er verschwindet, zerfällt zu Staub wie ein Vampir. Du gehst sogar in den Keller, auch das muss sein. Wie es dir vor Einbrechern dort grauste. Wie du noch heute jede zweite Nacht davon träumst. Als ob jemals allen Ernstes ein Krimineller auf die Idee gekommen wäre, über die Terrassentür eines schon auf den ersten Blick äußerst bescheidenen Mittelreihenhauses in der Nacht einzusteigen. Was wäre denn zu holen gewesen? Was hatten wir je zu bieten? Du legst dich kurz aufs Sofa, obwohl hier jemand neulich gestorben ist, egal, die Jahre ohne Tod sind es, die zählen. Du schaust in den Himmel über Mündendorf, so hast du als Kind hier gelegen, während auf der Terrasse gegrillt wurde und dir der Geruch nach Würstchen durchs offene Fenster in die Nase stieg. Die Wolken zogen gemächlich dahin, und das Blau des Himmels brannte nicht in den Augen, angenehm war das, tatsächlich dachtest du, dass der Himmel bestimmt überall schön ist, aber auf keinen Fall so wie hier, gestützt von der saftig grünen Mittelgebirgslandschaft, du lagst da wie jetzt und wolltest nicht, dass die Zeit vergeht, aber sie verging. Aufstehen, sofort. Ein dumpfer Schlag lässt dich hochschrecken. Du eilst in die Küche, auch das noch, du wusstest, dass dir das blüht, da liegt die Mama und krampft, ihr Gehirn hat gerade den schweren Schlag erlitten, von dem sie sich nur langsam wieder erholen wird, du bist hilflos und hältst dir die Augen zu, und als du wieder schaust, ist die Mutter verschwunden, zum Glück.

Du zögerst, bevor du die Tür zuziehst. Ein einziges Mal werden wir noch hier sein, denkst du. Also gehst du in die Küche, stellst zwei Tassen auf den Küchentisch, legst Löffelchen dazu, findest tatsächlich noch einen Kaffeefilter und sogar noch Kaffeepulver. Als alles vorbereitet ist für die letzte Rückkehr, wachst du schüttelfrostig auf.

7 Wandernde Geister

Dann kommt der Tag der Entscheidung. Er sitzt auf der Bank vor dem Wanderparkplatz am Tanneneck und schaut hinab auf Mündendorf. Obwohl die kleine Stadt ihn mittlerweile sogar beruhigt, weil es sich mit ihr wie mit seinem der Zeit enthobenen Puppenspiel verhält, wo die Figuren älter, grauer, verstaubter werden, sich an grundsätzlichen Gegebenheiten aber nichts ändert, obwohl er von hier oben überschaut, was sein Leben ausmacht, das Mittelreihenhaus, das Krankenhaus mit dem Seniorenheim und seiner Mama, der Friedhof mit seinem Papa, daneben der Kindergarten mit dem Märchen aus alten Zeiten, überall drumherum die Mittelgebirgswälder, obwohl er gerade nur schöne Gefühle diesem Mündendorf gegenüber hat, weiß er eines gewiss: Er ist hier nie ganz angekommen.

Um kurz vor sechs steht er auf und braucht dafür keinen Wecker, füttert die Vögel, zieht seine Joggingkleidung an, steckt sein Telefon in den einen und seine Schachtel Zigaretten in den anderen Socken und läuft los. Mittlerweile in einem passablen Tempo, heute ohne Spaziergehpausen. Der Anstieg zum Tanneneck macht ihm dennoch zu schaffen, nass geschwitzt kommt er oben an, hoffentlich erkältet er sich nicht. Es hat einen Wetterumschwung gegeben, tagsüber ist es hochsommerlich warm, morgens gibt es fast schon wieder Frost, und es ist kalt, denkwürdig kalt.

Er schaut auf die Stadt. Welche Rolle spielst du in diesem Puppentheater? Kann der Polizist mit dem Räuber befreundet sein und einen Tee trinken, wie er es für die Grundschüler manchmal gespielt hat? Reicht es diesem Polizisten, dass seine einzig richtige Freundin die Großmutter mit der riesigen Brille ist, die er in seinen Aufführungen stets zur Mutter macht?

Du weißt, wie sehr ich dich mag, Pinscher, sagt seine Chefin gestern zu ihm am Telefon. Das weiß ich, antwortet Pinscher, deshalb hast du mich ja auch nach Mündendorf geschickt. Schweigen. Sie ruft nach Feierabend an, natürlich nicht auf Pinschers Dienstapparat, sondern auf seinem privaten Handy. Du meldest dich, um mir das zu sagen, fragt Pinscher. Erinnerst du dich an den Rollstuhlopa, dem du damals die Luft aus den Reifen gedreht hast? Natürlich, sagt Pinscher. Er hat deinen Kollegen Achenbach angegriffen. Unvermittelt, nachdem er wieder auf der Straße stand. Wer ist Achenbach, fragt Pinscher, ein Glück, sagt Jana, du bist immer noch der Alte. Schweigen. Und weiter, sagt Pinscher. Achenbach hat ihn aus dem Rollstuhl geworfen, auf die Bordsteinkante gesetzt, den Rollstuhl in seinen Kofferraum geladen und ist weggefahren. Pinscher lacht laut. Den Namen muss ich mir merken. Wirklich der Alte, sagt Jana. Das hat unsere Probleme jedenfalls nicht kleiner gemacht. Wir mussten ihn suspendieren. Luft aus den Reifen drehen ist Riesenmist. Rollstuhl wegnehmen ist zu viel. Ab wann, fragt Pinscher, um zur Sache zu kommen. Und wie lange? Ab sofort, die Sommerferien über, in der Zeit überlegst du es dir. Pinscher ringt mit sich, er fühlt sich geschmeichelt. Goranek weiß noch von nichts, fragt Pinscher. Er ist gerade im Ausland, sagt Jana. Irgendeine Rundreise zur finnischen Flora und Fauna. Hab davon gehört, sagt Pinscher. Wir haben kurz telefoniert, er lässt dich gehen, wenn du hier wieder gebraucht wirst. Pinscher schweigt. Mach es mir doch nicht so schwer, sagt Jana. Es war nicht richtig, dich wegzuschicken, aber es ist richtig, dich jetzt zu bitten. Pinscher sagt nichts. Ich bitte dich, sagt Jana. Keiner kann so gut Leichen wie du. Hier hat sich alles gestapelt, die Leute melden sich reihenweise krank, du hast das richtige Händchen dafür. Okay, sagt Pinscher. Aber unter zwei Bedingungen. Ich arbeite nicht nachts. Ich muss allein rausfahren. Ich darf einen Hund mit ins Büro bringen. Ich kann sofort alles liegen lassen, wenn sie wegen meiner Mama anrufen. Das waren mindestens vier Bedingungen, sagt Jana, du bist unmöglich. Schweigen. Also gut, sagt Jana. Also gut, sagt Pinscher. Gib mir noch zwei Tage, dann bin ich wieder da. Ich freu mich auf die Zigaretten mit dir, sagt Jana. Ich dachte, wir sind ein Nichtraucherrevier, sagt Pinscher, und damit legen sie auf.

Vor Aufregung hat er kaum geschlafen in der Nacht. Er wird sich freuen, wieder am Rhein zu sein. Er wird trotzdem so oft wie möglich seine Mama sehen, ihr vorerst verschweigen, dass er nicht mehr in Mündendorf wohnt. Außerdem stimmt das nicht so ganz, es ist ja nur vorübergehend, am Ende der Sommerferien wird er wissen, wohin er wirklich gehört. Aber jetzt konzentriert er sich auf das, was vor ihm liegt. Heute soll der Tag der Entscheidung sein. Eine Zigarette noch, obwohl, besser eine halbe, vielleicht sollte er sich einfach angewöhnen, die Hälfte der Zigarette abzureißen. So raucht er, auf den Tag betrachtet, nur noch halb so viel, und dann ist es schon nicht mehr so schwer, irgendwann ganz damit aufzuhören.

Später sitzt er an seinem Schreibtisch und kümmert sich darum, den Kreditkartensachverhalt von Annas Mutter loszuwerden, einen kleinen internen Text zu formulieren für seinen offiziellen Abschied als Regionalbereichsbeamter, vielleicht wird er sogar eine Kuchenplatte für die unsägliche Kaffeerunde bestellen. Wenn alles nach Plan läuft, dann werden sie ihn sowieso feiern. Denn morgen kommt Goranek zurück, danach wird er Mündendorf verlassen, vorerst, doch heute will er Doktor Seltsam noch stellen, und zwar mit ganz einfachen Mitteln: sich mit ihm auf ein Bier verabreden im *Goldenen Herzen*, ihm Honig ums Maul schmieren, die Geschichte der eigenen Mutter erzählen und ihn vor dem letzten Schnaps einfach fragen: Hast du das gemacht? Mehr kann er nicht tun. Er hat sonst nichts in der Hand, was reichen würde. Alles auf Schwarz. Es steht fifty-fifty, und diesmal kann gar keine Null kommen. Diesmal, so scheint es, spielt ihm das Schicksal sogar in die Karten. Chef, sagt der patzige Kollege in Uniform, mit dem er noch nie ein Wort gewechselt hat, hier hat dich einer versucht zu erreichen. Er legt ihm einen Zettel hin mit einer Telefonnummer, bitte schön, Chef, Pinscher bedankt sich, will nachfragen, aber da ist der Kollege schon wieder weg. Die Nummer von Kurt Seifert. Das kann gut sein oder schlecht sein, denkt Pinscher, so muss er seine Kontaktaufnahme gar nicht erklären, kommt sie nicht überraschend, hat er vielleicht noch bessere Chancen, diese entscheidende Runde zu gewinnen. Es klingelt nur ein einziges Mal, dann hört er die nuschelnde Stimme von Kurti. Du hast versucht, mich zu erreichen, sagt Pinscher. Immer wieder, sagt Kurt Seifert, aber ständig bin ich in Düsseldorf gelandet. Warum Düsseldorf, sagt Pinscher. Hab gar nicht dran gedacht, bei der Polizei anzurufen, lustig, nicht wahr, sagt Kurt Seifert. Nervöses Kichern. Jetzt hast du mich ja erreicht, sagt Pinscher. Ich wollte nur mal fragen wegen dem Schlüssel, sagt Kurt Seifert, du hast ja noch den Schlüssel. Für das Haus. Ach ja, sagt Pinscher mit gespielter Überraschung, der Schlüssel zum Haus. Den muss ich dir natürlich bringen. Wann passt es dir denn? Genau heute nach Feierabend, sagt Kurt, nach Feierabend. Gut, dann komme ich direkt nach Ladenschluss vorbei. Gehen wir danach noch ein Bier trinken, fragt Pinscher. Doch Kurt Seifert hat schon aufgelegt.

Was immer er plant, der seltsame Doktor Seltsam hat damit die Regeln geschrieben. Und wieder: Kann gut sein und kann schlecht sein. Ruhig Blut, du nimmst deine Waffe mit und Handschellen sowieso. Dann liest er nochmals alles, was er zum Fall gesammelt hat, leert seinen Schreibtisch von allen noch offenen Vorgängen, als würde auch er am nächsten Tag mit seinen Wellensittichen zur Weltmeisterschaft fahren wie sein Chef. Er macht früher Feierabend, weil er vor dem nicht kalkulierbaren Treffen mit Kurti noch seine Mama besuchen und sich diesmal den Ärger wegen der Besuchszeiten sparen will.

Betrachten wir ihn an dieser Stelle kurz wie einen Fremden: wie er sich sogar auf die Begegnung mit einem potenziellen Mörder freut, wie er emsig über seinen Akten sitzt, ein Kind, das sich jeder ihm zugewiesenen Aufgabe mit dem gleichen Eifer widmet. Gehen wir nicht zu hart mit ihm ins Gericht, schonen wir ihn aber auch nicht über die Maßen: Pinscher ist ein ziemlicher Naivling. Eigentlich weiß er nämlich von nichts. Oder aber, das ist viel wahrscheinlicher, er will es nicht wissen, er gibt sich dieser bestimmten Art von Resignation hin, wie sie zu einem Trauernden passt. Erst leugnet er, dann wütet er, dann verhandelt er, dann gibt er auf. Auf allen Ebenen. Anna wusste, dass er schwer verliebt in sie ist, sie hat ihn, narzisstische Vorgeschichte hin oder her, einfach abtropfen lassen, als er ihr nicht mehr spannend genug erschien – und Pinscher lässt es geschehen. Sie lassen ihn Puppenspiele in Altersheimen und Kindergärten aufführen, die sonst keiner machen will, sie schicken ihn zu den ärmsten Gestalten der Kleinstadt, damit sie einfach für eine Weile nicht mehr stören – und Pinscher schmeißt ihnen nicht die Brocken hin, sondern reist mit selbst gebastelter Kriminaltechnik an. Er sieht die entzauberte Wirklichkeit jeden Tag und setzt trotzdem alles, was er hat, aufs magische Denken. Wenn du jetzt spielst, dann wirst du gewinnen. Und wenn du nicht spielst, dann hast du schon alles verloren. Das Schlimmste kommt erst noch, er muss doch einfach besser wissen, was jetzt kommt.

Während seiner Ausbildung hatte er an der Polizeihochschule viele abwegige Kurse belegt. Einmal war es um die hypothetischen Folgen eines atomaren Angriffs oder Kraftwerksunglücks für die öffentliche Sicherheit und Ordnung gegangen. Damals hatte er erstmals von der *Walking-Ghost-Phase* gehört. Sie tritt bei der schwersten Form der Strahlenkrankheit auf. Zuerst geht es den Opfern sehr schlecht. Doch dann sieht es so aus, als hätten sie das Schlimmste überstanden, als würden sie schlagartig wieder gesund. Eine vermeintliche Erholung setzt ein, die manchmal kurz, manchmal lang andauern kann. Sie ist trügerisch. Denn die Opfer sind wandelnde Geister. Zerfallen innerlich, während sie sich besser fühlen. Und dann sterben sie. Später bei der Arbeit hatte er das Phänomen immer wieder in anderen Zusammenhängen erlebt. Das geht auch ohne Strahlung, dachte er sich ziemlich schnell, wenn Angehörige nach schweren Unfällen plötzlich wieder bester Dinge waren, er ist doch schon wieder ganz bei sich, ab jetzt geht es aufwärts. Pinscher hatte behutsam versucht, sie auf eine Verschlechterung vorzubereiten, und war auf Empörung gestoßen, hatte aber leider oft recht behalten. Eine Notärztin, mit der er zufällig öfters zu tun hatte, konnte diese Beobachtung bestätigen. Einen allerletzten Augenblick erglänzt der Tag, und dann folgt die endgültige Nacht.

Er mag also naiv sein, idiotisch, trottelig, wie er voller Hoffnung auf die geriatrische Station des Krankenhauses dackelt und seine Augen bald vor Aufregung leuchten, aber genau deshalb ist er ja unser Held. Sie ist wach. Seine Mama ist ganz wach.

Sie sitzt im Bett, blättert in der Tageszeitung, löffelt ihren Joghurt, schaut Pinscher an, was glotzt du denn so, hast du mir nichts mitgebracht, er freut sich unglaublich, sie so zu sehen. Er redet gar nicht viel an diesem Nachmittag, lässt sie erzählen, die etwas träger und müder ist als vorher, aber sonst wieder fast die Alte. Eine Sache müssen wir noch klären, Freundchen, sagt seine Mutter und klopft mit dem Finger auf das Tablett vor sich: Wann kann ich wieder nach Hause? Du hast es mir versprochen. Und Pinscher, der sich in dieser Sekunde besser fühlt als beim Roulette, schaut ihr ins Gesicht, kostet sein Zögern aus und sagt: Wie wäre es jetzt gleich? Die Mutter will schon aufspringen, Pinscher kann sie noch dazu bewegen, im Bett zu bleiben, warte, das müssen wir abklären.

Und dann gerät er ein zweites Mal mit der Stationsschwester aneinander. Weil sie weiß, was wir alle wissen (einschließlich Pinscher, der es aber nicht wissen will), weil sie die Verantwortung für das hat, was hier passiert: Nein, Sie gehen mit ihr nirgendwo hin. Und warum nicht? Weil ich es so entscheide. Sie ist munter und es macht ihr Freude. Sie ist nicht munter, Herr Pinscher, sie ist schwer krank. Pinscher merkt, wie ihm das Blut in den Kopf steigt, wie er sich vor Wut auf die Zunge beißt, wie es sonst nur sein Vater im Moment der Explosion getan hat, wie er sogar seine Lederjacke öffnet und zufällig seine Waffe sichtbar wird: Ich sage Ihnen jetzt mal was, ich kann nichts für Ihre Frustration. Und deshalb nehme ich mir jetzt einen Rollstuhl, setze meine Mutter rein und in einer Stunde sind wir wieder da. Das dürfen Sie gar nicht, schnauzt ihn die Schwester an, das wird Konsequenzen haben, mir doch egal, sagt Pinscher, zeig mich an, zeig mich doch einfach an, du blöde Kuh.

Deshalb bin ich hier, denkt Pinscher, als er die Tür zum Reihenhaus aufschließt und seine Mutter mit dem Rollstuhl hineinschiebt: Boah, haben die das toll renoviert, ruft sie schon im Flur, der natürlich schon immer so aussieht, wie er aussieht, mein Junge, ist das schön! Er schiebt sie kurz ins Wohnzimmer, Blick aufs Panorama, und der Fernseher ist ja auch noch da, und dann in die Küche. Ist das ein schöner Ofen. Ist das ein schöner Tisch. Ist das ein schönes Fenster. Trinken wir eine Tasse Kaffee, fragt Pinscher. Aber sicher, sagt seine Mutter, hast du denn Zigaretten? Pinscher nickt und wirft seine Schachtel auf den Tisch, während er die vorbereitete Kaffeemaschine einschaltet. Auf der Stelle greift seine Mutter nach den Zigaretten, sie muss Schmacht haben nach den ewigen Tagen im Krankenhausbett. Dann stellt Pinscher ihnen die Kaffeetassen hin und setzt sich auf die knarzende Küchenbank neben seine Mutter.

Nach ihrer Rückkehr ins Krankenhaus wird die Euphorie der Mutter noch eine Nacht und einen halben Tag anhalten. Sie wird aufgeregt davon erzählen, dass sie schon wieder in ihr Häuschen durfte und endgültig wieder einzieht, wenn jetzt noch das Dach gemacht ist. Danach verschlechtert sich ihr Zustand rapide. Es geht ganz schnell. Man wird noch Auffälligkeiten im Ultraschall finden, man wird Schmerzmittel geben, man vermutet viele Dinge gleichzeitig, man hätte woanders noch Mittel und Wege, aber was soll man einen sichtlich geschafften Körper noch weiter quälen? Den Sohn verständigen oder nicht, das wird die einzige Frage sein, man entscheidet sich am Abend dagegen, natürlich gibt es gewisse Indikatoren, aber man hält es doch für recht unwahrscheinlich, dass es so wahnsinnig schnell gehen wird.

Das ist in diesem Moment in der Küche vollkommen egal. Sie sitzen am Tisch, trinken Kaffee, rauchen sich gegenseitig die Zigaretten weg, und es gibt für diesen einen wirklich perfekten Augenblick kein Davor und kein Danach, es gibt nur Mutter und Sohn, Pinscher und seine Mama, deren lautes Lachen aus dem angekippten Fenster heraus durch die Reihenhaussiedlung schallt.

8 Abschied von den Eltern

Kurti, bist du hier? Pinscher spricht leise, als er den leeren Laden betritt. Das penetrante Glöckchen der Eingangstür hallt in die Stille hinein. Kurti, ich bin's, ich bringe dir den Schlüssel zum Haus. Keine Antwort. Nur der übliche Geruch nach Styropor und muffigem Teppichboden. Pinscher überlegt, seine Waffe zu ziehen, lässt es aber noch bleiben. Er schwitzt, als er um die Ecke schleicht in Richtung der Teeküche, in der Glotzen-Elsbeth ständig saß und Kreuzworträtsel löste, wenn keine Kundschaft da war. Er ist fast enttäuscht, als er die Bescherung sieht: Er hängt hinter leeren Kartons und Gerümpel, an einem billigen Verlängerungskabel für Fernsehgeräte. Augen und Mund geschlossen, das müsste ihn stutzig machen, aber wer weiß, was er sich vorher an Tabletten reingepfiffen hat, damit kennt er sich ja offensichtlich aus. Zuerst die Kollegen anrufen, nein, er entscheidet sich dafür, wenigstens selbst nachzusehen. Zumindest das ist er sogar Kurt Seifert schuldig. Er nimmt ein Paar seiner blauen Einweghandschuhe heraus und streift sie sich über. Als er näher an den Erhängten herantritt, geht ein Luftzug durch den Laden, Kurti zittert, o Gott, das hat er noch nie gesehen, nein, er reißt die Augen auf und würgt und heult los, Pinscher stößt einen Schrei aus und macht einen Satz zurück, sogar sein Ischias meldet sich, aber wann, wenn nicht jetzt? Doktor Seltsam heult und rupft sich die Schlinge vom Hals, Pinscher schiebt die Kartons zur Seite, wie ein Häufchen Elend steht er da auf seinem Hocker. Das ist doch nicht dein Ernst, komm da runter, Kurti. Kurt Seifert gehorcht ganz brav, er stinkt nach Schnaps und Urin und seit Tagen nicht gewechselten Klamotten. Soll ich einen Arzt rufen, bist du in Ordnung. Alles gut, sagt Doktor Seltsam, er macht einen Schritt auf Pinscher zu und will ihn umarmen, Abstand, Kurti, halt ein bisschen Abstand. Warte, sagt Kurt Seifert, geht zur Toilette, übergibt sich lautstark bei offener Tür und kommt zurück. Kann man jetzt nicht mehr verkaufen, sagt er weinerlich und hält Pinscher das Verlängerungskabel hin, ohne Originalverpackung will den Schrott doch keiner mehr. Das ist gerade unser geringstes Problem, sagt Pinscher, komm, wir setzen uns. Und wieder ist Kurti folgsam, sie stellen sich zwei Hocker hinter die Ladentheke. Damit das zuerst mal erledigt ist, sagt Pinscher, dein Schlüssel, und legt ihn auf den Tresen. Die Bude ist so gut wie weg, sagt Kurt Seifert, das gibt noch einen ordentlichen Gewinn, davon kann man leben. Gerade wolltest du eher gar nicht mehr leben, sagt Pinscher. Ach, das, sagt Kurti und macht eine unkoordinierte Wegwerfbewegung in die Luft. Willst du eine Zigarette, fragt Pinscher, ja, sagt Kurti, nimmt sich eine, hustet nach dem ersten Zug, rennt zur Toilette und übergibt sich erneut. Noch ein Versuch, als er wieder schwankend auf dem Hocker sitzt: Erzählst du mir jetzt, was das alles soll? Für dich ist doch eh alles klar, man macht die Mutti tot und das mit dem Vati war man bestimmt auch. Alle gucken schief, sogar im Schützenverein, es muss doch auch mal gut sein mit dem alten Zeug. Na ja, sagt Pinscher, kommt ganz drauf an. Ein Bier, sagt Kurt Seifert und steht auf. Lass mal, sagt Pinscher, ich trinke nicht mehr. Ein Bier, sagt Doktor Seltsam und torkelt in die Teeküche. Vielleicht solltest du den Laden behalten, ruft Pinscher, der ist doch eine Institution und so ein bisschen Rhythmus im Tag tut gut, das kann ich dir sagen. Er bemerkt erst jetzt, dass Kurt Seifert um die Ecke gekommen ist, ein Messer in der Hand. Sein T-Shirt hat er ausgezogen, sein dürrer Körper ist ganz angespannt, Pinscher springt auf. Bleib stehen, sagt er, als Doktor Seltsam sich noch einen Schritt auf ihn zubewegt, bleib bloß stehen. Und dann zieht er seine Waffe und richtet sie auf Kurti. Messer weg, ruft er, wie er es in der Polizeischule gelernt hat, Messer weg. Er weiß, macht Kurt Seifert noch zwei Schritte auf ihn zu, dann wird er schießen müssen. Schieß doch, schreit er, muss man sich ja hart erarbeiten! Ganz ruhig, sagt Pinscher, wir setzen uns jetzt wieder hin, du legst das Messer in die Küche, und ich hab nichts gesehen. Nein, Kumpel, jetzt ist es vorbei, jetzt kriegst du, was du wolltest. Du hast nämlich recht. Dein Kurti war's. Erst den Vati, dann die Mutti. So macht man das. Lass uns das lieber in Ruhe besprechen, sagt Pinscher, mach nicht auch noch so einen Scheiß. Und weißt du, warum? Weil man nicht so sein will wie du. Ums Verrecken nicht. Weil man nicht sehen will, wie sie am Krepieren sind. Weil man es nicht aushält im Kopf, wenn man wie blöde daneben sitzt, verstehst du das, geht das in deinen bekloppten Bullenschädel rein? Schieß jetzt, kreischt Doktor Seltsam und stolpert einen weiteren Schritt zur Ladentheke und in Richtung Pinscher. Pinscher zielt, er muss abdrücken. Ein einziges Mal hätte er auch fast geschossen, damals war er auf Streife, und vor ihnen hatten sie einen Wildunfall. Der Jäger war weit weg, dem Rehbock nicht mehr zu helfen, aber er lebte noch. Also zog Pinscher seine Waffe, richtete sie auf den Körper des Tiers, doch sein älterer Kollege meinte, lass das sein, das gibt so viel Papierkram und dann auch noch den Knall, lass das einfach sein, und dann stürzte er sich schreiend auf das Tier und würgte es, bis es sich nicht mehr regte. Zum Glück fällt Pinscher das in dieser Sekunde ein. Er legt seine Waffe auf die Ladentheke, tritt vorsichtig um sie herum, Kurt Seifert schwankt unsicher von einen Fuß auf den anderen. Ich will dir mal was sagen, Doktor Seltsam, sagt Pinscher. Du bist schlauer als ich. Du tust ein bisschen blöd, aber das bist du nicht. Du hast kapiert, wie das Leben geht. Willst du ein Geheimnis wissen? Ich hab Respekt davor. Ich kann es nicht leiden, ich verachte es sogar, aber ich hab Respekt. Danke, sagt Kurt Seifert sichtlich überrascht, denkt man nicht von dir. Er lässt das Messer kurz sinken und lächelt schief, und dann muss es schnell gehen: Mit seiner ganzen Kraft und Masse wirft sich Pinscher auf Doktor Seltsam, der lässt das Messer schon fallen, als Pinscher auf ihn zustürzt, unartikulierte Schmerzenslaute, erstaunlich sichere Polizeigriffe, dann hockt Kurt Seifert auf dem Boden, flennend und mit Handschellen fixiert. Letzte Frage, sagt Kurti. Nur zu, sagt Pinscher. War das dein Ernst mit dem Respekt? Pinscher blickt ihm direkt in die Augen. Ja, sagt er. Und trotzdem ist es eine Sauerei. Du hast dich für einen Weg entschieden. Der ist total falsch, aber konsequent. Doktor Seltsam nickt und schließt die Augen. Die Kollegen sind schnell da, Kurti spricht ab jetzt kein Wort mehr. Doktor Seltsam ist und bleibt seltsam, Pinscher kommt noch mit aufs Revier und klärt die Formalitäten, Kurt Seifert schweigt eisern, nicht mal ein Wort zum Abschied, dann eben nicht, denkt Pinscher und verlässt das Polizeirevier. Die Kugel rollt. Nichts geht mehr. Alles auf Schwarz. Kommissar Pinscher gewinnt.

9 Der verdiente Applaus

Hab ich das geträumt, oder war ich wirklich zu Hause, fragt seine Mutter, die gerade beim Frühstück sitzt, als Pinscher sie besucht. Immerhin hat die Stationsschwester heute frei, und Pinscher will nicht zurück an den Rhein, ohne seine Mama gesehen zu haben. Wir waren wirklich da, sagt Pinscher. Und wann können wir für immer dahin? Wenn das Dach repariert ist, das weißt du doch. Mensch, die brauchen aber lange, wenn das so weitergeht, dann kann ich das auch selber machen. Diesmal hat Pinscher Blumen von der Wiese oberhalb des Krankenhauses dabei, und diesmal sagt keiner was, als er sie in einer kleinen Vase auf ihren Nachttisch stellt. Die sind aber hübsch, sagt seine Mama, die gucke ich mir heute den ganzen Tag an. Ich muss zur Arbeit, sagt Pinscher. Mach das, mein Junge, sagt seine Mutter, wann kommst du denn wieder? Das dauert diesmal leider ein bisschen, ich muss an den Rhein, sie brauchen eine Aushilfe. Fährst du also doch wieder weg, sagt seine Mutter und macht ein enttäuschtes Gesicht. Ich komme doch ganz bald wieder, sagt Pinscher. Wann bald, fragt seine Mama. In zwei, drei Tagen. Dann ist ja gut, dann ist gut. Ich hab übrigens gestern einen Verbrecher gefangen, sagt Pinscher. Ist das wahr? O ja. Was hat der denn gemacht? Der hat wen umgebracht. Bist du denn verrückt, sagt seine Mutter, das ist doch wohl nicht wahr! War das denn nicht gefährlich? Es ging, sagt Pinscher stolz, das ist doch meine Arbeit.

Als er das Polizeirevier betritt, ist alles anders als sonst. Flure und Büros sind leer. Er hört Gemurmel aus dem Gemeinschaftsraum, und dann kommt, womit er beim besten Willen nicht gerechnet hat: Applaus brandet auf. Ein großer Applaus. Ja, sie hören ihn kommen und legen los, mit erhobenen Händen betritt er den Gemeinschaftsraum, da sitzen die versammelten Kollegen um den großen Tisch herum und klatschen und klatschen – vor ihnen steht Goranek mit zwei

Urkunden in der Hand, alle schauen ihn an, und alle verstummen plötzlich, und der Applaus erstirbt. Oh, sagt Pinscher, man merkt ihm die Enttäuschung an, guten Morgen, du bist ja jetzt Weltmeister, nicht wahr, herzlichen Glückwunsch auch von mir. Goranek wird puterrot, Pinscher hat ihm den Triumph zerstört, aber das kann nicht alles sein, er stürmt auf ihn zu, wir machen gleich weiter, Kollegen, und schiebt ihn aus dem Zimmer. Auf der Stelle in mein Büro, Pinscher, auf der Stelle. Er knallt die Tür hinter ihm zu, und Pinscher versteht nicht ganz, was er hat. Es sprudelt nur so aus ihm heraus, als könnte er damit was retten: Hast du es ihnen doch gesagt mit der Weltmeisterschaft? Hätte ich vermutlich auch. Schön übrigens, dich zu sehen. Wir müssen gleich loslegen, du weißt ja bestimmt schon, was gestern Abend passiert ist. Goranek schweigt. Hinsetzen. Pinscher gehorcht wie Doktor Seltsam am Abend davor. Sein Chef schüttelt den Kopf. Er steht auf, tritt ans Fenster und sieht Pinscher nicht an, während er spricht. Da kommt der feine Herr Pinscher aus der feinen Stadt am Rhein, denkt, dass jeder Applaus für ihn ist, dass er sich mal so richtig aufspielen darf wie ein Großstadtbulle. Was habe ich denn jetzt wieder gemacht, sagt Pinscher, hast du es überhaupt schon mitbekommen mit Kurti. Goranek fährt herum, schlägt die Faust auf den Tisch, ob ich es mitbekommen habe, fragt er mich, ob ich es überhaupt schon mitbekommen habe! Wir alle haben es mitbekommen, du Spinner. Du hast ihn verrückt gemacht, meinst du, das hat keiner gemerkt? Er hat es mir gestern gestanden, sagt Pinscher, er hat nicht nur seine Alte totgemacht, sondern den Vater obendrein. Sehr schön, sagt Goranek, und deshalb springst du ihm in den Nacken und hast jetzt noch eine Anzeige wegen Körperverletzung am Arsch. Es ging nicht anders, sagt Pinscher, er hätte sonst nicht gestanden. Ach nein, sagt Goranek, das war ja eine richtige Heldentat von dir. Pinscher wiegt den Kopf ein wenig hin und her, das ist vielleicht etwas viel gesagt. Ich versteh nicht so ganz, was du hast, ich hab einen Mörder gefangen und du regst dich auf. Da, sagt Goranek, das hab ich, halt einfach die Schnauze und lies. Er schiebt Pinscher ein kopiertes Blatt Papier hin, handgeschrieben. Er überfliegt es. Ich, Kurt Seifert, gestehe, dass ich aus reiner Habgier meine Mutter, wie schon Jahre vorher meinen Vater, und so weiter. Wann hat er das geschrieben, fragt Pinscher. Keine Ahnung, auf jeden Fall hat er es gestern hier und beim Tageblatt eingeworfen. Die Spätschicht hat den Briefkasten gestern vergessen, ich hab den Schrieb heute Morgen rausgezogen. Wieso aus Habgier, sagt Pinscher, das stimmt doch gar nicht, er wollte sie einfach nicht leiden sehen! Erzähl das irgendwem, aber nicht mehr mir. Wo ist er jetzt überhaupt? Na, wo wird er jetzt wohl sein? Die Kollegen vom Kreis haben übernommen, das ist eine Nummer zu groß für uns. Aber dann ist doch alles gut, sagt Pinscher. Wieder donnert Goranek mit der Faust auf den Tisch, dann ist doch alles gut, sagt der Kerl, dann ist doch alles gut! Du hast mich hintergangen, du hast Kurti fast in den Selbstmord getrieben mit deiner Scheiße, du hast dich und alle in Gefahr gebracht, nachdem er schon gestanden hatte – und wenn er von der Decke gebaumelt hätte, sei's drum, dann wäre das wahrscheinlich besser so gewesen. Pinscher schüttelt den Kopf. So sehe ich unsere Arbeit nicht. So sehe ich unsere Arbeit nicht, äfft Goranek ihn nach, ja, dann sieh doch deine Arbeit, wie du willst, aber mach es nicht mehr hier. Verschwinde. Ist das alles? Verschwinde einfach. Hab schon gehört, dass du eh die erste Gelegenheit zum Abflug nutzt. Du gehörst hier sowieso nicht hin.

Jetzt hat Pinscher genug, knallt seine Dienstwaffe auf den Tisch und die Autoschlüssel für die Rostlaube, verreck doch in deinem Sauhaufen hier, schlepp deinen Dreck für die Viecher wieder alleine, er schaut sich nicht mehr um, als er Goraneks Büro verlässt, auf dem Flur ruft sein Chef ihm nach, meine Vögel, ich will, dass du mir meine Vögel zurückgibst. Pinscher macht Flügelschläge mit den Händen, bevor er das Gebäude verlässt, er hört Goraneks unverständliches Geschrei noch, als die massive Eingangstür des Polizeireviers ins Schloss fällt.

Zurück in seiner Bleibe über der Stadtbücherei, öffnet er das Fenster, die Sonne strahlt hell über den Alten Markt, dann öffnet er den Käfig. Er hätte gedacht, dass die Sittiche sich ganz dünn machen vor Angst, aber das ist überhaupt nicht der Fall. Als gäbe es eine geheime Absprache zwischen ihnen und als sei genau dieser Moment von Anfang an vorgesehen gewesen, hüpfen sie aus dem Käfig, drehen kurz ihre Köpfchen zur Orientierung, und dann flattern sie los. Landen auf dem nächstbesten Baum, dann heben sie schon wieder ab. Pinscher winkt ihnen nach, bis sie nicht mehr zu sehen sind.

Natürlich fährt Emrah ihn zurück zum Bahnhof. Und aus dem Radio kommt wieder leise Schuberts »Winterreise«. Nur diesmal reden die beiden Männer nicht viel. Es wirkt fast so, als wäre der Taxifahrer die ganze Zeit dabei gewesen, denn bei den wenigen Fragen, die er diesmal stellt, nickt er schon versonnen, wenn Pinscher mit seiner Antwort anfängt. Wie geht es der Mama? Sie hatte einen Rückschlag, aber sie hat sich wieder gefangen. Kommst du bald wieder nach Mündendorf? In ein paar Tagen, mal sehen, was am Rhein so alles los ist. Willst du nicht doch wieder Fußball spielen? Stell dir vor, ich hab angefangen zu joggen, vielleicht sollte ich das machen. *Fremd bin ich eingezogen, fremd zieh ich wieder aus. Der Mai war mir gewogen. Mit manchem Blumenstrauß.*

Es ist überwältigend, als Pinscher die Tür zu seiner kleinen, schmalen Wohnung aufschließt. Der Schuhkarton. Tatsächlich, er kommt nach Hause. Am Ende eines langen, langen Tages. Vielleicht ist ja doch was dran an dem Märchen. Er bestellt sich Butter Chicken mit extra viel Reis, das bisschen Dispo auf dem Konto hat bis hierher gereicht, dann wird er auch noch dieses eine Bestellessen verkraften. Während er wartet, ruft er seine Mama in Mündendorf an. Er lässt es vier-, fünfmal klingeln, aber sie geht nicht ran. Sie wird schon schlafen, sie wird von ihrem Häuschen träumen, in dem sie tags zuvor noch so gelacht hat mit ihrem Jungen. Pinscher merkt erst jetzt, dass ihm alle Knochen wehtun. Seine blauen Flecken sind ihm noch nicht aufgefallen. Was sollte das ganze Theater? Wollte Doktor Seltsam ihn vorführen? Hätte er ohne Pinscher wirklich jemals gestanden? Weshalb der Brief, weshalb die ganze Aufführung mit Kabel und Hocker? Es gibt keine Antworten darauf. Das Leben ist kein Fernsehkrimi, denkt Pinscher und muss lachen, du hast den Kindern also nicht nur Mist beigebracht. Während des Essens macht er tatsächlich ernst, seine Chefin hat es ihm schließlich schon genehmigt. Er ist ganz verzückt von den

Bildern einer moldawischen Straßenhündin, ich würde sie bei mir aufnehmen, sie kann sogar mit zur Arbeit kommen. Nachdem er die Mail abgeschickt hat, klingelt sein Handy. Es ist Anna. Auch das noch. Wie geht's dir, sagt Anna, als ob nichts wäre. Gut, sagt Pinscher, und dir. Prächtig, sagt Anna, hörst du das, ich bin an der Grand Central Station, die Züge fahren ein, und die Züge fahren aus. Pinscher hört das ihm bekannte Rattern, es ist der Güterzug, der jeden dritten Abend Nachschub für die Mündendorfer Stahlwerke bringt, aber er sagt es Anna nicht. Wo bist du denn gerade, fragt Anna. Auch in New York, sagt Pinscher, ganz nah am East River. Wie wunderbar, sagt Anna, dann können wir uns ja bei Gelegenheit mal sehen. Vielleicht, sagt Pinscher. Ich muss aufhören, sagt Anna, war schön, dich zu hören. Und danke für deine Geschichte. Ja, sagt Pinscher. Sie schweigen. Kannst du mir verzeihen? Er weiß, dass er keine Antworten auf seine Fragen bekommen wird. Das hier ist keine romantische Liebeskomödie, also sagt er wieder nur: ja. Und: Es war ja doch nicht alles sinnlos, du bist vielleicht nicht die, für die ich dich gehalten habe, aber wegen dir habe ich einen ganzen Krieg geführt und jetzt ist die Angst nicht mehr da. Gerade jedenfalls. Und jetzt muss Pinscher lächeln und aufpassen. Das freut mich, sagt Anna. Und das mit der Kreditkarte, sagt Pinscher, habe ich aus der Welt geschafft. Ich hab dich wahnsinnig gern, Pinscher, sagt Anna. Ja, sagt Pinscher, und dann schafft er es und legt einfach auf. Ohne Zorn.

Morgen wird ein guter Tag, Den Vormittag über wird er am Fluss sitzen und mit seiner Mama telefonieren, vielleicht steht er auch früh genug auf, zieht sich seine Joggingklamotten an und läuft ein paar Meter am Rhein entlang. Er könnte in die Bäume schauen und nach seinen Wellensittichen suchen, falls es ihnen in Mündendorf auch schon zu eng geworden ist und sie hier ganz neu anfangen.

10 In Mündendorf sterben die Mütter jung

Keine Vorahnung, kein letzter Gruß, das ist doch Blödsinn, Pinscher kennt das menschliche Hirn zu gut, um das zu glauben, in allen Aggregatzuständen und Verwesungsstadien, und sein eigener Kopf, der beschert ihm in der Nacht zuvor ein Lied. Ausgerechnet in seiner ersten Nacht zurück in seinem Schuhkarton am Rhein. In Mündendorf sterben die Mütter jung. Pinscher träumt plastisch, dass er bei einem Konzert im Publikum sitzt. Der Sänger auf der Bühne ist eine dünne und unverlebte Version seiner selbst, ein Star aus der Castingshow, der es mit seinem Mündendorf-Lied sogar in die Charts geschafft hat. Der Text ist fürchterlich und kaum zu verstehen, ein Sammelsurium an Kleinstadtgrausamkeiten, aber die Melodie ist wunderschön, und bei der Refrainzeile singen alle mit, auch Pinscher, er grölt es fast: In Mündendorf sterben die Mütter jung. Großer Applaus, plötzlich ist er es wirklich selbst, der auf der Bühne steht und sich wieder und wieder verneigt. Irgendwer hat sein Telefon nicht lautlos, es klingelt plötzlich vehement hinein in die Konzertstimmung, und vom Handywecker wacht Pinscher schließlich auf. Sieben Uhr früh. Sein Arm ist taub, er muss darauf eingeschlafen sein. Er greift nach den Zigaretten auf dem Tisch neben seinem Schlafsofa, steckt sich eine an und summt leise das Lied. Er lässt sich alle Zeit der Welt, duscht in Ruhe und putzt sich die Zähne, es fühlt sich an wie ein Urlaubstag. Noch schläft sie bestimmt, aber später wirst du die Mama anrufen, sagt er sich, weil er noch nicht weiß, dass Zukunftsformen jetzt hinfällig sind.

Es ist kurz vor acht, es tut ihm gut, keinen Alkohol mehr zu trinken. Es tut ihm gut, von Goranek weg zu sein und zu wissen, dass Doktor Seltsam wahrscheinlich nie wieder rauskommen wird. Er entscheidet sich gegen die Joggingklamotten, dafür fühlt er sich einfach zu gut, zieht sein schönes blaues Hemd an und einen grünen Pullover darüber, kämmt sich das Haar und geht aus dem Haus. In einem der neuen Cafés in der Parallelstraße wird er sich einen Cappuccino holen, im Kiosk nebenan die Tageszeitung, so wird er sich an den Rhein setzen, den Schiffen nachschauen und denken, was er immer denkt: Du hast es in die Großstadt geschafft, mehr noch, du hast es mit dem Umweg über Mündendorf sogar wieder hierher zurück geschafft, das ist nicht nichts. Vielleicht wird er sein Telefon zur Hand nehmen, er hat ja die App, mit der kann er sehen, von wo die Containerschiffe kommen und wohin sie unterwegs sind. Er mag ihre Namen: Pronto, Seestern, Josina. Zur Schicht muss er erst am Nachmittag und auch nur kurz, Besprechung und Zigarette mit Jana, endlich darf er zurück zu seiner Arbeit hier, die er immer noch liebt. Es geht ihm gut, und sogar der Ischias lässt ihn in Ruhe. Gerade hat er das Haus verlassen an diesem wolkenlosen Morgen, da klingelt sein Telefon. Der Anruf dauert nur eine Minute, Pinscher bleibt stehen, wie ein Blitz durchzuckt ihn der Schmerz, Doktor Ischias meldet sich zurück, noch während des Telefonats zieht er eine

Zigarette aus der Jacke, seine Finger zittern unkontrolliert, das hat er lange nicht mehr erlebt. Kommen Sie pünktlich, sagt die Frau mit der feisten Stimme am Telefon, als wäre er ein schwänzender Schuljunge, wir brauchen das Zimmer. Kaum hat er aufgelegt, steigt der Hass auf die Frau in ihm auf. Rein rechtlich dürfen sie das gar nicht, ihn am Telefon vor vollendete Tatsachen stellen, damit kennt er sich aus, er könnte die Dicke von der Geriatrie so richtig anscheißen, aber nicht jetzt, nicht hier. Er schaut im Handy nach der nächsten Verbindung von der Stadt am Rhein nach Mündendorf, es dauert mit dem Zug knapp zwei Stunden. Wenn er sich beeilt, dann kriegt er den Zug um kurz vor halb neun. Er ruft seine Chefin an, erklärt sich kurz und routiniert, natürlich hat man Verständnis, natürlich plant man ihn raus, nimm dir die Zeit, nimm das nicht auf die leichte Schulter, schade, wir hatten uns so auf dich gefreut, ich mich auch, sagt Pinscher.

Er hinkt und humpelt und schwitzt, aber doch grüßt er den indischen Fischhändler, der gerade seinen Laden aufschließt, überschwänglich und freundlich, er will ihm gleich erzählen, was passiert ist, als hätte er von einem spektakulären Unglück in den Nachrichten gehört, aber so gut kennen sie sich ja gar nicht. Überhaupt, da ist der Impuls, die ganze Welt teilhaben zu lassen, sieht man es ihm nicht sogar an, strahlt er das nicht aus? Eigentlich weiß er doch, wie das ist: Schock, Übersprung, er stand so oft daneben. Hunderte Male die plötzliche Erkenntnis, dass da einer nie wieder zurückkommt. Manche brechen zusammen und wälzen sich am Boden herum, manche werden geschäftig und kochen Kaffee, manche sind erleichtert. Pinscher hingegen bekommt brutalen Hunger. Er kauft sich im Biosupermarkt zwei Croissants und ein Schokobrötchen, dazu einen doppelten Espresso zum Mitnehmen, fast erzählt er auch der Frau hinter der Theke von dem, was jetzt kommt, du bist doch kein Kind mehr, wann lernst du das endlich. Nie, nie, nie.

Im Zug stopft er das Gebäck in sich hinein. Danach hat er immer noch Hunger. Er zerbeißt sich die Lippen, er hat genau damit gerechnet, er hat mit nichts weniger gerechnet. Auf dem Sitz gegenüber entdeckt er ein schmales Buch, die gesammelten Werke von Wolfgang Borchert, Pinscher nimmt den dünnen Band und blättert fahrig darin, sucht keinen Satz, bleibt trotzdem hängen: *Er dachte immerzu an das Wort Paradies,* liest er, hat einen Kloß im Hals, blättert weiter, vorn im Buch entdeckt er einen Stempel: Lies dich glücklich, eine Tauschaktion der Bahn, man nimmt, was man findet, man hinterlässt, was man hat. Er hat nur diesen abgegriffenen Flyer in der Tasche, den er Trauernden nach Vorschrift überreicht, was er immer vergisst, seelsorgerische Telefonnummern aller Konfessionen für den Notfall, eine Erklärung der Phasen der Trauer, Leugnen, Zorn, Verhandeln, Depression, Akzeptanz. Dann eben das, es mag ein ungleiches Geschäft sein, aber Tausch ist Tausch. Außerdem, Pinscher befindet sich in einer Ausnahmesituation, da ist das erlaubt. Er wird das Büchlein ab jetzt immer bei sich tragen, nimmt er sich vor, bis die Jacke endgültig in die Altkleidersammlung kommt, weil er zu korpulent für sie geworden ist. Er schaut nach draußen auf die trübe Landschaft, der konstante Hochnebel seiner Kindheit. Er muss ein allerletztes Mal zurück.

V

AKZEPTIEREN

Endlich ist er im Aufzug des Mündendorfer Krankenhauses, nachdem er viel zu lang am Rande des Hubschrauberlandeplatzes gesessen, nach längst eingegangenen Wellensittichen geschaut und sich die Finger verbrannt hat. In seinem Ohr fängt das Vorspiel zu »Tristan und Isolde« wieder von vorn an, das er im Kopf hatte, als er das Foyer des Kleinstadtkrankenhauses betrat. Diesmal soll die Musik bleiben, er fährt hoch auf die Innere, Station 4, Geriatrie. Der Duft der undichten Desinfektionsmittelspender vermengt sich mit etwas latent Fauligem und dem markanten Geruch von Insulin. Die Stationsschwester sieht ihn kommen. Sie verzieht keine Miene, und Pinscher erst recht nicht. Sie sind so sehr aneinandergeraten, dass selbst jetzt kein Auskommen mehr möglich ist. Scher dich zum Teufel, Fetteverbitterte-kuh, denkt er im Vorbeilaufen, ebenfalls, Fetterfrustrierter-sack, denkt die Schwester zurück, und dann zieht sie ihr Ass aus dem Ärmel. Herr Pinscher, Augenblick. Pinscher bleibt stehen, dreht sich um und sagt nichts. Hier, flüstert sie und lächelt plötzlich katzenfreundlich, der Totenschein, darauf haben Sie doch bestanden, wenn es passiert. Er rupft ihn ihr aus der Hand, tut mir leid, sagt sie noch, wir brauchen den Raum in einer Viertelstunde, ach ja, mein Beileid, aber Pinscher hört gar nicht mehr hin, während er auf dem Weg ins Abschiedszimmer das Dokument überfliegt. Leberversagen, steht da, was für ein Scheiß, wieso denn das? Das leise Summen der Schwester bringt das Fass zum Überlaufen. Hören Sie doch endlich auf, schreit er über den Flur, das war doch meine Mama. Und die Schwester, völlig verdutzt, macht einige Schritte auf Pinscher zu, schlägt die Augen nieder und streckt ihre Hand aus. Pinscher nimmt sie, es tut mir leid, sagt er, mir tut es leid, sagt die Schwester, nehmen Sie sich die Zeit, die Sie brauchen.

Pinscher betritt das Zimmer und schluckt, zieht lautstark die Nase hoch, schließt leise die Tür hinter sich zu und fingert nach seinen blauen Einweghandschuhen, die voller Tabakkrümel sind, er streift sie aus Gewohnheit über und dann gleich wieder ab und setzt sich auf den Stuhl neben das Bett.

Die Hand deiner Mama ist eiskalt. Sie kommt dir zumindest so vor, dabei ist der Temperaturunterschied doch noch gar nicht so groß. Du hältst minutenlang ihre nicht mehr lebendige Hand. Spürst die Kälte aus dem All und fühlst dich vollkommen geschafft. Du bist ein junger, alter Mann in einer unendlich kleinen Stadt.